Annemarie Regensburger
Angela Autsch

Foto: Erich Lessing, aus: „Von der Befreiung zur Freiheit"

Erscheint im Mai 2019

Hubert Matt-Willmatt / Heinz Linke

Via Habsburg

Auf den Spuren einer europäischen Dynastie. Deutschland – Frankreich – Schweiz – Österreich

Die 800 Jahre alte Geschichte der Habsburger wird an Orten bewahrt, die Tausende von Quadratkilometern in West- und Mitteleuropa abdecken. Interessierte können diese mittels einer Reise auf der Via Habsburg kennenlernen. Der erste Führer zu dieser außergewöhnlichen europäischen Kulturstraße.

100 farb. Abb., Broschur
ISBN 978-3-7022-3710-3
ca. 160 Seiten, ca. € 19.95

Sabine Weiss

Die vergessene Kaiserin

Bianca Maria Sforza – Kaiser Maximilians zweite Gemahlin

Kaiser Maximilian I. heiratete Bianca Maria Sforza nach dem frühen Unfalltod seiner geliebten Maria von Burgund, verlockt durch eine immense Mitgift, obwohl die Mailänderin ihm nach dem Standesdenken der Zeit nicht ebenbürtig war. Ein lebendiges Bild vom Leben der Monarchin.

241 farb. Abb., geb.
ISBN 978-3-7022-3088-3
320 Seiten, € 34.95

Sabine Weiss
Maximilian I.
Habsburgs faszinierender Kaiser

Im Rückblick hat Kaiser Maximilian I. alles richtig gemacht, denn er wusste: *„Wer im Leben nicht für sein Gedenken sorgt, der hat nach seinem Tod kein Gedenken und dieser Mensch wird mit dem Glockenton vergessen."* Im Maximilianjahr 2019 wird an vielen Orten durch Ausstellungen und Tagungen dieses unvergessenen Kaisers gedacht. Sabine Weiss liefert mit ihrer umfassenden und reich bebilderten Monografie die Grundlage dafür.

294 farb. und 14 sw. Abb., geb.
ISBN 978-3-7022-3709-7
400 Seiten, € 39.95

2. Auflage

Stefan Wedrac / Marion Dotter

Der hohe Preis des Friedens

Geschichte der Teilung Tirols. 1918 bis 1923

Mit dem Ende des Ersten Weltkriegs 1918 begann für Tirol ein traumatischer und dramatischer Prozess, im Zuge dessen zwischen dem nördlichen und südlichen Landesteil eine neue Staatsgrenze gezogen wurde. Stefan Wedrac und Marion Dotter gehen in ihrem Buch vor allem auf soziale, wirtschaftliche und mentalitätsgeschichtliche Aspekte der Teilung Tirols ausführlich ein.

151 sw. Abb., geb. m. SU
ISBN 978-3-7022-3711-0
344 Seiten, € 27.95

Ivona Jelčić / Matthias Breit

14 Tage 1918

Die Anfänge der Republik in Tirol.
Ein Panorama in 53 Zeitungsausschnitten

Anlässlich des Jubiläums „100 Jahre Republik" bietet dieses Buch einen außergewöhnlichen Einblick in öffentliche Meldungen und die veröffentlichte Meinung in den ersten Tagen der Republik in Tirol. Alle Nachrichten werden von den Autoren in ein einen historischen Kontext gestellt und umfassend kommentiert. Ein spannendes Zeitdokument.

81 sw. Abb., Broschur
ISBN 978-3-7022-3712-7
200 Seiten, € 19.95

Wilhelm Kuehs

Dianas Liste

Ein biografischer Roman

Die Geschichte einer außergewöhnlichen Frau! Sie rettete tausende Kinder aus den Konzentrationslagern der kroatischen Ustasa. Doch Diana Budisavljevic ist heute fast vergessen. Als Diana Obexer in Innsbruck geboren, ging sie der Liebe wegen nach Kroatien. Dort fand sie mitten im Grauen des Zweiten Weltkrieges ihre Bestimmung.

geb. m. SU
ISBN 978-3-7022-3597-0
264 Seiten, € 24.95

Johannes Breit

Das Gestapo-Lager Innsbruck-Reichenau

Geschichte, Aufarbeitung, Erinnerung

Die erste umfassende Abhandlung über das von der Geheimen Staatspolizei verwaltete Arbeitserziehungs- und Anhaltelager in Innsbruck. Nicht nur dessen wechselvolle Geschichte wird darin beleuchtet werden, sondern auch die juristische und politische Aufarbeitung nach dem Krieg.

33 sw. Fotos, geb. m. SU
ISBN 978-3-7022-3570-3
200 Seiten, € 24.95

Reinhold Stecher
Der blaue Himmel trügt
Erinnerungen an Diktatur und Krieg

Bischof Reinhold Stecher hat als Zeitzeuge in Wort und Bild die Erinnerung an die Gräuel und die Folgen des nationalsozialistischen Terrorregimes wachgehalten.

16 farb. Abb. und 3 sw. Zeichnungen, geb. m. SU
ISBN 978-3-7022-3687-8
160 Seiten, € 19.95

Eduard Spörk
Franzosenkind
Meine Suche nach dem unbekannten Vater

Eduard Spöck, Sohn eines französischen Kriegsgefangenen und einer österreichischen Frau, erzählt die berührende, wahre Geschichte seiner Suche nach dem Vater. Eine Biografie zur Aufarbeitung eines jahrzehntelang tabuisierten Themas.

24 farb. u. 23 sw. Abb., geb. m. SU
ISBN 978-3-7022-3445-4
200 Seiten,
Sonderpreis € 7.95

Carmella Flöck
... und träumte, ich wäre frei
Eine Tirolerin im Frauenkonzentrationslager Ravensbrück

Als Mitglied einer katholischen Widerstandsgruppe wird Carmella Flöck 1942 ins KZ Ravensbrück eingeliefert. Ihre Erinnerungen an diese Zeit hat sie für die Nachwelt schriftlich festgehalten.

41 sw. Abb., geb. m. SU
ISBN 978-3-7022-3217-7
240 Seiten,
Sonderpreis € 14.95

Erich Lessing / Michael Gehler

Ungarn 1956

Aufstand, Revolution und Freiheitskampf in einem geteilten Europa

Ein prachtvoll ausgestatteter Bildband!
Erich Lessing dokumentiert 1956 die revolutionären Geschehnisse in Ungarn. Die Bilder, die ihm dort gelingen, zählen zu den Meilensteinen der Reportagefotografie und berühren den Betrachter auch heute immer noch wie am ersten Tag.

197 sw. Abb., geb. m. SU
ISBN 978-3-7022-3491-1
272 Seiten, Sonderpreis € 14.95

Erich Lessing / Michael Gehler

Von der Befreiung zur Freiheit

Österreich nach 1945

Ein meisterhaftes Porträt der österreichischen Nachkriegszeit mit Bildern des weltberühmten Fotografen Erich Lessing. Dazu liefert der renommierte Historiker Michael Gehler in einem ausführlichen Essay wertvolle Hintergrundinformationen zu jedem Bild.

277 sw. Abb., geb. m. SU
ISBN 978-3-7022-3415-7
384 Seiten, Sonderpreis € 19.95

Michael Gehler

Tirol im 20. Jahrhundert

Vom Kronland zur Europaregion

Der renommierte Zeithistoriker Michael Gehler führt in diesem Buch durch die bewegte und spannende Geschichte aller Tiroler Landesteile im 20. Jahrhundert. Er gibt darin einen fundierten, gut lesbaren Überblick, basierend auf dem aktuellsten Stand der Forschung und ergänzt durch reiches Bildmaterial und Dokumente.

26 farb. u. 108 sw. Abb., geb. m. SU
ISBN 978-3-7022-2881-1
544 Seiten, Sonderpreis € 9.95

Michael Fliri

Mission Vorarlberg

Geschichte des Christentums zwischen Bodensee und Arlberg

Detailliert und mit großem Hintergrundwissen beschreibt der Autor die Geschichte des Christentums innerhalb der heutigen Grenzen Vorarlbergs von den ersten Bischofsnennungen in spätrömischer Zeit bis hin zu den neuesten Entwicklungen seit der Gründung der Diözese Feldkirch.

121 farb. und 54 sw. Abb., geb. m. SU
ISBN 978-3-7022-3714-1
272 Seiten, € 29.95

Meinrad Pizzinini

Andreas Hofer

Seine Zeit – sein Leben – sein Mythos

Diese umfangreiche und reich bebilderte Andreas-Hofer-Biografie führt in die Entwicklung des Landes Tirol bis in die Zeit um 1800 ein und zeichnet den Zeitgeist und die historischen Umstände jener Epoche nach, die die Persönlichkeit Andreas Hofers erst verständlich machen. Ein breiter Abschnitt ist der Hofer-Rezeption bis in die Gegenwart gewidmet.

413 farb. u. sw. Abb., geb.
ISBN-978-3-7022-2973-3
372 Seiten, € 39.95

Angela Jursitzka / Helmut Pawelka

Carl von Etzel

Ein Leben für die Eisenbahn

Die Biografie eines genialen Grenzgängers zwischen Architektur und Bahnbau: Carl von Etzel begann 1861 mit seinem Meisterwerk, der Brennerbahn, deren Eröffnung 1867 er nicht mehr erleben sollte. Eine Reise ins Zeitalter der großen Eisenbahningenieure, herausgegeben zum Jubiläum „150 Jahre Brennerbahn".

120 farb. u. sw. Abb., geb. m. SU
ISBN 978-3-7022-3598-7
300 Seiten, € 27.95

Hans-Joachim Löwer / Udo Bernhart

Die Alpenfront – einst und jetzt

Auf den Spuren
des Gebirgskrieges 1915–1918

An 24 charakteristischen Orten der Gebirgsfront gehen die Autoren auf Spurensuche in Vergangenheit und Gegenwart, erzählen von historischen Hintergründen sowie aktuellen Eindrücken und beleuchten ausgewählte Fundstücke und Einzelschicksale.

125 farb. u. 116 Duplex-Abb., geb.
ISBN 978-3-7022-3302-0
272 Seiten, € 26.90

Christine Zucchelli

Wege in die Vergangenheit in Tirol

55 Kulturwanderungen
zwischen Arlberg und Großglockner

55 Wanderungen laden ein zu einem Streifzug durch die Kulturgeschichte Tirols: Auf historischen Wegen folgt man den Spuren vorgeschichtlicher Erzsucher, römischer Legionen sowie Rittern und begleitet Schmuggler und Wilderer durch die Wälder.

156 farb. u. 16 sw. Abb., 55 Kartenausschnitte,
1 Übersichtskarte, Klappenbroschur
ISBN 978-3-7022-3339-6
288 Seiten, € 24.95

Susanne Gurschler / Thomas Defner

zeitblende

Defner-Fotografien. Tirol – 1925 bis heute

Die Fotografien aus dem Haus der Familie Defner sind heute fast allen Menschen in Tirol ein Begriff. In diesem Band werden ausgewählte Fotografien aus vergangener Zeit neuen Aufnahmen aus gleichem oder ähnlichem Blickwinkel gegenübergestellt. So zeigt sich eindrucksvoll, wie sehr die Zeit Tirol verändert hat. Textlich begleitet von einem ausführlichen einleitenden Essay von Susanne Gurschler.

103 farb. u. 111 sw. Abb., geb. m. SU
ISBN 978-3-7022-3619-9
208 Seiten, € 39.95

C. Zucchelli / I. Wopfner

Anno 1613 von Tirol nach Rom

Die abenteuerliche Pilgerfahrt des Doktor Hippolyt Guarinoni

Im Februar 1613 machte sich der Haller Stiftsarzt Hippolyt Guarinoni zu Fuß auf den Weg nach Rom. Die Eindrücke seiner langen Pilgerfahrt hielt Guarinoni in einem oft vergnüglich zu lesenden Bericht fest. Die beiden Autorinnen haben sich auf Guarinonis Spuren auf die Reise begeben.

134 farb. u. 8 sw. Abb., geb. m. SU
ISBN 978-3-7022-3506-2
304 Seiten, € 29.95

Peter Lindenthal

Peregrinatio Compostellana anno 1654

Auf den Spuren des Jakobspilgers Christoph Guntzinger von Wiener Neustadt nach Santiago

Pilgern vor 350 Jahren – hautnah miterlebt! Ein Pilgerbericht aus dem 17. Jh. führt Peter Lindenthal von Österreich über Italien und das Meer nach Spanien und auf dem Landweg wieder zurück.

156 farb. Abb., 2 farb. Karten, geb. m. SU
ISBN 978-3-7022-3303-7
296 Seiten, Sonderpreis € 9.95

Erscheint im März 2019

Nicholas Mailänder / Otto Kompatscher

Er ging voraus nach Lhasa

Peter Aufschnaiter. Die Biographie

Er war der geheimnisvolle zweite Mann jenes unglaublichen Abenteuers, das unter dem Titel „Sieben Jahre in Tibet" weltberühmt wurde. Mit dieser ersten umfassenden Biographie wird einem der größten Entdecker des 20. Jahrhunderts erstmals die Beachtung geschenkt, die er verdient – und die wahre Geschichte hinter dem Mythos packend erzählt.

68 sw. Abb. u. 3 farb. Karten, geb. m. SU
ISBN 978-3-7022-3693-9
416 Seiten, € 29.95

Bettina Hoerlin

Courage – Im Schatten des Nanga Parbat 1934

Die Geschichte des Bergsteigers Hermann Hoerlin und einer lebensgefährlichen Liebe

Eine packende Lebens- und Liebesgeschichte, die den Nationalsozialismus, die Erfahrung der Emigration und die Bedrohungen des Kalten Krieges unmittelbar miterleben und die heroische Zeit des Bergsteigens in neuem Licht erblicken lässt.

80 sw. Abb., geb. m. SU
ISBN 978-3-7022-3336-5
336 Seiten, Sonderpreis € 12.95

Frank Berger

Julius Payer

Die unerforschte Welt der Berge und des Eises. Bergpionier – Polarfahrer – Historienmaler

Julius Payer gehört zu den größten und bedeutendsten Entdeckern Österreichs und zu den ganz wenigen österreichischen Polarfahrern von Weltrang. Sein bewegtes Leben wird in dieser Biografie nachgezeichnet.

48 farb. u. 43 sw. Abb., geb. m. SU
978-3-7022-3441-6
268 Seiten, € 24.95

Horst Christoph

Max Reisch – Über alle Straßen hinaus

Forscher, Pionier und Wüstenfahrer

Das abenteuerliche Leben des Forschers und Pioniers Max Reisch lebendig erzählt: von der Motorrad-Expedition in die Sahara, der spektakulären Motorrad-Reise nach Indien und zahlreichen anderen Abenteuern.

38 farb. u. 82 sw. Abb., geb. m. SU
ISBN 978-3-7022-3212-2
216 Seiten, € 24.95

Spannend

Erscheint im März 2019

Peter Pirker
Codename Brooklyn
Jüdische Agenten im Feindesland
Die Operation Greenup 1945

In der Nacht auf den 26. Februar 1945 landen ein holländischer und ein deutscher Jude mit einem Tiroler Wehrmachtsdeserteur per Fallschirm in Tirol. Sie sollen dem US-Geheimdienst Informationen aus der Alpenfestung der Nazis liefern. Es entspannt sich ein Drama, das in der kampflosen Befreiung Innsbrucks mündet. Das Buch schildert die Beteiligten, die Ereignisse und das Vermächtnis der Geschichte, die Quentin Tarantino zu „Inglourious Basterds" inspiriert hat.

ca. 70 farb. u. sw. Abb., geb. m. SU
ISBN 978-3-7022-3756-1
ca. 240 Seiten, ca. € 24.95

ANGELA AUTSCH

Der Engel von Auschwitz

Eine literarische
Biografie von

**ANNEMARIE
REGENSBURGER**

Tyrolia-Verlag · Innsbruck-Wien

Erster Teil

„Ein Rad, Mariechen, schau ein Rad“, ruft Amalia, als sie ihrer Schwester ein Glas Wasser in den Gemüsegarten bringt. Marie sieht auf, fährt sich mit der Hand über ihre heiße Stirn, stolpert über den Kübel voll Bohnen, den sie soeben gepflückt hat, und läuft, so schnell sie kann, dem jungen Mann, der eben mit seinem Fahrrad vorbeifährt, hinterher. Dieses hat vorne ein großes und hinten ein kleineres Rad. Marie klatscht in die Hände, lacht und ruft dem Mann nach, der sie fröhlich zurückgrüßt. Sie bleibt stehen, streicht sich über die Augen und sieht den Fahrradfahrer um die Ecke verschwinden.

Ein Rad, noch nie hat sie ein Rad gesehen.

Sie kommt in den Garten zurück und sagt zu ihrer Schwester: „Du, Amalia, ich möchte auch einmal so ein Rad haben. Da kommt man viel schneller voran und lustig ist das Radfahren sicher auch noch dazu. Wie schnell sich die Räder drehen! Sobald ich selber ein Geld verdiene, werde ich mir eines kaufen.“

Noch kann sie nicht ahnen, wohin sie einmal die ratternden Räder eines Zuges bringen werden. Ihre kleine Welt ist noch heil.

Die Mama kommt bei der Haustüre heraus und ruft: „Mariechen, was machst du denn, bist du nicht beim Bohnenpflücken?“

„Doch, Mama, entschuldige, ein Mann ist soeben mit einem Fahrrad vorbeigefahren. Mama, ein richtiges Rad, das sich bewegt. So eines möchte ich auch!“

„Ach, Mariechen", seufzt die Mama, „ein Rad kostet viel Geld. Du weißt, wir müssen sparen, komm jetzt, komm, es ist Mittagszeit."

Marie läuft mit ihrer Schwester Amalia ins Haus. Ihre Schwester Gertrud kommt aus der Waschküche. Die Mama zerrt die kleineren Brüder Wilhelm und Franz zum Wassertrog. „Wascht euch die Hände, ihr Lausbuben. Wo habt ihr nur wieder gesteckt?"

Maries älteste Geschwister Elisabeth und August sind bereits im Dienst. Auch der Vater kommt nicht zum Mittagessen. Er arbeitet bei den Westfälischen Kalkwerken als Maschinist bei der Werkskleinbahn.

Alle anderen setzen sich jetzt um den Tisch. Marie greift zu einem Gebetbuch in der Ecke, streicht zärtlich über den Umschlag und schlägt ein Gebet auf. Die Mama und die Geschwister falten ihre Hände und hören auf Maries eindringliche Stimme. Danach steht die Mama auf, holt die Schüssel mit dem Essen, schüttelt leicht ihren Kopf und denkt bei sich: „Was wird wohl einmal aus diesem Mädchen werden?"

Doch Marie weiß dies bereits. Vier Monate zuvor, am 14. April 1912, ging sie zur Erstkommunion. Das war ein Fest! Am Vorabend hatte ihr die Mama mit der Brennschere Stopsellocken gemacht, die sie für die Nacht mit einem Haarnetz schützte. Als dann am Morgen der Zug der Erstkommunionkinder von der Schule in die Kirche ging, leuchteten Maries kupferrote Haare besonders schön in der Morgensonne. Die Musikkapelle spielte, Marie klopfte ihr Herz, denn Jesus im Brot zu empfangen, war das bisher größte Geschenk in ihrem Leben.

Als sie von der Kommunion in ihre Bank zurückkommt und die Hände vor das Gesicht schlägt, bittet sie Jesus: „Bitte, bitte, schenk mir die Gnade, dass ich Ordensschwester werden kann." Ihr Herz ist so übervoll, dass sie diese Bitte ihrer um sechs Jahre älteren Schwester Elisabeth anvertraut.

Nach dem Essen läuft Marie schnell in die Kammer, die sie mit ihren Schwestern teilt, und kniet sich vor dem kleinen Altar auf ihrer Kommode, den sie seit ihrer Erstkommunion immer mit frischen Blumen schmückt, hin und sagt: „Jesus, ich weiß, dass du immer bei mir bist, ganz gleich was ich mache. Wir sind wie zwei Wassertropfen, die im Meer deiner großen Liebe ineinander aufgehen."

Schnell wirft sie noch einen Blick auf das Marienbild, das sie bei der letzten Wallfahrt nach Kohlhagen, die sie mit ihrer Familie im Mai gemacht hat, bekommen hat. Maria und Jesus, das sind ihre zwei Verbündeten, von denen sie sich beschützt fühlt.

22 Jahre später möchte Marie ihre Liebe zu Jesus ihrem Lieblingsneffen Werner mit auf seinen Weg geben und schreibt am 3. April 1934 vom Kloster in Mötz ein Gedicht für ihn, in dem es unter anderem heißt:

„Ach könnte doch dein Kinderherz erfassen, das große Glück,
nie würdest deinen Heiland du verlassen!
Nie würdest deinen Heiland du betrüben,
nie deine Seel mit einer Sünd beflecken! (Brief 2)

Und geh mit offnem Herzen deinem Heiland so entgegen,
und bitt ihn recht, er möcht dich ganz sein Eigen nennen!
Schließ auch in dein Gebet all deine Lieben,
flecht auch ein kurz Gedenken meiner mit hinein,
denn Kinderherzchen nie vergebens flehen,
wenn sie vertrauensvoll zum Heiland gehen." (Brief 2)

Die Schlussstrophe heißt:

„Fest hab ich's mir vorgenommen,
in den Himmel muss ich kommen!
Mag es kosten, was es will,
für den Himmel ist mir nichts zu viel!" (Brief 3)[1]

Am Abend, als alle Bohnen geputzt und zum Konservieren vorbereitet sind, braut sich ein Gewitter zusammen. Die ersten Regentropfen fallen. Marie sieht ihren Vater in seinem Arbeitsgewand und den kalkigen Schuhen mit schnellen Schritten auf das Haus zukommen. Sie öffnet ihrem Vater die Tür und ruft:

„Papa, ich habe heute einen Mann auf einem Fahrrad gesehen. Wenn ich Geld verdiene, kaufe ich dir eines. Dann kommst du schneller heim und wirst nicht so nass wie heute."

„Ach Mariechen, du denkst immer zuerst an die anderen. Jetzt werde einmal erwachsen, dann sehen wir weiter."

Nach einem einfachen Abendessen beten alle gemeinsam den Rosenkranz. Wilhelm und Franz stoßen sich ab und zu gegenseitig, doch niemand weist sie zurecht. Buben sind eben Buben und können noch nicht so lange stillhalten. Vor dem Zubettgehen hört Marie, was der Vater zur Mama sagt:

„Weißt du, Amalia, es geht uns eigentlich recht gut. Ich habe Arbeit. Du hast zwar mit den Kindern sehr viel zu tun, doch die Größeren helfen schon fleißig mit. Besonders Marie ist immer sehr aufmerksam."

„Ja, August, das stimmt. Manches Mal frage ich mich, was wohl aus ihr werden wird. Sie ist empfindsamer als die anderen, vor allem, wenn es um religiöse Dinge geht. Ich bin immer wieder erstaunt, wie selbstverständlich sie auf Gott vertraut."

„Ja, darauf müssen wir auch wieder mehr vertrauen. Ich glaube, dass schwierige Zeiten auf uns zukommen. Wo ich auch hinkomme, höre ich Schlagwörter wie:

‚Kampf um Lebensraum', ‚Kampf um eine nationale Existenz'. Die Deutschen wollen expandieren und unser Kaiser Wilhelm unterstützt dies noch. Wenn das nur nicht zu einem Krieg führt."

Marie klopft das Herz bis zum Hals. Sie läuft in ihre Kammer, kriecht unter ihre Bettdecke und betet, bis sie einschläft.

„Macht es gut, Kinder", ruft die Mama ihren fünf Kindern nach, die sich nach dem langen Sommer auf den Schulweg machen. Ein eigenartiges Gefühl beschleicht sie, als sie sieht, dass Marie den kleinen Franz an der Hand hält. Nun ist auch ihr Jüngster in der Schule. Sie geht zurück ins Haus, das auf einmal so still ist, und räumt den Tisch ab. Plötzlich wird ihr schwindlig. Sie muss sich hinsetzen. Eine Schwäche überkommt sie. Ein paar Tränen rollen ihr über die Wangen. Es ist, als ob sie sich heute zum ersten Mal eingestehen kann, dass sie erschöpft ist. Sieben Kinder in elf Jahren haben an ihrer Substanz gezehrt. Auch wenn sie froh ist, dass nun alle Kinder „aus dem Ärgsten draußen sind", wie man im Volksmund sagt, überkommt sie heute ein eigenartiger Schmerz. Sie spürt, dass sie die Kinder nicht halten kann, dass sie ihre eigenen Wege finden müssen. Die unruhige politische Lage macht ihr ebenfalls Sorgen. Die Männer diskutieren im nahen Gasthaus viel lauter und aggressiver als noch vor kurzer Zeit. Wenn nur kein Krieg kommt!

Sie gibt sich einen Ruck, steht auf und macht sich an die Arbeit.

Inzwischen haben die Kinder den Schulhof erreicht. Marie übergibt der Lehrerin der ersten Klasse ihren kleinen Bruder Franz, der noch etwas verängstigt in die Klasse hineinschaut.

„Du brauchst keine Angst zu haben“, sagt Marie. „Ich hole dich nach der Schule wieder hier ab.“

Die Schülerinnen und Schüler der siebten Schulstufe begrüßen einander lautstark. Marie fragt ein paar Buben: „Hat jemand von euch auch im Sommer den Fahrradfahrer gesehen?“ Ein Bub antwortet lachend: „Ja. Sobald ich selber ein Geld verdiene, kaufe ich mir auch ein Fahrrad.“ Marie lächelt und sagt: „Ich auch!“

Jahre später werden diese zwei öfters miteinander eine Radtour machen und der inzwischen erwachsen gewordene Bub wird Marie den Hof machen.

Der Lehrer macht die Kinder aufmerksam, dass in diesem Schuljahr die Vorbereitung für das Sakrament der Firmung stattfindet. Marie spürt ihr Herz klopfen. Auch wenn sie die anderen Fächer gerne mag, so ist ihr doch Religion am liebsten. Sie sehnt sich danach, durch die Geistkraft Gottes gestärkt zu werden. Für sie ist die Verbindung von oben nach unten und von unten nach oben etwas ganz Natürliches. Heute würde man sagen, oben und unten sind eins. Ein Jahr später, am 12. September 1913, dem Fest Mariä Namen, ist im Hause Autsch schon am frühen Morgen viel los. Marie, Amalia, Gertrud und Wilhelm ziehen sich ihr bestes Gewand an. Die Mama hat am Vorabend den Mädchen wieder Locken mit der Brennschere gemacht. Bei allen fallen die Haare heute wunderschön. Der Vater steht bereits mit dem Pferdefuhrwerk vor dem Haus und ruft: „Kinder, seid ihr endlich fertig? Wir müssen fahren!“

Die vier Firmlinge laufen aus dem Haus, winken der Mama in der Haustüre, steigen in den Wagen und fahren los. Seit ihrer Erstkommunion waren sie nicht mehr in Schönholthausen, der Mutterpfarre der umliegenden kleinen Gemeinden.

Was ist das für sie eine Aufregung, mit den vielen Kindern in der Kirche zu sitzen. Und dann der Höhepunkt! Dem Bischof von

Paderborn wird die Bischofsmütze aufgesetzt. Er nimmt den Bischofsstab und spendet dann jedem einzelnen Kind durch eine Berührung seiner Hand an der Wange des Kindes das Sakrament der Firmung. Marie spürt förmlich, wie die Geistkraft sie erfüllt. Als dann anschließend die ganze Gemeinde „Großer Gott, wir loben dich …“ miteinander singt, ist für Augenblicke für alle der Himmel offen.

***

104 Jahre später, im Oktober 2017, bei der Gedenkmesse für Schwester Angela Autsch, machen die GottesdienstbesucherInnen wieder eine ähnliche Erfahrung.

Langsam füllt sich die Kirche St. Nikolaus in Innsbruck. Eine besondere Spannung liegt in der Luft. Heute wird im Gedenken an Schwester Angela Autsch die „Erdwärtsmesse“ gefeiert. Der Tiroler Komponist Peter Jan Marthé hat diese Messe komponiert. Gefeiert wird mit dem ehemaligen Erzbischof von Salzburg, Alois Kothgasser. Frauen und Männer aus der Diözese Innsbruck tragen mit Texten zum Gelingen dieses Gottesdienstes bei. Ich knie mich neben eine geistliche Schwester und frage sie, wer sie ist.

„Ich bin Schwester Evangelista aus Mödling, auch eine Trinitarierin wie Schwester Angela Autsch.“

Ich lächle und sage ihr, dass ich sie und die anderen Schwestern in Mödling besuchen möchte, weil ich einen Roman über das Leben von Schwester Angela Autsch schreiben werde. Sie nickt, ein Händedruck, die Orgel braust auf. Die Menschen stehen auf, im Mittelschiff kommen von hinten die Ministrantinnen und Ministranten, die Mitzelebranten und zum Schluss der Bischof mit Hirtenstab und Bischofsmütze am Haupt.

Barbara – ihr Name bedeutet „die Fremde“ – begrüßt alle Anwesenden. Sie ist wirklich eine Fremde im noch immer nur von Männern beanspruchten Altarraum. Sie stammt aus Mötz und hat sich ganz besonders für das Wiedererwachen der Erinnerung an Schwester Angela Autsch eingesetzt und mit großem Einsatz diesen Gottesdienst koordiniert.

„Kommt, singt dem Herrn ein neues Lied, preist ihn, der uns geladen …“, beginnt der Chor das erste Lied und mit hundertfachen Kehlen stimmen die Menschen mit ein, lassen den Alltag hinter sich, lassen sich mittragen von den Klängen der Instrumente. Das gesprochene Wort am Altar gibt die nötige Erdung, dass die Menschen nicht mit Flügeln emporgehoben werden. Irgendwann vor der Kommunion, dem Zentrum christlicher Gemeinschaft, während der Chor singt, heißt es: „Wer mich liebt, der bleibt in mir und ich in ihm“, ich dichte noch schnell dazu „und auch in ihr“. In diesem Moment bricht ein Sonnenstrahl in den Kirchenraum. Die Fenster glänzen noch bunter, die Menschen singen noch inbrünstiger. Es ist, als ob Schwester Angela auf diese Weise ihr Lächeln über Raum und Zeit hinweg erdwärts senden würde. Für einen Augenblick ist die Trennlinie zwischen Wissen und Glauben aufgehoben, für kurze Zeit ist alles eins. Am Abend schreibe ich dem Komponisten und dem Chor einen Text zur Erdwärtsmesse:

Erdwärts
strömt die Geistkraft
taucht
in Allem
was lebt
ein –
trifft mitten
in ein Herz
das einfängt
himmlische Klänge
sie umsetzt
bis die Klänge
tausendfach
himmelwärts
klingen –
Für einen
Augenblick
Erde
und Himmel
eins

***

Das letzte Schuljahr für Marie. Als ob die Geistkraft Gottes die Kinder für den Übergang ins Erwachsenwerden gestärkt hätte, spüren sie, dass sie nicht mehr Kinder sind. Verträumte Blicke wandern von den Mädchen zu den Buben und umgekehrt. Auch Marie wird rot, als sie den Buben, der – so wie sie – einen Fahrradtraum hat, anlächelt. Doch in ihrer tiefsten Seele weiß sie, dass sie ins Kloster gehen will. Sie hatte ja Jesus bei der Erstkommunion um diese Gnade gebeten.

Im Juni 1914 drückt ihr der Lehrer das Abschlusszeugnis in die Hand und sagt:

„Marie, du warst eine besonders begabte und liebenswerte Schülerin. Du hast dich auch immer um Frieden in der Klasse bemüht. Nun hast du die Volksschule mit Auszeichnung abgeschlossen. Bleib dir treu."

Marie wird wieder rot, denn sie versteht nicht genau, was der Lehrer mit „sich treu bleiben" meint. Jetzt wird sie, wie ihre älteren Schwestern, daheim mithelfen, denn die Mama ist ab und zu kränklich.

Am Samstag, den 1. August 1914, fällt Bamenohl aus dem friedlichen Alltag. Was viele schon lange geahnt, was Amalia und August hinter vorgehaltener Hand, um die Kinder nicht zu verängstigen, geflüstert haben, ist nun Wirklichkeit geworden.

Marie ist gerade mit zwei Schwestern im großen Gemüsegarten. Sie jäten Unkraut und bereiten einige Beete für die Herbstpflanzung vor. Plötzlich schrecken die Mädchen hoch. Ein Mann, mit einer schrillen Glocke in der Hand, kommt die Straße entlang und schreit: „Die Mobilmachung ist befohlen."

Die Mädchen laufen ins Haus. Dort erwarten sie bereits Mutter und Vater.

„Papa, musst du auch in den Krieg ziehen?", fragt Marie ängstlich.

„Ich nicht, aber euer Bruder August, denn er ist bereits 19 Jahre alt."

Die Mädchen beginnen zu schluchzen:

„Aber warum, warum muss er in den Krieg, warum ist überhaupt jetzt Krieg?"

„Das ist eine lange Geschichte", antwortet der Vater. „Setzt euch nieder. Ich erzähle sie euch. Komm, Amalia, setz dich auch zu uns. Heute sind wir nicht mehr zum Arbeiten fähig. Heute hat uns die große Weltgeschichte eingeholt."

Soeben kommt mit fragendem Blick August bei der Tür herein. Als er erkennt, was los ist, bleibt ihm der Atem stehen:

„Muss ich auch einrücken?"

Alle nicken. August nimmt es gefasst. Unter den jungen Männern wurde ja schon längere Zeit über diese Möglichkeit diskutiert und wie die meisten jungen Leute ließ auch er sich von der allgemeinen Jubelstimmung mitreißen. Viele waren sowieso der Meinung, dass der Krieg in kürzester Zeit vorüber sein und Deutschland als Siegermacht hervorgehen würde.

August tröstet deshalb seine Eltern und Geschwister und sagt:

„Macht euch nicht zu viele Sorgen um mich. Wir werden den Krieg gewinnen. Ich gehe, wenn es möglich ist, zur Marine. Ich möchte nämlich aufs Meer hinausfahren. Ihr betet inzwischen für mich." Und mit einem Augenzwinkern zu Marie sagt er noch:

„Vor allem du, Marie, du hast ja einen besonderen Draht nach oben."

Alle blicken zu Marie, deren Augen voll mit Tränen sind. Doch ein wenig haben sich inzwischen alle beruhigt und der Vater beginnt mit der Geschichte, die den Ersten Weltkrieg innerhalb von sechs Wochen ausgelöst hatte.

„Am 28. Juni 1914 besuchte der österreichische Thronfolger Erzherzog Franz Ferdinand mit seiner Frau Sophie die bosnische Hauptstadt Sarajevo. Bosnien wurde 1908 von Österreich-Ungarn annektiert, was den Widerstand vor allem nationalistisch eingestellter Serben hervorrief. Ihr müsst euch vorstellen, dass bereits am Morgen, als das Thronfolgerpaar in einem offenen Wagen zum Rathaus gefahren ist, ein Bombenanschlag auf sie verübt wurde. Einige Menschen wurden dabei verletzt. Trotzdem fuhren sie im offenen Wagen weiter. Weder das Thronfolgerpaar noch die Eskorte nahmen die Gefahr ernst. Erzherzog Franz Ferdinand trug einen weißen, kaiserlichen Mantel, schräg über seiner Brust eine rotweißrote Schleife und auf seiner Mütze vermutlich einen grünen Federbusch. Seine Ehefrau Sophie trug ein rohweißes Spitzenkostüm und darüber einen lila Seidenmantel, ebenfalls mit Spitze besetzt. Ihr weitkrempiger Hut war auf ihre Kleidung abgestimmt."

„Wie schön muss sie gewesen sein!", rufen die Mädchen wie aus einem Munde.

„Ach ihr Mädchen, ihr seid so romantisch!", meint August. „Ich muss jetzt zu meinen Kollegen gehen, damit wir ausmachen können, um welche Zeit wir uns morgen stellen sollen." Mit diesen Worten verlässt der Bruder die Küche.

Die Mädchen sind wieder mit der Wirklichkeit konfrontiert, denn die bisherige Erzählung des Vaters kam ihnen wie ein Märchen vor.

„Und dann", sagt der Vater, „ein Schuss aus einer Pistole, dann ein zweiter. Zuerst wird Sophie getroffen. Franz Ferdinand fleht sie noch an, am Leben zu bleiben, da trifft ihn der zweite Schuss in den Hals. Nur wenig später sind der Erzherzog und seine Frau tot. Der Mörder war ein Bosnier mit serbischen Wurzeln, der sich als Kämpfer für die Vereinigung aller Serben sah. Die österreichisch-ungarische Führung unter Kaiser Franz Joseph glaubte nicht an die Tat eines Einzelnen. Sie hegte den Verdacht, dass Serbien dahinterstünde. Darum hat nun Österreich vor vier Tagen, am 28. Juli, Serbien den Krieg erklärt."

„Aber Papa, was hat das mit uns zu tun?", fragt Marie. „Wir gehören doch nicht zu Österreich."

„Wisst ihr, unser Kaiser Wilhelm ist mit dem österreichischen Kaiser verbündet. Das heißt, dass sie beide zusammenhalten. Der russische Zar Nikolaus sieht sich als Schutzherr Serbiens. Frankreich und Großbritannien stehen wiederum auf Russlands Seite. Weil Deutschland zu Österreich hält, hat unser Kaiser Wilhelm heute Russland den Krieg erklärt.

Jetzt ist es aber genug mit meinem Erzählen. Vielleicht könnt ihr nun begreifen, wie schnell Millionen von Menschen, ohne dass sie es wollen, in einen Krieg verwickelt werden."

Am nächsten Tag, Sonntag, der 2. August, als die Menschen auf dem Weg zur Kirche sind, befestigt der Ortsvorsteher von Bamenohl am schwarzen Brett den Befehl des Kaisers, in dem es heißt, dass alle wehrfähigen Männer im Alter von 17 bis 45 Jahren einberufen werden.

So viele Tränen sind bei einem Sonntagsgottesdienst schon lange nicht mehr geflossen. Vielerorts herrscht aber auch Begeisterung. Ein nationaler Überschwang, ja ein regelrechtes Glücksgefühl erfasst sehr viele Menschen im August bei Kriegsbeginn in Deutschland. Es wird als August-Erlebnis in die Geschichte eingehen.

Obwohl Deutschland nicht angegriffen wurde, sehen viele Menschen den Krieg als gerecht, als einen Verteidigungskrieg an. Es wehen Fahnen, in den Gottesdiensten wird um den Beistand Gottes gebetet, die Menschen jubeln auf den Straßen ihren Soldaten zu, die lachend und winkend vorbeiziehen und in Bahnwaggons Richtung Front fahren. Auf den Waggons steht mit Kreide „Auf zum Preisschießen nach Paris". Lange Zeit wurde von der Politik die Überzeugung genährt, dass man den Gegnern überlegen sei. Die Aufrüstung und der Aufbau der Marine erreichten ein gigantisches Ausmaß. Nationalismus und Militarismus werden hochgejubelt. Doch nicht nur Deutschland, auch fast alle anderen Staaten Europas hatten sich schon lange auf einen Krieg vorbereitet. Innerhalb von sechs Wochen ist Europa in einen Weltkrieg gestürzt.

„August, ich habe dir deine Wäsche eingemerkt. Auf den Kleidungsstücken stehen mit rotem Kreuzstich die Anfangsbuchstaben deines Namens drauf." Amalia blickt ihren Sohn mit Tränen in den Augen an.

„Mama, sei nicht traurig. Der Krieg ist bis Weihnachten sicher vorbei. Stell dir vor, ich werde bei der Marine genommen. Ich fahre wirklich in das weite Meer hinaus. Danke, dass du mir alles so schön gerichtet hast."

Schnell drückt August seiner Mutter noch einen Kuss auf die Wange und läuft aus der Küche, damit sie seine Tränen nicht sieht.

„August, komm am Abend pünktlich zurück. Wir kochen dir heute noch dein Lieblingsessen!", ruft ihm die Mama noch nach.

Gertrud und Amalia sind bereits in der Küche und sprechen über den beginnenden Krieg. Ein bisschen haben sie sich von Augusts hoffnungsvollem Optimismus, dass der Krieg bald vorbei sei, anstecken lassen. Doch die Traurigkeit liegt wie ein Schleier über der Küche.

„Kommt zur Arbeit, Mädchen", sagt die Mama etwas zu burschikos. Sie will sich ihre Trauer nicht anmerken lassen. Marie jedoch spürt sofort ihren Schmerz und sagt:

„Mama, wir kochen und weinen jetzt zusammen. Dann wird uns allen leichter ums Herz."

Der Mama huscht ein Lächeln über die Lippen und sie streicht Marie sanft über ihre Haare. Dann geht es an die Arbeit. Heute soll es ein Festessen werden: Grießnockerlsuppe, sauerländischer Sauerbraten, eingebranntes Weißkraut und die typischen Kartoffelklöße aus dieser Gegend. Für den Nachtisch schickt die Mama Amalia und Marie in den Garten, um alle Beeren, die sie finden, zu pflücken. Vor allem die Brombeeren sind nun reif.

Als die Mädchen allein im Garten sind, fragt Amalia ihre Schwester Marie:

„Hast du auch um August Angst?"

„Ich vertraue darauf, dass die Muttergottes ihn beschützt. Weißt du, wir beten einfach jeden Tag vor dem Schlafengehen in unserer Kammer noch einen Rosenkranz für ihn. Gertrude macht sicher auch mit."

Während sich die Mädchen beim Pflücken auch ab und zu eine süße Beere in den Mund stecken, werden sie ruhiger.

In der Küche dampft es inzwischen aus allen Töpfen. Der Tisch wird gedeckt. Amalia holt noch schnell die ersten blühenden Dahlien vom Garten. Die Mama hat vom Sonntag noch ein wenig Rahm übrig. Marie schlägt nun in einem Kupferkessel den Rahm zu Sahne, füllt neun kleine Schüsseln mit den abgezupften Beeren und gibt einen Löffel geschlagene Sahne darüber. Die Mama spendiert sogar ein wenig Zucker, sodass es ein perfekter Nachtisch wird.

Die älteste Schwester Elisabeth kommt von der Arbeit. Ihr bleibt der Mund offen, als sie den schön gedeckten Tisch sieht, und sagt:

„Ja, was ist denn heute bei uns los?“

„Du weißt doch, heute gibt es das Abschiedsessen für August“, sagt Marie.

„Ach ja“, seufzt Elisabeth, „das habe ich bei der ganzen Arbeit beinahe vergessen.“

Alle hören schwere Schritte und ein Räuspern, mit dem Vater August seine Rührung verbirgt, als er in die Küche kommt. Dann stürmen noch Wilhelm und Franz mit ihrem großen Bruder August herein. Dieser hat noch einmal mit seinen kleinen Brüdern so richtig gerauft und sich dabei auch den Schleier auf seiner Seele vertrieben. Alle setzen sich um den Tisch. Heute beginnt der Vater mit dem Tischgebet: „Vater unser im Himmel, geheiligt werde dein Name …“ Beim „dein Reich komme“ kämpft er mit den Tränen, denn Krieg ist immer das Gegenteil von Gottes Reich. Alle stimmen in das Gebet ein und Marie fährt mit dem „Ave Maria“ fort. Alle lächeln, denn sie wissen, was für Marie „die Himmelmama“ bedeutet.

Marie schiebt noch schnell ihre Marienmedaille, die sie zur Erstkommunion erhielt, zu ihrem Bruder hin und sagt:

„Alle Mütter wollen, dass ihre Kinder am Leben bleiben, auch die Muttergottes.“

Verlegen sieht August die Medaille an und kämpft mit den Tränen. Er nickt liebevoll zu Marie hin. Beide wissen auch ohne Worte, dass diese Medaille an seiner Brust Platz haben wird.

Das Essen schmeckt ausgezeichnet. Es wird gelacht und geschwatzt. Wilhelm und Franz sind ganz aufgeregt und fragen:

„August, wirst du wirklich auf ein Schiff kommen? Gegen wen musst du dann kämpfen? Werden dich die Feinde nicht abschießen?!"

„Fragt nicht so viel auf einmal", sagt die Mama, „und schluckt zuerst euren Bissen hinunter."

„Vermutlich muss ich gegen England kämpfen, aber seid ohne Sorge. Ich bin in einem Unterseeboot. Das sieht man nicht auf dem Meer."

„Ja, aber wenn die Feinde auch unter Wasser sind, können die Boote zusammenstoßen", sagt Wilhelm etwas altklug.

„Das stimmt. Deswegen muss man ganz gut aufpassen und genau die Seekarte lesen können, damit man weiß, wo man sich befindet. Aber wisst ihr, dass ich nur ein ganz einfacher Marinesoldat bin. Der Kommandant, der Kapitän und viele Offiziere kennen sich viel besser aus als ich."

Die Buben geben sich zufrieden. Sie sind sehr stolz auf ihren großen Bruder.

Nach dem Essen sagt Marie:

„Kommt, wir beten noch einmal gemeinsam den Rosenkranz. Die Küche räumen wir später auf."

Das gleichmäßige Gebet sinkt in ihre Seelen und beruhigt das Gemüt. Zum Schluss greifen alle in den Weihwasserkessel und segnen August. Dabei stoßen sich Wilhelm und Franz gegenseitig an und sie können das Lachen nicht mehr verbeißen, denn noch nie haben sie ihrem großen Bruder ein Kreuz auf die Stirn gemacht. Die ganze Familie stimmt in ihr Lachen ein und die Traurigkeit ist für kurze Zeit verflogen.

Am nächsten Morgen läutet es schon früh an der Haustüre. Einige Kollegen holen August ab. Es geht alles sehr schnell. So bleibt beim Abschiednehmen keine Zeit für Traurigkeit. Die Eltern und alle sechs Geschwister winken August nach. Bevor der Weg eine Biegung macht, dreht er sich noch einmal um und winkt zurück.

Die Menschen in Bamenohl können noch gar nicht begreifen, was da über sie hereingebrochen ist. Plötzlich sind keine jungen Männer mehr da. Die Schulen werden aus Mangel an Lehrern vorübergehend geschlossen. Sogar die Fabrik im nahen Finnentrop, in der viele Bamenohler Männer Arbeit fanden, wird vorläufig geschlossen. Lebensmittelknappheit und Preissteigerungen sind die Folge. Auch wenn vor dem Krieg viele Menschen einfach lebten, schlittern sie jetzt in die Armut.

„Wie gut, dass du noch Arbeit hast", sagt Amalia eines Abends zu ihrem Mann.

„Ja, und wir haben eine Kuh, Hühner und ein Schwein", sagt Marie. „Wir können dem lieben Gott danken."

„Marie, du bist ein so gutes Mädchen", sagt der Vater und streicht ihr über die Haare.

„Deswegen können wir ja von unsrem Gemüse und den Kartoffeln etwas hergeben", wirft Marie noch einmal ein. „Kann ich Frau Luzia ein paar Kartoffeln, Eier und Äpfel bringen? Sie hat keinen Garten und ihr Mann ist im Krieg. Sie hat ein paar kleine Kinder."

„Wo du nur alles herhast, Marie", sagt lächelnd die Mama und beginnt einen Korb mit Lebensmitteln zusammenzupacken. Marie zieht sich die Schuhe an und nimmt den Korb.

Draußen ist es noch hell. Es ist ja erst Anfang September. Wie schnell sich doch in einem Monat das Leben in Bamenohl verändert hat, denkt sich Marie und läuft die Straße hinunter.

Die Eltern schauen ihr beim Küchenfenster nach, fassen sich bei den Händen und sagen gleichzeitig: „Unser liebes Mariechen hat ein so weites Herz."

Diese kleinen Momente des Glücks können nicht darüber hinwegtäuschen, dass der Krieg alles verändert hat. Wie ein dünner Trauerflor liegt die Sorge um August über der Familie. Niemand möchte die anderen mit der eigenen Sorge belasten.

Doch als Marie wieder einmal die Mama weinend beim Herd stehen sieht, sagt sie:

„Mama, machst du dir Sorgen um August?"

Die Mama nickt.

„Weißt du", sagt Marie, „ich bin auch traurig, aber ich laufe oft in meine Kammer zum Marienbild und bete zu ihr."

„Wir haben schon einige Wochen nichts von August gehört. Jetzt ist schon November. Weißt du noch, wie er gesagt hat, dass bis Weihnachten der Krieg zu Ende sein wird?"

Es klopft. Marie läuft zur Tür. Der Postbote bringt einen Brief. Marie erkennt gleich das Marinezeichen. Die Mama öffnet den Brief mit zittrigen Fingern. Im Brief schreibt August mit wackeliger Schrift, dass sich die Eltern und Geschwister keine Sorgen um ihn machen müssen. Er sei bei der Dritten Marineflotte eingesetzt, die vor allem das Auskundschaften des Feindes im Westen zum Auftrag hat. Auch hoffe er, dass er zu Weihnachten für ein paar Tage Heimaturlaub bekommen werde. Die Mama und Marie fallen sich um den Hals. Der sauerländische Bohneneintopf, den die Mama und Marie gemeinsam vorbereiten, schmeckt heute der ganzen Familie besonders gut. Für ein paar Tage löst sich der Trauerflor im Haus in Luft auf.

Ein paar Wochen später, am Heiligen Abend, liegt die Traurigkeit nicht nur über der Familie Autsch, sondern über ganz Bamenohl, denn es ist weder der Krieg vorbei, noch kamen die jungen Männer auf Urlaub heim. Die geduckte Haltung, mit der sich viele Menschen zur Mette aufmachen, rührt nicht nur vom kalten

Wind. In vielen Fenstern brennt für Familienangehörige an der Front ein Kerzenlicht.

Eines Tages kommt der Vater mit einer guten Nachricht nach Hause: „Ich habe von einem Arbeitskollegen gehört, dass die Familie Brögger für ihre Kinder ein Kindermädchen sucht. Marie, möchtest du diese Arbeit annehmen?"

Marie schaut von ihrer Stickarbeit auf und sagt:

„Papa, das ist ja wunderbar. Da verdiene ich auch Geld und kann euch unterstützen. Irgendwann kaufe ich mir dann ein Fahrrad."

Der Vater schüttelt über so viel Schwung seiner Tochter den Kopf und sagt:

„Ja, Marie, das machst du. Jetzt wird bald Frühling. Da kannst du auch die zwei Kilometer gut zu Fuß nach Finnentrop gehen."

Marie blickt zu ihrer Mama. Es gibt ihr einen Stich, denn sie sieht zum ersten Mal ganz bewusst, wie mager und abgezehrt die Mama aussieht.

„Mama, wirst du den Haushalt ohne mich schaffen?"

Die Mama wischt sich mit der Kochschürze den Schweiß von der Stirn und sagt:

„Ach, Marie, du bist so aufmerksam. Manches Mal wird mir wirklich alles zu viel und jetzt im Frühjahr plagt mich wieder vermehrt das Rheuma."

„Vielleicht solltest du doch zu einem Arzt gehen, Amalia", sagt der Vater.

„Das kostet doch Geld und du weißt, August, dass wir so schon schwer über die Runden kommen."

„Mama, dann verschiebe ich das Fahrrad auf später und du kannst zum Arzt gehen."

„Ja, Marie, doch zuerst bewirbst du dich für diese Stelle. Gertrude und Amalia können mir auch noch helfen und Elisabeth hat ebenfalls ab und zu frei. Die kleinen Lausbuben sind außerdem aus dem Ärgsten draußen."

Zwei Tage später geht Marie zum ersten Mal in ihrer besten Kleidung und mit ihren einzigen guten Schuhen zu Fuß von Bamenohl nach Finnentrop. Das Herz klopft laut, als sie das große Haus und daneben die Auslage mit den schönen Kleidern sieht. Sie läutet bei der Hausglocke. Ein Mann macht ihr die Türe auf und sagt:

„Grüß Sie Gott, Sie sind sicher Fräulein Maria Cäcilia Autsch?"

„Ja, Sie können Marie zu mir sagen."

„Kommen Sie, gehen wir hoch, meine Frau erwartet Sie bereits."

Sie gehen die breite Treppe mit dem schmiedeeisernen Geländer hinauf und Herr Brögger ruft:

„Ludmilla, Fräulein Autsch ist da!"

In der Wohnungstür hängen zwei kleine Buben am Rockzipfel ihrer Mutter. Dahinter steht ein vielleicht achtjähriges Mädchen mit kurz geschnittenen Haaren. Marie muss lächeln, denn in Bamenohl tragen die Mädchen normalerweise lange Haare, die sie zu Zöpfen flechten.

Marie verbeugt sich vor der Hausfrau. Diese reicht ihr die Hand und sagt:

„Kommen Sie herein, Fräulein Autsch. Fühlen Sie sich wie daheim. Ich bin sehr froh, dass Sie mir bei den Kindern helfen werden. Wie Sie sehen, hat sich das nächste Kind bereits angemeldet."

Marie lächelt und sagt:

„So gut ich kann, werde ich Sie unterstützen. Mit Kindern umzugehen, ist mir nicht neu. Ich habe noch zwei kleinere Brüder zuhause."

Die achtjährige Tochter nimmt Marie bei der Hand und zeigt ihr das große Kinderzimmer. Marie ist über das schöne Zimmer erstaunt und fragt:

„Schläfst du hier ganz alleine?"

„Ja, mein kleiner Bruder und meine kleine Schwester schlafen im Zimmer neben den Eltern, weil sie nachts öfters aufwachen. Wenn das Baby kommt, wird meine kleine Schwester Rosalinde sicher bei mir schlafen. Und wie heißt du eigentlich?"

„Ich bin Marie, du darfst du zu mir sagen."

„Ich heiße Theresia, nach der heiligen Thérèse von Lisieux. Kennst du die Geschichte von der heiligen Thérèse?"

Marie sieht Theresia erstaunt an und sagt:

„Ja, unser Vater hat uns Kindern am Abend oft Heiligengeschichten erzählt oder vorgelesen. Die Geschichte von der heiligen Thérèse von Lisieux gefällt mir besonders gut. Es ist noch nicht lange her, seit sie gelebt hat. Drei Jahre nachdem sie starb, bin ich geboren."

„Marie, bleibst du sicher bei uns? Erzählst du mir die Geschichte von Thérèse und noch viele andere?"

Marie ist gerührt, schließt Theresia in ihre Arme, der Bann ist gebrochen. Die Eltern sind erstaunt, wie schnell sich Marie mit Theresia vertraut machen konnte, denn ansonsten ist sie Fremden gegenüber sehr zurückhaltend.

Am Abend, als Marie zu Fuß nach Hause geht, ist sie sehr glücklich. Sie kommt bei der Haustüre herein und ruft:

„Mama, ich habe die Stelle bei den Bröggers bekommen. Morgen kann ich bei ihnen anfangen zu arbeiten. Sie haben drei Kinder und das vierte ist unterwegs. Herr und Frau Brögger sind sehr nett."

Mit einem weinenden und einem lachenden Auge schließt die Mama Marie in die Arme und sagt:

„Du wirst mir zwar abgehen, doch du wirst deinen Weg gehen."

Marie wird es schwer ums Herz. Sie läuft in ihre Kammer und kniet sich vor ihren Hausaltar. Es würgt sie und die Tränen rinnen über ihre Wangen. Plötzlich weiß sie, warum, und sagt ganz leise:

„Ja, ich habe dir bei der Erstkommunion versprochen, dass ich ins Kloster gehe, aber weißt du, noch ist die Zeit dazu nicht reif. Jetzt braucht mich diese Familie, vor allem die kleine Theresia und meine Familie braucht das Geld, das ich verdiene."

Der Vater kommt von der Arbeit und sieht Marie erwartungsvoll an.

Sie sagt: „Ja, ich fange morgen zu arbeiten an. Nun habt ihr es auch leichter."

„Aber Marie, bist du dann nicht mehr daheim, so wie August?", fragen sie fast gleichzeitig ihre Brüder Wilhelm und Franz.

„Nein, ich komme jeden Abend heim. August kommt erst wieder, wenn der Krieg zu Ende ist."

Für Marie beginnt eine spannende Zeit. Sie gewinnt durch ihre fröhliche Art bald das Vertrauen der zwei kleineren Kinder. Theresia fällt es sichtlich schwer, am Morgen, wenn Marie gerade gekommen ist, die Schultasche zu packen und in die Schule zu gehen. Doch Marie tröstet sie und sagt:

„Weißt du, ich kann dir nicht Lesen, Schreiben und Rechnen beibringen. Das lernst du alles in der Schule. Doch ich erzähle dir, wenn du magst, gerne von Jesus."

Bevor Theresia die Wohnung verlässt, sagt sie noch zu Marie:

„Versprich mir, dass du mir heute am Abend, bevor du nach Hause gehst, die Geschichte von der heiligen Thérèse erzählst."

„Versprochen!"

Lachend läuft Theresia die Stiege hinunter und Frau Brögger sagt zu Marie:

„Wie schaffst du es bloß, Theresia immer wieder zu motivieren, in die Schule zu gehen?“

Marie lächelt und sagt, dass sie später ein Versprechen, das sie Theresia gegeben hat, einhalten muss. Abends, als die zwei kleinen Kinder bereits schlafen, geht Marie in Theresias Zimmer. Sie freut sich sehr und sagt:

„Toll! Hast du noch Zeit für die Geschichte von Thérèse?“

„Ja, natürlich. Komm, leg dich ins Bett, ich setze mich neben dich.“

„Die kleine Thérèse von Lisieux ist 1873 in Frankreich geboren. Meine Mama ist nur sieben Jahre älter als sie und deine Mama ist nur ein paar jünger, als Thérèse heute wäre. Sie war die Jüngste und hatte vier ältere Schwestern, außerdem vier ältere Brüder, die alle als kleine Buben gestorben sind. Als Therese vier Jahre alt war, starb auch ihre Mama. Der Papa zog mit seinen fünf Töchtern nach Lisieux. Bereits als kleines Mädchen hatte Thérèse Jesus sehr lieb. Sie glaubte fest daran, dass ihre Mama und ihre vier Brüder im Himmel sind und gut auf sie aufpassen. Als sie 14 Jahre alt war, betete sie für einen Mann, der einen anderen Mann getötet hatte und zum Tode verurteilt wurde, dass er doch noch vor seinem Tod an Gott glauben möge. Dieser Mann hat wirklich vor seinem Tod Gott um Verzeihung gebeten und zu einem Priester gesagt, dass es ihm leidtut, was er alles falsch gemacht hat.

Mit 15 Jahren wollte Thérèse in Lisieux ins Kloster gehen, doch der Bischof sagte, dass dies noch zu früh sei.“

Während Marie dies erzählt, muss sie mit den Tränen kämpfen und Theresia fragt sie:

„Warum weinst du, Marie?“

Marie streicht ihr über den Kopf und sagt leise:

„Weißt du, ich habe bei meiner Erstkommunion Jesus auch versprochen, dass ich ins Kloster gehe."

„Aber Marie, du bleibst doch bei uns, oder?"

„Ja, Schätzchen, jetzt bleibe ich bei euch. Deine Mama braucht mich, denn bald kommt das Baby."

„Erzähl weiter, Marie, was mit Thérèse passiert ist."

„Als sie mit 16 Jahren mit einer Pilgerfahrt nach Rom fuhr, fragte Thérèse sogar den Papst, er hieß Leo, ob sie ins Kloster gehen darf. Doch dieser sagte zu ihr, dass der Bischof von Lisieux damit einverstanden sein muss. Als Thérèse von Rom heimkam, erlaubte ihr der Bischof, ins Kloster zu gehen. Thérèse betete oft für andere Menschen und viele wurden durch ihr Gebet gesund. Ihre Oberin sagte sogar, dass sie alles, was sie bisher erlebt hat, aufschreiben müsse. Thérèse wurde selber sehr krank. Sie fragte nie, warum sie so früh sterben müsse, oder ob sie Gott etwa gar strafen wolle, was viele Menschen damals noch glaubten. Sie war überzeugt, dass Gott alle Menschen gerne mag, auch wenn sie nicht immer gut gelebt haben. Die Menschen brauchen nur auf Gott zu vertrauen und zu versuchen, mit jedem Menschen gut zu sein, ganz gleich, woher er oder sie kommt. Thérèse von Lisieux wurde nur 23 Jahre alt."

Bei ihren letzten Worten blickt Marie Theresia an und sieht, dass sie eingeschlafen ist. Sie streicht ihr noch einmal über den Kopf und macht ihr das Kreuz auf die Stirn.

***

Noch weiß Marie nicht, wie oft sie im KZ in Auschwitz vielen Sterbenden die Geschichte der kleinen Thérèse von Lisieux erzählen wird und diese Menschen Trost darin finden.

Thérèse Erkenntnis, dass alles ein Geschenk, also Gnade ist und auch die Gerechtigkeit Gottes mit Liebe „umkleidet" ist, wird für viele in der Hölle von Auschwitz ein Trost sein. Thérèse von Lisieux wird als Karmeliterin mit braunem Kleid, weißem Mantel und schwarzem Schleier abgebildet. Sie hält einen Strauß Rosen in den Armen. Vor ihrem Tod versprach sie, den Mitschwestern vom Himmel Rosen auf die Erde zu streuen.

Sie war ein großes Vorbild für Marie, die spätere Schwester Angela.

***

Marie steht auf und verlässt so leise wie möglich Theresias Zimmer. Im Gang begegnet ihr Frau Brögger und sagt:

„Marie, seit du bei uns bist, ist Theresia wie ausgewechselt. Ich bin sehr froh darüber. Die Kleinen haben dich ebenfalls liebgewonnen. Das ist für mich sehr beruhigend, denn in sechs Wochen soll ja das Baby kommen."

„Danke, Frau Brögger, ich bin sehr gerne bei Ihnen und auch ich mag die Kinder gerne. Jetzt mache ich mich auf den Nachhauseweg, damit ich, bevor die Dunkelheit hereinbricht, heimkomme."

Schneller als sie glaubt wird es Nacht. Wie froh ist Marie, als endlich die ersten Lichter von Bamenohl zu sehen sind. Die Eltern sitzen noch beim Küchentisch.

„Marie, du bist heute spät dran. Wir haben uns schon Sorgen gemacht."

„Wisst ihr, ich hatte Theresia versprochen, vor dem Schlafengehen die Geschichte der heiligen Thérèse von Lisieux zu erzählen."

Der Vater muss lächeln. Wie oft hatte er den eigenen Kindern Heiligengeschichten vorgelesen, deshalb sagt er:

„Marie, du hast dir sicher diese Geschichten am besten von deinen Geschwistern gemerkt."

Marie lächelt. Sie blickt ihre Mama an. Ihr Lächeln erstarrt. Seit sie bei den Bröggers ist, hat sie ihre Mutter nie mehr so genau betrachtet. Sie sieht, dass diese stark an Gewicht verloren hat.

„Mama, geht es dir nicht gut?"

Amalia versucht zu lächeln, doch es gelingt ihr nicht so recht.

„Marie, ich glaube, dass mir etwas am Herzen fehlt. Ich fühle mich sehr erschöpft."

„Mama, vielleicht kommt die Müdigkeit auch vom Rheuma? Und wir sind sieben Kinder, du sorgst so gut für uns! Meine Chefin bekommt erst das vierte Kind. Sie ist auch oft müde, obwohl sie eine Putzfrau und mich für die Kinder hat."

Der Mama rinnen die Tränen über ihre Wangen, sie schluchzt und sagt:

„Aber Marie, ich bin noch nicht einmal 50 Jahre alt und fühle mich schon so verbraucht."

„Amalia, du hast so viel geleistet und machst immer noch viel. Ich werde mit Gertrude reden, damit sie noch ein bis zwei Jahre daheim bleibt, um dir zu helfen", meint August. Dankbar sieht Amalia ihren Mann an.

Auch Marie versucht, ihre Mutter zu trösten: „Ich werde am Abend auch wieder pünktlicher heimkommen. Heute hat mich Herr Brögger gefragt, ob ich, wenn mit dem Baby alles gut geht, bei ihm im Geschäft eine Lehre als Verkäuferin anfange. Sie nehmen dann ein anderes Kindermädchen."

Die Eltern freuen sich darüber und die Mama sagt:

„Marie, du bist begabt und liebenswert. Einen Lehrberuf zu erlernen ist für ein Mädchen schon etwas Besonderes. Doch nun sagen wir Gott danke für alles und gehen schlafen."

Am 15. April 1915 beginnt Marie ihre Lehre. Vorher muss sie Theresia versprechen, dass sie in der Mittagszeit immer in die Wohnung kommt. Frau Brögger drückt ihr auch noch schnell das Baby in den Arm und sagt:

„Ja, Marie, du isst bei uns zu Mittag, die Kinder mögen dich so gerne und das Baby soll dich ja auch kennenlernen."

Marie bedankt sich, läuft die Treppe hinunter und betritt zum ersten Mal die Firma Bischoff/Brögger.

***

Ich sitze am Schreibtisch
draußen fällt Schnee
mein Blick fällt
auf das Bild
von Schwester Angela
auf meinem Schreibtisch –
ich stelle mir vor
wie sie zum ersten Mal
die vielen Kleider
im Geschäft sah –
ein junges Mädchen
aus einfachem Haus
mit viel Liebe
für die Menschen
in ihrem Innersten
eine tiefe Sehnsucht

***

Herr Brögger stellt Marie seinen Mitarbeiterinnen und Mitarbeitern vor und sagt:

„Das Fräulein Marie fängt heute bei uns die Verkäuferinnenlehre an. Ich bitte Sie, ihr wohlwollend zur Seite zu stehen und ihr alle notwendigen Dinge zu erklären. Sie war ein halbes Jahr zur vollsten Zufriedenheit unser Kindermädchen. Also, viel Glück bei uns, Marie!"

Die Mitarbeitenden reichen Marie die Hand. Mit ihrem warmen Lächeln findet sie sofort Zutrauen. Eine langjährige Mitarbeiterin führt sie durch das Geschäft und die Lagerräume. Marie ist überrascht von der Größe des Betriebes. Noch nie hat sie so viele Kleider und Anzüge gesehen.

Eine spannende Zeit beginnt. Durch ihr liebenswertes, fröhliches Wesen ist sie sowohl bei Kolleginnen und Kollegen als auch bei der Kundschaft beliebt.

Marie freut sich jeden Tag auf die Mittagszeit. Theresia empfängt sie bereits an der Wohnungstüre und erzählt Marie ihre Fortschritte, aber auch ihre kleineren und größeren Probleme mit ihren Freundinnen. Auch Theresias kleinere Geschwister machen ihre Späße mit Marie. Bald streckt ihr auch das Baby seine Ärmchen entgegen.

Gegen Ende ihrer Lehrzeit erfüllt sich Marie ihren lang gehegten Wunsch und kauft sich ein Fahrrad. Laut singend fährt sie am Abend von Finnentrop nach Bamenohl. Ihre zwei jüngeren Brüder, die inzwischen 17 und 13 Jahre alt sind, sehen Marie schon von weitem und laufen ihr entgegen. Das ist ein Hallo! Gleich wollen sie das Radfahren ausprobieren. Doch Wilhelm stürzt mit dem Fahrrad und schürft sich die Hände auf. Auch bei Franz gelingt das Fahren nicht sofort. Lachend kommen alle drei zum Haus. Inzwischen ist Amalia ebenfalls im Dienst. Nur Gertrud ist daheim geblieben, da sich Mamas Gesundheitszustand immer mehr verschlechtert hat.

Beide kommen vors Haus und bewundern das Fahrrad von Marie.

„Stellt euch vor, Herr Brögger hat mir die Hälfte bezahlt, weil ich trotz meines Berufes immer bei seinen Kindern aushelfe und ihnen, bevor ich heimfahre, Geschichten erzähle", sprudelt es aus Marie heraus.

Inzwischen ist Frau Brögger mit dem fünften Kind schwanger. Auch wenn es am Abend bei der Familie noch viel zu tun gäbe, nimmt sich Marie vor, jetzt mit dem Rad früher nach Hause zu kommen, und sagt das auch Mama und Gertrud.

Die Mama schüttelt zweifelnd den Kopf.

„Mama, was ist?", fragt Marie.

„Der Vater kommt jetzt bald nach Hause und will mit uns reden."

Fast wäre die Freude über Maries neues Fahrrad verflogen, denn alle spüren, dass es etwas Ernstes sein muss, was der Vater zu besprechen hat. Marie wagt noch eine Frage:

„Mama, ist etwas mit August?"

Die Mama schüttelt den Kopf und wischt sich ein paar Tränen aus den Augen.

Inzwischen sind die großen Schwestern und der Vater von der Arbeit heimgekommen. Ein betretenes Schweigen macht sich um den Küchentisch breit. Nach dem gemeinsamen Tischgebet und dem einfachen Abendessen räuspert sich der Vater und sagt:

„Ihr wisst, dass der Steinbruch bereits seit zwei Jahren offiziell geschlossen ist und ich trotzdem bis jetzt weiter dort arbeiten konnte. Doch nun ist es damit vorbei. Durch den langen Krieg gibt es praktisch keine Aufträge mehr und die Firma wird nun ganz geschlossen. Die Mitarbeiter werden alle abgebaut.“ Der Vater kämpft mit den Tränen, als er sagt:

„Wir müssen bis Anfang April unser Haus aufgeben und wir werden nach Heinsberg ziehen.“

„Aber warum müssen wir so weit wegziehen?“, rufen alle durcheinander.

Die Mama mischt sich ins Gespräch ein und sagt:

„Ihr wisst ja, dass ich von Heinsberg stamme. Wir haben dort auch schon ein paar Mal Verwandte besucht. In Heinsberg finden wir leichter eine Unterkunft und der Vater eine Arbeit.“

„Dann sehen wir uns nur noch an meinen freien Tagen“, wirft Elisabeth, die in Bamenohl arbeitet, ein.

„Und ich habe mir ein so schönes Fahrrad gekauft. Ich wollte damit jeden Morgen nach Finnentrop und am Abend wieder heimfahren“, sagt Marie traurig.

„Wir haben keine andere Wahl“, erwidert der Vater. „Ich habe mich bereits erkundigt und bekomme sehr wahrscheinlich bei der Bahn eine Arbeit. Eine Wohnung habe ich ebenfalls in Aussicht.“

Ein geschäftiger Monat beginnt. Durch die viele Arbeit, die das Auflösen des Haushaltes mit sich bringt, bleibt wenig Zeit für Traurigkeit. Marie kommt jeden Abend etwas früher mit dem Fahrrad heim und hilft beim Zusammenpacken. Schnell ist der 3. April 1918 da. Die Familie verabschiedet sich bei all den lieben Menschen, mit denen sie so viele Jahre im Dorf zusammenlebten. Bei den großen Töchtern fließen besonders viele Tränen, denn sie müssen sich von Freunden trennen, bei denen das eigene Herz auch ab und zu höherschlägt. Heinsberg ist für zärtliche Annäherungen zu weit entfernt.

Am Abend des nächsten Tags steht die Familie vor ihrer neuen Unterkunft. Es ist ein altes, strohbedecktes Bauernhaus ganz unten am Bach. Sozialer Aufstieg ist es keiner, denn im Haus wohnen noch zwei weitere Familien. Nach dem anfänglichen Schrecken der bereits erwachsenen Kinder über diese einfachen Wohnverhältnisse hält der 13-jährige Franz gleich Ausschau, ob es bei den zwei Familien auch Buben gibt. Doch bald lebt sich die Familie ein. Hauptsache ist, dass der Vater bei der Bahn untergekommen ist.

Am Wochenende kommt Marie zum ersten Mal mit dem Zug nach Heinsberg. Obwohl es schon Mitte April ist, ist es am Bach kühl, feucht und schattig.

„Mama, du musst hier sehr gut mit deinem Rheuma und deinen Herzproblemen auf dich aufpassen. Heize dir immer den Herd in der Küche ein", sind die ersten Worte von Marie, als sie ihre schmächtige Mama sieht.

„Es geht schon, Marie. Wir können auf der Anhöhe einen Acker für den Gemüseanbau verwenden. Dort ist es sehr sonnig. Es wird mir guttun."

Marie erzählt, dass sie bei einem Werkmeister der Firma Bischoff/Brögger ein Zimmer gemietet hat:

„Mama, dort gibt es auch zwei Mädchen. Sie sind sehr nett zu mir. Auch ihre Mama ist freundlich. Ich fühle mich sehr wohl."

Marie verschweigt, dass sie nun abends nach der Arbeit wieder länger Frau Brögger hilft, denn nach der Geburt ihres fünften Kindes ist sie sehr geschwächt. Theresia braucht ebenfalls noch den Beistand von Marie, da sie als Älteste in der emotionalen Zuwendung oft zu kurz kommt. Wenn Marie am Wochenende nicht nach Heinsberg fährt, gönnt sie sich am Sonntag ab und zu eine Radtour rund um Finnentrop. Nach dem Sonntagsgottesdienst kann sie so für die Arbeitswoche auftanken.

An einem wolkenlosen Sommersonntag hört sie plötzlich eine Stimme hinter sich:

„Marie? Du bist doch Marie aus unserer Klasse. Schau, ich habe mir ebenfalls ein Fahrrad gekauft."

Der junge Mann ist inzwischen neben Marie angekommen und lacht:

„Ja, klar. Du bist die Marie, du hast ein ganz schönes Tempo darauf."

Beide begrüßen einander und lachen, weil sie sich ihren Kinderwunsch erfüllt haben. Eine Weile fahren sie lachend und schwatzend nebeneinander her. Bei einer Kreuzung trennen sich ihre Wege.

„Sehen wir uns wieder, Marie?"

„Ja, vielleicht. Es war eine feine Radfahrt mit dir."

Dann, im Spätherbst, gibt es nur noch ein Thema in der Firma, in der Marie ihre Lehre absolviert, und zwar, dass der Krieg bald zu Ende sei. Auch ist bis Finnentrop durchgedrungen, dass die Marinesoldaten auf verschiedenen Schiffen den Aufstand proben und nicht mehr die Befehle ihrer Oberen ausführen wollen. Marie bekommt Angst um ihren Bruder und betet noch mehr als sonst, dass die Gottesmutter ihn und alle beschützen möge, damit nicht viele noch unnötig sterben müssen.

Am 11. 11. 1918 beendet der Waffenstillstand von Compiègne den Ersten Weltkrieg. Mit 17 Millionen geschätzten Toten war es bis dahin der tödlichste Konflikt aller Zeiten. Annähernd 70 Millionen Menschen standen unter Waffen. Allein im kleinen Dorf Bamenohl sind 35 Männer gefallen und viele kehren als Verwundete zurück. Welche seelischen Schäden die Kriegserlebnisse angerichtet haben, lässt sich wohl nicht erfassen. Auch konnten die Heimkehrer die Schande, dass der Krieg verloren war, nur schwer überwinden. Von „großer Not" und „drückender Sorge" schrieben die Zeitungen. Was Frauen und Kinder der Heimgekehrten ertragen mussten, bis wieder ein einigermaßen gutes Zusammenleben möglich war, steht in keiner Chronik.

Als August knapp vor Weihnachten heimkehrt, erzählt er seinen Freunden stundenlang von seinen Eindrücken beim Kieler Matrosenaufstand. Daheim redet er nur spärlich davon, denn er will vor allem die Mama nicht beunruhigen.

Der Kieler Matrosenaufstand fand kurz vor dem Ende des Ersten Weltkrieges statt. Auslösender Moment waren Befehlsverweigerungen auf einzelnen Schiffen der vor Wilhelmshaven ankernden Hochseeflotte. Etliche Matrosen und ihre Offiziere sahen den am 24. Oktober erlassenen Flottenbefehl, zu einer Entscheidungsschlacht gegen die britische Marine auszulaufen, als militärisch sinnlos an. Dies mündete in einer Meuterei mehrerer Schlachtschiffbesatzungen. Das Dritte Geschwader der Flotte wurde daraufhin nach Kiel zurückbeordert. In Kiel trat die Arbeiterschaft an die Seite der Matrosen. Es kam zu einem allgemeinen Aufstand. Von Kiel aus wurde der Impuls zur Ausbreitung der Unruhen gegeben, die dann zur Novemberrevolution und somit zum Ende der Monarchie in Deutschland und in Folge zur Errichtung der Weimarer Republik führten.[2]

Irgendwann erzählt August seiner Schwester Marie, zu der er immer noch ein großes Vertrauen hat, dass er auch zu den Befehlsverweigerern gehört hat. Marie antwortet ihm in der ihr eigenen einfachen und klaren Sprache:

„August, das war doch gut so. Sonst wären noch viele tausend Seeleute gestorben und vielleicht auch du.“

August ist dankbar über diese Worte von Marie, denn Befehlsverweigerung ist bei vielen, die zum Gehorsam gegenüber Vorgesetzten erzogen wurden, ein Verbrechen.

Die Jahre des Wiederaufbaus sind sehr schwierig. Die Firma Bischoff/Brögger übersteht aber die Wirtschaftskrise und Marie trägt in dieser Zeit sehr zum Unterhalt ihrer Familie bei. So oft es ihr möglich ist, fährt sie an den Wochenenden nach Heinsberg, um der Mama und Gertrud zu helfen. Dadurch, dass sie die Mutter nicht jeden Tag sieht, fällt ihr viel stärker auf, dass diese immer schwächer wird. Irgendwann bemerkt sie auch Mamas geschwollene Beine und macht ihren Vater darauf aufmerksam. Endlich begibt sich Amalia in ärztliche Behandlung und spürt eine leichte Besserung. So kann sie sich auch auf die Hochzeit ihrer ältesten Tochter Elisabeth mit Anton Balzer freuen. Es ist ein wunderbarer Tag, an dem die ganze Großfamilie bei der Hochzeit zusammenkommt. Inzwischen ist ja nicht nur August erwachsen, sondern auch alle vier Töchter. Die beiden Jüngsten Wilhelm und Franz sind 18 und 14 Jahre alt. Die Eltern sind dankbar, dass August gesund vom Krieg heimgekehrt ist und nun die älteste Tochter einen neuen Weg einschlägt. Am Abend, bei der Verabschiedung, sagt Marie zu ihrer Schwester:

„Du weißt ja, was ich dir an meinem Erstkommuniontag anvertraut habe. Doch ich habe mein Versprechen an Jesus noch nicht umgesetzt, aber ich weiß, dass ich nicht heiraten, sondern, wenn die Zeit dafür reif ist, ins Kloster gehen werde. Ich wünsche dir viel Glück und dass es dir mit Anton gutgeht."

***

Zwei Wochen später fahre ich mit einer Freundin nach Mödling. Wir steigen vom Zug aus und rufen uns ein Taxi.

„Trinitarierinnenorden, hier in Mödling?"

Noch nie hat der Taxifahrer von diesem Orden gehört.

„Wollen Sie nach St. Gabriel?"

„Nein, zu den Trinitarierinnen. Drei Schwestern leben noch im Kloster."

Irgendwann fällt uns ihre Anschrift ein: Husarentempelgasse 4.

„Ah, da hinaus wollen Sie fahren. Ja, diese Gegend kenne ich."

Wir fahren bei schönen Villen vorbei, hinaus aus der Stadt. Herbstlich bunte Laubwälder säumen die Straße. Mödling ist Ende Oktober in Gold getaucht. Dann, ein offenes Tor, wir fahren die Auffahrt hinauf und stehen vor einem alten Ansitz, vermutlich noch aus der Kaiserzeit. Später erfahre ich, dass dieser wohlhabenden Juden gehört hat, die während der Nazizeit flüchten mussten. Nach dem Krieg wurde dieses Anwesen Gemeindebesitz, der später dem Trinitarierorden geschenkt wurde. Wir verabschieden uns beim Taxifahrer, betreten das Haus und gehen zur Auskunft.

Ein Mann um die 50 kommt. Er begleitet uns zu den Schwestern und sagt: „Ich wohne mit meiner Frau und den sechs Kindern hier und bin unter anderem der Hausmeister für die Schwestern."

Auf einem Türschild neben der Haustüre steht „Trinitarierinnenorden". Wir gehen hinein und gelangen praktisch unmittelbar in den Wohnraum der Schwestern und damit in eine andere Welt. Die Einfachheit rührt sofort an meiner Seele. Im Kohlenherd brennt ein Feuer. Im Raum ist es angenehm warm. Ein Tisch, eine Bank, vier Stühle, eine Kommode sind die ganze Einrichtung des Raumes. An den Wänden hängen Fotos, unter anderem von Besucherinnen aus aller Welt. Auf einem lächelt uns Schwester Angela verschmitzt entgegen. Vier Türen führen in andere Räume. Eine davon öffnet sich, Schwester Evangelista, die ich in Innsbruck kennengelernt habe, kommt herein und begrüßt uns. Gleich fühlen wir uns wohl. Sie bietet uns einen Platz an. Die Küchentür geht auf.

Eine Schwester kommt auf uns zu. Ich merke sofort, dass sie die praktische Schwester ist. Ein nach vorne gebeugter Rücken spricht von jahrzehntelanger, harter Arbeit in Haus und Garten.

„Ah, ihr seid die zwei Tirolerinnen! Ich bin Schwester Felice. Wer von euch möchte denn einen Roman über Schwester Angela schreiben?"

Das Wort Roman klingt ziemlich zweifelnd. Ich lächle und sage, dass ich versuchen will, das Leben von Schwester Angela niederzuschreiben.

Sie blickt mich fragend an und sagt: „In einem Roman ist doch vieles nur erfunden, wird dies gut gehen?"

Ich sage ihr, dass ich mich an die Eckdaten halten und nur eine Erzählung rundherum spinnen werde. An ihrem skeptischen Blick spüre ich, dass ich mir ihre Zuneigung erst erwerben muss.

Nun zeigt uns Schwester Evangelista unsere Schlafstätte. Meine Freundin bekommt das Zimmer gleich neben der Küche. Die Schwester begleitet mich dann durch einen schmalen Gang in mein Zimmer. Alles ist sehr einfach eingerichtet. Ein paar Minuten bleibe ich alleine hier und nehme mir vor, mich ganz auf das Jetzt einzulassen.

Drei Schwestern, alle über 80, ein Leben lang gemeinsam gelebt. Schwester Evangelista, die jetzige Oberin, ist 1955 in den Orden eingetreten. Sie sagt, dass in Mötz, wo Schwester Angela im Orden war, sehr lange nicht über sie gesprochen wurde, da es in Mötz viele Nazis gab. Auch in Mödling wurde nicht über Schwester Angela geredet. Wie überall sollte Gras über diese schreckliche Zeit wachsen. Bis Anfang der Achtzigerjahre war Schwester Angela kein Thema.

1986 las die damalige Generaloberin Schwester Maria Nieves Perez aus Valencia anlässlich eines Besuches in Mödling die Lagerpost von Schwester Angela. Von ihr zur Nachforschung angeregt, machten sich Schwester Hermine und Schwester Felice auf die Suche nach Verwandten von Schwester Angela in Deutschland. In Tirol hat Dr. Peter Stöger schon sehr früh Nachforschungen begonnen.

Schwester Evangelista sagt, dass sie und Schwester Agnes von 1978 bis 1980 in der Erzieherinnenschule in Pfaffenhofen in Tirol waren. Peter Stöger unterrichtete damals in Pfaffenhofen. Später hat sogar eine Schülerin von ihm eine Diplomarbeit über Schwester Angela geschrieben.

Schwester Felice trat 1969 in den Orden ein. Sie war auch länger in Valencia, im Mutterhaus des Ordens tätig und hat auch ein bisschen von der guten spanischen Küche mit nach Mödling gebracht.

Nun mischt sich auch Schwester Agnes in unser Gespräch ein und fragt: „Was machen Sie hier bei uns?“

„Ich schreibe ein Buch über Schwester Angela.“

Sie beginnt zu lächeln und sagt: „Schwester Angela, unsere Schwester Angela. Jetzt gehe ich aber in mein Zimmer. Ich will Sie nicht länger belästigen.“

„Sie belästigen uns nicht, Schwester Agnes. Wenn es für Sie möglich ist, erzählen Sie uns auch noch ein bisschen, was Sie über Schwester Angela wissen.“

„Vielleicht morgen.“

Die zwei anderen Schwestern schütteln zweifelnd den Kopf.

„Schwester Agnes ist gesundheitlich sehr angeschlagen und ihr Gedächtnis hat seit vorigem Jahr stark nachgelassen.“

Schwester Evangelista erklärt uns die Fotos an der Wand. Auf einem Foto ist noch Schwester Carmen abgebildet. Sie war die Älteste in diesem Kloster und verstarb 2004. Auf einem anderen

Foto lachen uns Schwestern aus Madagaskar entgegen. 25 von ihnen kümmern sich dort um die Ärmsten. Noch ein Foto zeigt Schwestern aus Kolumbien. In der Zwischenzeit gibt es mehr als 30 Gemeinschaften der Trinitarierinnen in verschiedenen Ländern.

„Seit wann gibt es diesen Frauenorden?", frage ich dazwischen.

Zwischen 1880 und 1885 schlossen sich fünf junge Frauen unter der geistlichen Führung des Diözesanpriesters Juan Baptist Calvo in Valencia zusammen und gründeten die neue Schwesterngemeinschaft nach den Regeln des männlichen Ordensgründers der Trinitarier Johannes von Matha aus Frankreich.

Die wichtigste Regel lautet: „Alle haben teil an dem von Gott gegebenen Erbe und setzen Gottes Werk in der Geschichte fort. Es gilt, die heiligste Dreifaltigkeit zu ehren und Freiheit den Gefangenen unserer Zeit zu bringen."

Die Trinitarierinnen gehen davon aus, dass Gott so lebensbejahend ist, dass jede Knechtung und Entwürdigung der Menschen Gottes Schöpfung und dem Glauben an Gott widerspricht.

Wenn Gott das volle Leben ist, ist es die logische Konsequenz, dass Menschen sich für ein Leben in Gerechtigkeit einsetzen. Die Trinitarierinnen sehen es als ihren besonderen Auftrag, sich für jene einzusetzen, die aufgrund von Opportunismus, Rassismus oder aus verschuldetem Unwissen ihrer Mitmenschen keine Chance auf ein menschenwürdiges Dasein bekommen.[3]

In der ersten Lebensregel von Valencia heißt es: „Die Schwestern widmen sich dem Unterricht für Kinder der unterprivilegierten Klasse, um den Armen die Frohe Botschaft zu verkünden, und ebenso der Pflege der Kranken. Sie wohnen Tür an Tür mit der arbeitenden Bevölkerung, halten Abendschule für Arbeiterinnen und Dienstmädchen.“[4]

Diesem Grundsatz der Schwestern von Valencia waren auch die Schwestern in Mödling bis zu ihrer Pensionierung verpflichtet.

Im Wohnraum prasselt angenehm das Feuer. Eine Caritasmitarbeiterin kommt, um Schwester Agnes die notwendigen Medikamente zu verabreichen. Bevor Schwester Felice wieder in die Küche zurückgeht, bestätigt sie uns noch, dass sie in den späten Achtzigerjahren des 20. Jahrhunderts mit Schwester Hermine nach Deutschland gefahren ist. Einmal fuhr sie an einem Tag 1000 km bis nach Recklinghausen. Dort blieben die zwei Schwestern eine Woche, um Interviews mit den Verwandten zu machen. Da die Aussagen von Neffen und Nichten später nicht immer korrekt in der Presse wiedergegeben wurden, kam es zu Verstimmungen zwischen den Schwestern und einigen Verwandten. Vor ein paar Jahren hat eine Verwandte doch noch einmal in Mödling angerufen und sich für ihr damaliges Verhalten entschuldigt. Dafür sind die Schwestern sehr dankbar.

Ich frage Schwester Evangelista, ob sie weiß, wie es zur Klostergründung in Mötz kam.

„Ja, ich gebe dir eine Bettlektüre mit, in der ist alles beschrieben.“

Schwester Felice kommt mit dem Abendessen. Sie hat für uns sehr liebevoll gekocht. Beim Essen erzählen wir einander aus unserem Leben. Auch wenn wir sehr unterschiedliche Lebensentwürfe haben, ist mir doch manches vertraut. Ich ging nämlich in meiner Heimatgemeinde bei Schwestern in den Kindergarten und hatte eine Klosterfrau als Klassenlehrerin. Der respektvolle Umgang dieser alten Schwestern miteinander berührt mich sehr.

Nach dem Essen zeigt uns Schwester Evangelista noch das große Speisezimmer und den Kasten mit all den Berichten, Fotos, Büchern und Briefen von und über Schwester Angela.

Wie viele Priester und andere Gäste werden die Schwestern an diesem großen, schweren Tisch bewirtet haben? Vorher haben sie sicher in der Küche geschwitzt, um das Beste auftischen zu können.

Schwester Evangelista gibt mir noch vier Kassetten mit Originalaufnahmen von Gesprächen mit den Verwandten und ZeitzeugInnen. Sie erzählt auch, dass Schwester Hermine anlässlich des Beginns des Seligsprechungsprozesses den damaligen Verantwortlichen für Österreich viele Originalbriefe von Schwester Angela geliehen hat, die nicht mehr ins Kloster zurückgekommen sind. Auch sei beim Seligsprechungsprozess einiges schiefgelaufen. Die Verantwortlichen strebten ja einen Märtyrerinnenprozess an. Doch da Schwester Angela in Auschwitz entweder an Herzversagen oder an einem Granatsplitter gestorben ist[5], wurde sie bisher in Rom nicht als Märtyrerin anerkannt. Erst in den letzten Jahren wird Schwester Angelas Leben noch einmal überprüft. Als Schwester Evangelista dies erzählt, schwingt Traurigkeit in ihrer Stimme mit. Ich tröste sie und sage: „Ob die Amtskirche Schwester Angelas Leben anerkennt und sie eine Selige wird, bleibt dahingestellt. Für uns und für viele Menschen war sie in dieser Schreckenszeit eine besondere Frau, die ein heiligmäßiges Leben gelebt hat."

„Ja", sagt Schwester Evangelista, „sie musste sogar in den Hungerbunker, nur weil sie einen SS-Mann mit ‚Grüß Gott' gegrüßt hat."

Meine Freundin holt einen Ordner aus dem Kasten und beginnt Briefe zu fotografieren. Bevor Schwester Evangelista sich zurückzieht, drückt sie meiner Freundin einen Stein und mir einen großen Nagel in die Hand. Vermutlich stammen diese beiden Gegenstände aus dem Konzentrationslager Mauthausen in Oberösterreich und stehen stellvertretend für die Ausbeutung und den gewaltsamen Tod von unzähligen Menschen während der Zeit des NS-Terrors. Wir halten die Gegenstände in unseren Händen. Tränen laufen uns über die Wangen. Aus meinem Inneren heraus formt sich ein Text:

Soviel Leid
soviel Tränen
soviel Schreie
so lange her
und immer noch
nicht vorbei

Ich bin tief bewegt, dass Schwester Evangelista so viel Vertrauen zu uns hat und uns mit diesen Schätzen allein lässt.

Im Bett beginne ich den Bericht über das Mötzer Kloster zu lesen.

Die Gründung einer Schwesterngemeinschaft der Trinitarierinnen erfolgte im Jahre 1926. Die Gräfin Karoline Erdödy erwarb in Mötz ein kleines Landgut mit Haus, Hof und einigen Feldern, um eine Niederlassung des Ordens zu ermöglichen.

Am 11. August 1926 trafen drei Schwestern aus Valencia und eine Schwester aus Österreich in Mötz ein, sodass die Gründung mit diesem Datum perfekt wurde.

Die kleine Gemeinschaft begann ihr klösterliches Leben in Gebet und Zurückgezogenheit und lebte sehr bescheiden von Paramentenstickereien und Näharbeiten.

Die Anfangsjahre sahen die Eröffnung eines Privatkindergartens im Kloster. In den Wintermonaten wurden außerdem für die größeren Mädchen der Umgebung Nähkurse abgehalten.

Nachdem sich die Gründung gefestigt hatte und die Zahl der Schwestern aus eigenem Lande vielversprechend war, gingen die spanischen Schwestern in ihre Heimat zurück.

Schwester Michaela Roth, die von Anfang an eine wesentliche Rolle bei der Verwirklichung der österreichischen Gründung hatte, wurde Oberin.

Unter ihrer Führung festigten sich die Kontakte mit den Drittordensgemeinschaften in Trier und Paderborn, in deren Folge dann auch Ordenszuwachs aus Deutschland kam. Eine dieser „deutschen" Schwestern war Maria Autsch, die als Schwester Angela vom Herzen Jesu sich mutig gegen den Nationalsozialismus stellte und treu das Evangelium lebte bis zu ihrem Tod in Auschwitz.[6]

Bewegt schlafe ich ein.

Am nächsten Morgen ist es schon früh unruhig im Haus. Wie am Vorabend angekündigt, brechen Schwester Evangelista und Schwester Felice zum Gottesdienst auf. Während meine Freundin und ich beim Frühstück im bereits geheizten kleinen Wohnraum sitzen, kommt Schwester Agnes mit ihrem Rollator lächelnd aus ihrem Zimmer und setzt sich zu uns. Jetzt am Morgen ist ihr Geist hellwach und sie genießt es sichtlich, mit uns alleine am Tisch zu sitzen. Ich bestärke sie und sage: „Sie können mir einfach sagen, was Ihnen einfällt."

Sie sagt: „Dieses Haus hat Juden gehört. Sie mussten vor den Nazis fliehen. Paul besuchte uns im Jahre 2000 [vermutlich ein Nachkomme]. Zwei Schwestern sind nach dem Krieg aus Deutschland gekommen. Schwester Hermine war lange Zeit Oberin. Sie hat alles gut organisiert. Ich war mit ihr öfters in Valencia, denn die Ordensregeln werden alle sechs Jahre neu überarbeitet. Ich habe 40 Jahre Sprachbehandlung bei unseren Heimkindern gemacht. Es ist alles so lange her, ich kann mir nicht mehr alles so gut merken."

Ich tröste sie und sage: „Schwester Agnes, Sie wissen noch so viel von früher, Sie sind immer noch eine wichtige Schwester."

Sie strahlt übers ganze Gesicht.

Die zwei anderen Schwestern kommen von der Kirche zurück. Richtig fesch sind sie in ihrem Ausgehkleid und den glänzenden Schuhen.

Schwester Agnes sagt: „Gell, Schwester Felice, Schwester Hermine hat mit Ihnen alles über Schwester Angela erkundet. Ist alles schon erledigt?"

„Ja, alles haben wir gemacht und wir haben alles gut verwaltet."

Mir fällt jetzt bewusst auf, dass sich die Schwestern mit „Sie" ansprechen. Ich denke mir, dass dies eine gute Möglichkeit ist, höflich miteinander umzugehen, wenn die Schwestern einmal Probleme miteinander haben sollten.

„Schwester Agnes, kann ich mir das Buch von Dr. Margita Schwalbová ausleihen? Sie war ja als Ärztin gleichzeitig mit Schwester Angela in Auschwitz?"

Schwester Agnes schüttelt zweifelnd den Kopf und sagt: „Dann müssen wir es gleich wieder bestellen. Von Pater Quirin haben wir nicht alles zurückbekommen."

Das muss bei den Schwestern tief sitzen, wenn sich sogar Schwester Agnes daran erinnert. Schwester Evangelista sagt ihr, dass dieses Buch nicht mehr im Handel erhältlich ist. Schwester Agnes sagt darauf lächelnd:

„Sie sind die Oberin."

Schwester Evangelista blinzelt mir zu und steckt das Buch in meine Tasche.

Irgendwie kommen wir auf schwere Krankheiten der Schwestern in den letzten Jahren zu sprechen. Es rührt mich sehr an und ich frage mich, wie lange die Schwestern noch so wie jetzt miteinander leben können. Als ob Schwester Evangelista meine Gedanken lesen könnte, sagt sie:

„Wie gut, dass die große Familie, die bei uns wohnt, uns viel hilft."

Vor dem Mittagessen machen meine Freundin und ich im großen Garten einen Spaziergang. Im Gemüsebeet gibt es noch viele reife Tomaten, Paprika und Zucchini. Ob es Schwester Felice heuer noch schafft, das ganze Gemüse zu verarbeiten? Im nahen Wald tauchen wir in das Gold des Herbstes ein. Es ist wie ein Sinnbild dafür, was diese Schwestern in ihrem Leben für andere Menschen getan haben. Bei einer kleinen Abzweigung steht auf einem Schild „Schwesternfriedhof".

Beim Mittagessen frage ich meine Gastgeberinnen, was uns Schwester Angela für heute sagen kann. Fast gleichzeitig geben wir uns die Antwort:

„Sie nannte das Unrecht beim Namen!"

Nach dem Essen unser Versprechen, im Frühjahr 2018 wiederzukommen, anschließend hinein ins Auto, mit Schwester Felice als Chauffeurin zum Bahnhof, ein paar Tränen, winken, abfahren.

Bereichert kommen wir am Abend daheim an.

Zweiter Teil

Am 27. September 1933, an einem strahlend schönen Herbsttag, kommt Marie mit dem Schnellzug in Innsbruck an. Fast setzt für einen Augenblick bei ihr der Herzschlag aus, als sie die imposanten Berge rund um die Tiroler Landeshauptstadt zum ersten Mal sieht. Vom Sauerland her kennt sie ja nur eine Hügellandschaft. Marie steigt mit ihrem wenigen Gepäck in den Personenzug um. Als sie sich bereits zum Aussteigen bereitmacht, sieht sie auf der linken Seite die zwei Zwiebeltürme des Zisterzienserklosters Stams. Dann, kurze Zeit später, rechts auf einem kleinen Berg die Wallfahrtskirche Locherboden. Marie freut sich, dass auch hier zu Ehren Mariens eine Kirche gebaut wurde. Bevor der Zug hält, bittet sie die Mutter Gottes noch schnell um ihren Beistand für ihre Familie, die sie verlassen hat, und auch dass Maria sie in ihrem neuen Lebensabschnitt schützen möge.

Der Zug hält, Marie steigt aus, eine Schwester steht am Bahnsteig, eine herzliche Umarmung und hinein gehts ins Dorf.

Bereits im Mai hat Marie um Aufnahme in die Kongregation der Trinitarierinnen angesucht. Der Pfarrer von Heinsberg hatte schon im Februar Maria in einem Brief der Gemeinschaft vorgestellt und sie als sehr geeignet für das Klosterleben beschrieben.

Die andere Schwester stellt sich als Schwester Agnes vor und erzählt, dass zurzeit zwei Schwestern – sie und Schwester Oberin Michaela – die Gemeinschaft bilden. Momentan sei auch Pater Bruno aus Wien auf Erholungsurlaub hier und außerdem ihre kleine Schwester Anna. Schwester Agnes bleibt stehen und zeigt auf ein Anwesen: „Wir sind da, herzlich willkommen bei uns im Kloster."

Die übrigen Schwestern und die kleine Anna stehen am Balkon und winken. Marie winkt zurück. Die Anspannung fällt von ihr ab. Sie sieht den kleinen Glockenturm am Dach des Hauses. Das Haus ist langgestreckt, der Balkon verläuft über die gesamte Breite des Obergeschosses. Im Parterre hat das Haus Fensterläden aus Holz, davor leuchten zahlreiche Blumensträucher in der Herbstsonne. Der große Apfelbaum daneben ist voll mit reifen Äpfeln.

Da habe ich gleich eine Arbeit, denkt sich Marie. Inzwischen sind die Schwestern vor die Haustüre gekommen und begrüßen sie freundlich: „Ich bin Schwester Michaela und Oberin hier im Haus." Marie und Schwester Michaela blicken einander an und spüren, dass sie gut miteinander auskommen werden. Marie tritt ein, sowohl ins Haus als auch in den Orden. Sofort fühlt sie sich von der einfachen, schlichten Atmosphäre im Haus angetan. Eine Schwester hat bereits einen Malzkaffee am Herd bereitgestellt. Das Feuer darin wärmt die Küche angenehm, denn am späten Nachmittag ist es Ende September bereits kühl. Der nahe Grünberg lässt die Sonne früh untergehen.

„Rufen Sie auch Pater Bruno zum Kaffee", sagt Schwester Oberin zu Schwester Agnes. „Marie. Legen Sie einfach ab und setzen Sie sich zum Tisch. Später zeige ich Ihnen Ihren Schlafplatz." Marie ist erstaunt, dass sich die Schwestern mit Sie anreden. Erst viel später, als die ersten Probleme mit einer Mitschwester auftauchen, wird sie froh darum sein. Eine andere Schwester, sie stellt sich als „Schwester Rita" vor, stellt einen einfachen Germguglhupf auf den

Tisch und sagt: „Zu Ihrem Einstand, Marie, etwas Süßes.“ Pater Bruno kommt mit der kleinen Anna zur Tür herein. Anna stutzt und fragt: „Sind Sie die neue Schwester aus Deutschland?“ Marie nickt und sagt: „Und ich heiße Marie.“

„Hast du diesen Namen von der Mutter Gottes vom Locherboden?“

Marie muss lachen und sagt: „Du bist ja ein ganz schlaues Mädchen. Ja, Anna, Maria ist der Name der Gottesmutter und weil sie so viele Menschen verehren, haben sie ihr an vielen Orten eine Kirche erbaut.“

„Ja, aber am Locherboden ist ein Wunder geschehen, deshalb gibt es unter der großen Kirche die kleine Grotte“, berichtet Anna.

„Ich schlage vor, du gehst mit mir am Sonntag auf den Locherboden, dann erzählst du mir das Wunder.“

„Ja, das machen wir“, freut sich Anna.

Die anderen Schwestern und Pater Bruno sind erstaunt, wie schnell Anna Zutrauen zu Marie gewonnen hat. Nach der Jause geht Schwester Oberin mit Marie auf ihr Zimmer. Sie zeigt auf ein frisch gemachtes Bett und sagt: „Sie schlafen hier, im anderen Bett schläft Agnes. Sie werden sich aneinander gewöhnen. Ruhen Sie sich jetzt von der langen Reise ein wenig aus. Um 17 Uhr treffen wir uns in der Kapelle zur Vesper.“

„Danke, Schwester Oberin, vielen Dank für die liebevolle Aufnahme“, sagt Marie. Dann ist sie allein. Sie öffnet den Koffer und stellt das Foto ihrer Eltern auf das Nachtkästchen. „Mama, steh mir bei, dass ich mich hier gut eingewöhnen kann“, flüstert Marie. Dann zieht sie sich ihre Schuhe aus und legt sich aufs Bett. Sie schläft sofort ein. Plötzlich klopft es an der Tür. Schwester Agnes kommt herein und sagt: „Marie, wir warten schon auf Sie. Kommen Sie in die Kapelle." Marie schreckt hoch, reibt sich die Augen und läuft der Schwester nach. Als Schwester Agnes die Kapellentür öffnet, dringt ein wunderschöner Choral an Maries Ohr. Im Bruchteil einer Sekunde weiß sie, dass sie angekommen ist. Sie kniet sich neben Schwester Agnes auf die Bank, schlägt das ihr hingereichte Gebetsbuch auf und beginnt leise mitzusingen, dann immer lauter, bis sie sich traut, voll in den Chor der Schwestern einzustimmen.

Am nächsten Abend erzählt Pater Bruno den Schwestern und Marie ein Gespräch, das er am Nachmittag auf dem Weg zum Locherboden mit der kleinen Anna geführt hat. Anna hat ihn gefragt, ob die neue Schwester an Gott glaubt und ob er sie schön finde. Er gab ihr als Antwort: „Natürlich glaubt sie an Gott, sonst käme sie doch nicht ins Kloster. Wegen der Schönheit sagt er: „Schau sie dir doch noch einmal selber an."

Marie muss sich erst im Alltag des Klosters zurechtfinden und ihre Mitschwestern allmählich kennenlernen.

Als Marie ins Kloster eintritt, sind die ersten spanischen Schwestern schon wieder nach Spanien zurückgekehrt. Die Generaloberin aus Valencia besuchte 1929 die erste Gemeinschaft in Mötz. Sie war mit den Anfängen des Klosters sehr zufrieden. Die erste Oberin, Schwester Christina aus Tschechien, sprach nämlich Deutsch und besaß die Lehrbefähigung, einen Kindergarten zu eröffnen. Die spanischen Schwestern waren gute Stickerinnen und erhielten sogleich wichtige Aufträge von vielen Pfarren Tirols. Ebenfalls organisierten die Schwestern in den Wintermonaten Nähkurse für die Mädchen von Mötz. Trotzdem erkannte die Generaloberin, dass deutschsprachige Schwestern bei der Bevölkerung mehr Anerkennung genießen würden.

Die jetzige Oberin, Schwester Michaela Roth, stammte aus Südmähren und legte ihre ewigen Gelübde am 30. August 1928 in Mötz ab. Seit Jänner 1932 ist sie nun Oberin in Mötz. Sie verbleibt in dieser Funktion bis zu ihrem Tod am 9. Juli 1960 in Mödling.

Schwester Maria Rita Schrott ist seit 1929 im Kloster und bereitet sich, als Marie nach Mötz kommt, gerade auf die ewige Profess vor. Am 10. Dezember wird ihr großes Fest sein.[7]

Schwester Immaculata, mit weltlichem Namen Caroline Feichtinger-Pühringer aus Wien, tritt 1927 ins Kloster in Mötz ein und bereitet sich, ebenso wie Schwester Rita, auf die ewige Profess im Dezember vor. Auch sie verlässt 1948 den Orden, um ihren Ziehvater in Oberösterreich zu pflegen. Schwester Rita und Schwester Immaculata haben es nicht immer leicht miteinander, zu unterschiedlich sind ihre Charaktere. Dies erkennt Marie bald und versucht auszugleichen.

Da Schwester Rita und Schwester Immaculata mit geistlichen Übungen und anderen Vorbereitungen auf ihr Gelübde beschäftigt sind, bleibt viel von der praktischen Arbeit Marie und Schwester Agnes. Sie verstehen sich gut und lachen auch viel bei der Ernte im Garten und auf dem Feld.

Am 26. Oktober 1933, als draußen alle Arbeit getan ist, wird Maria Autsch in den Orden als Postulantin aufgenommen.

Das Postulat ist die Zeit des ersten Kontaktes mit dem Ordensleben. Die Berufung, die man zum Ordensleben verspürt, muss an Ort und Stelle des konkreten Ordens überprüft werden. Die Möglichkeit, Jesus in einem Leben in Ehelosigkeit, Armut und Gehorsam nachzufolgen, erfordert viel Einsatz und Großzügigkeit. Die Postulantinnenzeit dauert bei Maria Autsch acht Monate.

Die Schwestern schmücken noch am Abend die Kapelle mit den restlichen Dahlien und Zinnien aus dem Garten. Eine weiße Lilie, die die Statue des heiligen Josef in der Hand hält, leiht sich Schwester Agnes von ihm aus und stellt sie zum Betschemel von Marie. Die weiße Lilie ist das Symbol eines zur vollen Spiritualität erwachten Geistes und zeigt auf, dass Marie nun nichts mehr vom Ursprung des Göttlichen trennt.

Als Marie am nächsten Morgen in die Kapelle kommt und das Blumenmeer sieht, umarmt sie ihre drei Mitschwestern und Schwester Oberin. Diese reicht ihr ein einfaches Postulantinnenkleid. Dabei lächelt sie Marie liebevoll an und beiden stehen Tränen der Freude in den Augen. Ein Pater aus dem nahen Zisterzienserstift Stams feiert mit den Schwestern gemeinsam den Gottesdienst. Nach der Vesper essen die Schwestern miteinander zu Abend und alle freuen sich mit Marie.

Vor dem Einschlafen nimmt Marie das Foto ihrer Eltern in die Hand und sagt leise: „Mama, Papa, nun bin ich das erste Stück meines Weges im Kloster vorangekommen. Ich bin sehr glücklich. Morgen gehe ich mich bei der Muttergottes am Locherboden bedanken."

Wieder ein klarer Spätherbstmorgen. Über den Stamser Bergen ist bereits die Sonne aufgegangen. Die Schwestern kommen vom Morgengebet aus der Kapelle. Schwester Agnes und Marie binden sich die Schürze um und stellen bald darauf eine dampfende Kanne Malzkaffee auf den Tisch. Frische Bauernbutter und ein Laib selbstgebackenes Brot laden zum Frühstück ein. Manche Frauen bringen den Schwestern Lebensmittel als Dank dafür, dass ihre Kinder in den Kindergarten kommen können. Die Schwestern sind darüber sehr froh, denn manchmal fehlt es ihnen am Nötigsten. Nun fühlt sich Marie richtig zugehörig. Ihr frohes Wesen springt auf die anderen Schwestern über. Schwester Oberin hustet zurzeit wieder stärker, da tut ihr Maries frische Jugendlichkeit besonders gut. Schwester Rita und Schwester Immaculata bereiten sich auf ihren letzten Besuch daheim vor, bevor sie im Dezember die ewigen Gelübde ablegen werden.

Während Marie und Schwester Agnes das Mittagessen zubereiten, fragt Marie: „Schwester Agnes, waren Sie schon öfters auf dem Locherboden?"

„Ja", antwortet Schwester Agnes, „manchmal machen wir auch mit der Pfarrgemeinde eine Wallfahrt hinauf zur Kirche. Ein Stamser Pater feiert dann mit den Gläubigen am Gnadenort einen Gottesdienst."

„Heute am Nachmittag möchte ich noch einmal alleine auf den Locherboden gehen."

„Ja, gehen Sie, Marie. Es war ja gestern ein aufregender Tag für sie."

***

Ein heißer Frühsommertag. Ich stehe am Bahnhof von Mötz und warte auf Barbara. Sie wird mit mir heute die wichtigsten Orte von Schwester Angela in Mötz besuchen. Ich beginne nachzuzählen. Vor fast 85 Jahren hat Schwester Agnes an diesem Bahnhof auf Marie gewartet. Da war meine Großmutter väterlicherseits bereits 60 Jahre alt, meine Großmutter mütterlicherseits war 65 Jahre alt. Beide haben daneben im Klosterdorf gewohnt. Nie habe ich davon gehört, dass es in Mötz ein Frauenkloster gab, obwohl die Schwestern bis 1954 dort lebten. Da war ich bereits acht Jahre alt. Die Zeitgeschichte holt mich ein. Niemand sprach, Schweigen über diese Zeit.

Da kommt Barbara mit ihrem Auto um die Ecke. Wir umarmen uns.

„Wir fahren zuerst auf den Locherboden. Heute ist es zum Zufußgehen zu weit", sagt sie.

Wir kommen mit dem Auto am schmalen Fußweg vorbei, der zum Locherboden führt. Vermutlich ist Schwester Angela von hier aus zur Wallfahrtskirche gegangen. Damals war der Berg nur wenig bewachsen und es war im Sommer zum Hinaufgehen sicher sehr heiß. Auch ich erinnere mich, wie ich als Kind bei Familienwallfahrten geschwitzt habe.

Wir bleiben beim großen Parkplatz stehen. Vor dem alten Kiosk sitzen zwei Frauen. Eine davon winkt mir zu. Ich erzähle ihr von meinem Projekt, über Schwester Angela zu schreiben. Auch ihr ist Schwester Angela ein Begriff und sie war sogar im vergangenen Herbst bei der Erdwärtsmesse in der Pfarrkirche St. Nikolaus in Innsbruck. Wir verabschieden uns und gehen über die Steinstiege zur kleinen Kapelle hinauf. Es gibt mir einen Stich. Ich sehe die Bodenplatte mit der Inschrift: „Hier stand Maria". Wie war ich als Kind immer aufgeregt, wenn ich mir vorstellte, dass hier Maria Kalb aus Rum die heilige Maria gesehen hat. Neben der Kapelle sei früher auch Wasser aus dem Felsen geflossen, erzählt Barbara.

„Baum, Stein und Quelle", uralte Symbole eines Kraftplatzes, meistens aus vorchristlicher Zeit. Mir fällt wieder ein, was Maria Kalb, die 1871 an diesem Ort Heilung erfuhr, in einer nächtlichen Vision vernahm: „Dies ist der Ort, wo du mich suchen musst." Das Marienbild in der Kapelle, das nach Angaben von Maria Kalb gemalt wurde, erkenne ich sofort wieder. Barbara macht mich auf die drei Steine auf dem Bild aufmerksam, die laut Volkskundeforschung mit den drei „Bethen" in Verbindung gebracht werden, die als zyklische Göttinnen mit ihren drei Lebensphasen als junge Frau/als reife Frau und als weise Alte vor allem in Südtirol bis heute verehrt werden. In Nordtirol sind sie als Ambeth, Wilbeth und Querbeth bekannt. Christianisiert werden sie als die drei heiligen Madln Katharina, Margarethe und Barbara verehrt. Uralter Frauenkult ist in dieser kleinen Kapelle zu entdecken. Ob Schwester Angela davon wusste, die so gerne zu ihrem „Bergmutterl" hinaufging? Auf alle Fälle ist hier die weiblich/spirituelle Kraft zu spüren, sodass Heilung geschehen kann.

Mein Blick fällt auf ein Bild von Schwester Angela und ich frage Barbara, wer dieses Bild gemalt hat:

Als ich vor zirka 12 Jahren begann, mich mit dem Leben von Schwester Angela auseinanderzusetzen und sie wieder in Mötz ins Gedächtnis der Menschen zu bringen, hatte beim Pfarrkaffee ein Mann die Idee, ein Bild von Schwester Angela am Locherboden anzubringen. Daraufhin rief ich Schwester Agnes von den Trinitarierinnen in Mödling an, um ihr von unserem Vorhaben zu erzählen. Sie sagte: „Zur Seligsprechung von Schwester Angela warten wir noch auf ein Wunder".

Auch wenn gerade keine körperliche Heilung einer Person zu verzeichnen ist, so haben sich doch in der kommenden Zeit viele Fäden ineinandergewoben, die etwas Großartiges in Bewegung setzten.

Ein Trinitarierpater betreute in Wien einen Häftling und schenkte ihm ein Foto von Schwester Angela. Daraufhin malte dieser Häftling ein Bild von ihr. Nun bot sich Schwester Agnes an, dieses Bild nach Mötz zu bringen. Barbara machte beim Pfarrer von Mötz den Vorschlag, in der Pfarrkirche eine Andacht zu halten und dann gemeinsam mit dem Bild von Schwester Angela auf den Locherboden zu gehen. Da er wieder einmal im Zweifel war, wagte sie, ihn zu fragen, ob er ihr Vorhaben, Schwester Angela in Mötz wieder bekannter zu machen, nicht gern sehe. Endlich gestand er ihr, dass er Angst habe, dass die Sache mit dem Verrat damals bei den Leuten wieder in Erinnerung kommen könnte und dies für die Gemeinde nicht gut sei.

Es ist mehrfach belegt, dass Schwester Angela am 10. August 1940 im Milchgeschäft sagte, dass in Norwegen von den Alliierten ein Schiff versenkt worden war, auf dem sich auch ein Mötzer befunden hatte. Ebenfalls jammerten Frauen im Milchgeschäft, dass sie mit ihren Söhnen nichts mehr anfangen könnten, weil alle dem Hitler nachsprangen. Darauf hatte Schwester Angela erwidert: „Ja, der Hitler ist eine Geißel für Europa." Eine Frau, die dies gehört hatte, sagte es zu ihrem Sohn, der ein Parteifunktionär war.

Trotzdem scheint es auch nach fast 80 Jahren schwierig zu sein, diese Dinge klar anzusprechen.

Am Dreifaltigkeitssonntag 2011 konnte aber schließlich doch eine Messe in Mötz zum Andenken an Schwester Angela Autsch gefeiert werden. Wenn Christinnen und Christen davon ausgehen, dass bei der gemeinsamen Mahlfeier Erde und Himmel einander berühren, dann war diese Feier ein Zeichen dafür, das nach 71 Jahren Schwester Angela bei der Bevölkerung endlich wieder ins Bewusstsein kommt. Dies dazu noch am Dreifaltigkeitssonntag, da doch die Dreifaltigkeit zu verehren und Gefangene zu befreien zu den Leitmotiven des Trinitarierordens gehört.

Am Ende dieses Gottesdienstes rief der Ortspfarrer Barbara zum Altar und sie erzählte der Gemeinde vom Vorhaben, ein Bild von Schwester Angela am Locherboden anzubringen. Am 10. Juni 2011 war es dann so weit. Nach einer Andacht in der Pfarrkirche pilgerten viele Menschen von Mötz mit dem Bild zum Locherboden. Ein Kreis hatte sich geschlossen.

Seither sind sieben Jahre vergangen und einmal in der Woche wird für besondere Anliegen in der kleinen Kapelle am Locherboden der Rosenkranz gebetet. Auch findet jedes Jahr am 23. Dezember, dem Todestag von Schwester Angela, ein Gottesdienst mit einem namhaften Priester der Diözese oder dem Bischof statt. Braucht es da noch ein Heilungswunder, wenn so viel Heilung geschieht?

Tief berührt gehen Barbara und ich die weiteren Stufen bis zur Wallfahrtskirche hinauf, die 1901 fertiggestellt wurde. Im Eingangsbereich ist auf der Wand die Heilungsgeschichte von Maria Kalb aus Rum gemalt und geschrieben. Wir singen miteinander „Wunderschön prächtige, hohe und mächtige, liebreich holdselige, himmlische Frau". Vielleicht hat Schwester Angela vor 85 Jahren dieses Lied auch hier angestimmt.

Vor dem alten Kiosk sitzen immer noch die zwei Frauen, denen wir am Anfang unseres Weges von Schwester Angela erzählt haben. Wir spüren gemeinsam, dass wir an einem heilbringenden Ort sind und den Alltag hinter uns gelassen haben. Barbara überlegt, ob man diesen Kiosk zu einem kleinen Museum für Schwester Angela herrichten könnte. Ich sage lachend:

„Das gehen wir dann an, wenn der Seligsprechungsprozess positiv abgeschlossen ist."

Unter einer alten Linde trinken wir einen Kaffee. Da kommt auch noch der Pfarrer von Mötz im Zisterziensergewand und mit Strohhut des Weges. Wir grüßen ihn, er nickt uns zu und geht weiter. Irgendwie sind auch wir drei inzwischen mit Schwester Angela verwoben.

Die vorletzte Station dieses Tages ist die Mötzer Pfarrkirche. Hier habe ich am 23. Dezember 2015 das erste Mal den Gedenkstein für Schwester Angela, der vor zirka 30 Jahren hier angebracht wurde, gesehen. An diesem Abend wurde auch vom Chor das erste Mal während der Messe das Angela-Lied gesungen. Ein halbes Jahr vorher bat mich Barbara, einen Text für ein Lied zu schreiben. Jan Marthé, der Komponist der Erdwärtsmesse, hat diesen Text vertont. Als dann das Lied vom Chor her ertönte, kamen mir die Tränen.

Angela-Lied

1. Angela ist eine Engelin in einer schreckensvollen Zeit, denn sie lässt sich nicht beirren und ihr Herz ist groß und weit.
2. Sie widersteht den Todesschergen, steht allen bei in ihrer Not, denn es trägt sie Gottes Liebe und sie fürchtet nicht den Tod.
3. Einfach schlicht und voller Güte mit Jesu Herz bist du vereint, du baust zu allen Menschen Brücken, für dich zählt gleich viel Freund und Feind.
4. Wie der Gesang im Feuerofen erfüllt auch dich des Feuers Glut, des Lebens Feuer willst du hüten, du weißt, trotz Tod wird alles gut.
5. Friede leben und Gerechtigkeit in einer kriegerischen Welt, ja alle Menschen haben Platz unter Gottes weitem Zelt.

Anschließend gab es im Pfarrsaal eine Agape. Barbara stellte mich dem Komponisten vor. Wir lächelten uns an und spürten eine Seelenverwandtschaft. Auch der Ortspfarrer schien beruhigt zu sein, denn er unterhielt sich angeregt mit Bischof Alois Kothgasser, der die Messe zelebrierte.

Nun stehen wir wieder vor dem Gedenkstein. Barbara sagt:

„Weißt du, ich sehe es heute als eine Eingebung, als mir vor zirka 12 Jahren der Gedenkstein aufgefallen ist und ich einen tiefen Wunsch in mir verspürte, von Schwester Angela mehr zu erfahren. Wie gut, dass sich Prof. Peter Stöger schon lange mit dem Leben von Schwester Angela befasst hat und mir Lektüre über ihr Leben gegeben hat. Seither lässt sie mich nicht mehr los."

„Ja", sage ich, „und du hast mir 2012 bei der Textwerkstätte in Wildermieming das erste Mal von Schwester Angela erzählt und den folgenden Text über sie geschrieben."

Schwester Angela
mutige Frau
hineingeboren in eine Zeit
dunkelster Finsternis
dein klarer Blick erkennt
sieht den Abgrund
sieht, wo Licht sich hält
dem göttlichen Licht nachzufolgen
wird zu deinem Lebensziel
du steigst hinab
in die tiefsten Tiefen
menschlicher Grausamkeit
mit deinem Lächeln –
bringst dorthin
wo Hölle herrscht
Himmelreich

Eine Zeitgenossin von Angela Autsch war Martha Schöpf, die bei den Schwestern ab 1930 in den Kindergarten ging. Ihr Vater war Witwer und wenn er nach Innsbruck fahren musste, brachte er Martha zu den Schwestern, wofür diese als Gegenleistung Lebensmittel bekamen. Als Martha älter wurde, bewunderte sie die Schwestern sehr. Martha wollte auch ins Kloster gehen. Ebenfalls sagte sie, dass die Schwestern nett, fleißig und angesehen waren. An Schwester Angela erinnerte sich Martha nur wenig. Doch man erzählte sich später in Mötz, dass Schwester Angela, als sie eingesperrt war, ihre Mitgefangenen aufgemuntert und getröstet habe. „Das hat ihr Glauben gemacht", sagte Martha immer wieder.

Die Schwestern hätten zwar mit den Mötzern geredet, aber sie seien nicht in die Häuser gegangen. Auch hätten die Schwestern während des Krieges von der Bevölkerung etwas bekommen, denn sie lebten sehr arm. Im Klösterle haben sie eine schöne Kapelle gehabt und viel gebetet. Martha erinnerte sich auch, dass die Schwestern nicht zu viel aus dem Haus gehen durften, da die Oberin sehr streng gewesen sei.

Eine andere Frau hat Barbara erzählt, dass ihre Mama eine Nachbarin von den Schwestern war und dass die Familie ein gutes Verhältnis zu den Schwestern hatte. Die Mama hat die brutale Verhaftung von Schwester Angela mitangesehen und sei weinend heimgekommen. Immer wieder hat sie gesagt: „So weit hätte es nicht kommen müssen."

Vermutlich hat diese Frau damit gemeint, dass Schwester Angela doch früher hätte still sein müssen, damit sie nicht eingesperrt wird.

Ein Mosaikstein nach dem anderen fügt sich allmählich zu einem Bild. Nachdenklich verlassen wir die Kirche.

Wir zweigen links ab und gehen einige Minuten einen Weg aufwärts. Dann, auf der rechten Seite, ich erkenne es sofort, obwohl alles renoviert ist, das ehemalige „Klösterle“. Hier also ist Schwester Angela im September 1933 angekommen und hat in diesem Haus sieben Jahre gelebt. An der Hauswand ist eine Tafel zur Erinnerung an Schwester Angela angebracht. Mein Blick fällt auf den blühenden Rosengarten. Es ist, als ob sich auf diesem kleinen Flecken Erde die Fülle und Schönheit des Sommers widerspiegelt. Rosen für Schwester Angela, deren Leben kein Rosengarten war. Sie jedoch schenkte mit ihrem Sein ein Stück des Dufts des vollen Lebens weiter.

Eine jüngere Frau kommt aus dem Haus. Ja, sie sei die Hausfrau. Bis vor wenigen Jahren habe ihre Schwiegermutter den Rosengarten gepflegt. Sie habe auch Schwester Angela sehr verehrt, doch voriges Jahr sei sie gestorben. Sie selber komme vom Oberen Gericht und habe erst durch ihre Schwiegermama von Schwester Angela erfahren.

Links vom früheren Klösterle befindet sich ein leerstehendes altes Haus. In diesem wohnte die Frau, zu der Schwester Angela sagte, dass ihr Mann nicht mehr vom Krieg heimkommen werde. Ich kann mir gut vorstellen, wie die Frauen einfach so über den Gartenzaun davon sprachen. Barbara und ich gehen ums Haus. Über einer Wohnungstür ist in einer Nische eine Marienstatue angebracht. Hier wurden während der Nazizeit Bombenflüchtlinge aus Innsbruck untergebracht. Daran hat sich auch Martha Schöpf bei ihrem Gespräch mit Barbara erinnert. Das Nebengebäude gehörte auch zum Kloster. Dort wohnte ab 1940 eine Südtiroler Optantenfamilie.[8]

„Ich habe in den Schriften über Schwester Angela gelesen, dass der zugezogene Optant als großer Hitlerfreund charakterisiert wurde und es in kurzer Zeit zum einflussreichen Parteifunktionär gebracht hat“, sage ich zu Barbara.[9]

Wie schnell Barbara und ich mitten im Geschehen sind, wenn wir an diesem Ort stehen, wo vor 78 Jahren Schwester Angela verhaftet wurde.

Wir winken noch der Hausfrau zu und gehen zu Barbaras Auto. Sie bringt mich wieder zum Bahnhof. Soeben fährt ein Lastenzug vorbei. Heute muss ich besonders daran denken, dass Millionen Menschen eingepfercht in solchen Zügen durch Europa in die vielen Konzentrationslager, vor allem nach Polen, geschleust wurden.

Ein Blick noch zum Locherboden, mit der letzten Strophe des Liedes „Segne du Maria unsre letzte Stund“ auf den Lippen, fahre ich heim.

***

Während Marie auf den Locherboden geht, fällt ihr wieder ein, wie ihr die kleine Anna vor knapp einem Monat auf diesem Weg das Wunder vom Locherboden erzählt hat.

„Weißt du“, sagte Anna, „eine Frau aus Rum war sieben Jahre sehr krank. Im Traum hat ihr die heilige Maria gesagt, dass sie auf den Locherboden fahren soll, um wieder gesund zu werden. Der Bruder von dieser Frau hat ein Pferd eingespannt, seine Schwester in den Wagen gesetzt und sie sind bis hierher zum Locherboden gefahren. Da hat die Frau die heilige Maria gesehen und sie wurde gesund.“

Dieses Wunder geschah am 12. September 1871, dem Namenstag der heiligen Maria. Marie muss lächeln, als sie zum Stein kommt, auf dem „Hier stand Maria" geschrieben ist. Ein tiefer Friede kehrt bei ihr ein, als sie in der kleinen Kapelle sitzt und das Marienbild betrachtet. Sie fühlt sich mit allem eins, auch mit den Vögeln, die beim Hinuntergehen nach Mötz zwitschern. Für die junge Postulantin beginnt nun der Alltag im Kloster.

Vieles spricht dafür, dass Marie trotz der Eingekehrtheit, die ein Klosterleben mit sich bringt, durchaus Interesse zeigte für die damaligen politischen Ereignisse. Noch bevor sie ins Kloster in Mötz eintrat, musste sie in Heinsberg einen Aufmarsch der Nationalsozialisten mitansehen. Sie gerät aufgrund der kirchenfeindlichen Ausrichtung der Partei rasch in eine Gegnerschaft zur NSDAP. Als sie in Mötz ins Kloster eintritt, bemerkt sie, dass die Nationalsozialisten trotz Verbots auch in Österreich durchaus aktiv sind. Ebenso spürbar sind in Tirol die Auswirkungen der weltweiten Wirtschaftskrise seit 1929.

Zwischen 1929 und 1933 gehen fast 1500 Betriebe in Konkurs, die Arbeitslosenzahl verdreifacht sich. Dabei ist in Tirol nur die Hälfte der ArbeitnehmerInnen arbeitslosenversichert. Tausende Menschen ziehen auch durch Tirol, um Arbeit zu finden. Nicht überall sind diese gern gesehen. Die Presse spricht von einem „Bettlerunwesen" und einer „Landstreicherplage". Im Schwazer Lokalanzeiger steht: „Solchen Menschen muss man anstatt Brot und Zweigroschenstücken einen Tritt geben."[10]

Von dieser feindlichen Einstellung gegenüber der verarmten Bevölkerung sind die Schwestern sicherlich weit entfernt. Sie kümmern sich nicht um die große Politik, sondern konzentrieren sich auf ihren Alltag: das Gebet sowie den Beistand für Menschen in ihrer Not. Ihre Kernaufgabe, Gefangene zu betreuen, wird erst Jahre später, vor allem für Marie, ihre Bedeutung erhalten.

Draußen fällt nun Schnee. Im Klösterle herrscht eine fröhliche Emsigkeit. Das Haus wird geputzt, in der Küche machen Schwester Agnes und Marie die letzten Vorbereitungen für das große Fest. Morgen werden Schwester Rita und Schwester Immaculata die ewigen Gelübde ablegen. Dies hat sich auch im Dorf herumgesprochen, deshalb bringen Frauen Lebensmittel und sogar Fleisch für einen Festtagsbraten. Eine Nachbarin kommt mit einem wunderschönen, blühenden Weihnachtskaktus vorbei und hilft, die Kapelle zu schmücken. Marie läuft ebenfalls schnell in die Kapelle. Wie immer hat sie das Gefühl, dass hier ihre Heimat ist, obwohl heute geputzt und getratscht wird. Sie lässt sich von der Geschäftigkeit anstecken und hilft, den Altar zu schmücken. Als die anderen fertig sind und hinausgehen, kniet sie sich nieder und sagt leise: „Jesus, du bist mit uns, ob wir arbeiten oder beten. Steh morgen den beiden Schwestern bei und die Geistkraft möge ein Füllhorn voll Gnade über den Schwestern ausschütten." Im Gebet versunken, bleibt sie noch eine Weile in der Kapelle.

Inzwischen sind Verwandte der Schwestern angekommen. Für sie wurden bereits Betten gerichtet. Ein einfaches Abendessen dampft auf dem Herd, das Haus ist erfüllt mit freudiger Erwartung. In der großen Stube ist es fein warm. Es wird gegessen, geplaudert und gelacht, dem Mahl folgt ein Besuch der Kapelle, um gemeinsam zu beten und zu singen.

Der nächste Morgen, der 10. Dezember 1933, ist ein strahlend schöner Tag. Als der Abt von Stams mit dem Pferdefuhrwerk und seinem Kutscher nach Mötz kommt, glitzert die Sonne auf der frischen Schneedecke. Bäume und Sträucher sind wie verzaubert, ein tiefer Friede liegt über dem Klösterle. Der Ortspfarrer stapft mit seinen schweren Schuhen den Weg hinauf zum Kloster. Schwestern und Angehörige erwarten bereits die geistlichen Herren.

Schwester Rita und Schwester Immaculata kommen wie zwei junge Bräute, mit Schleier und Blumen geschmückt, in die Kapelle. Alle halten für einen Moment den Atem an und bei den Eltern der zwei Schwestern rinnen ein paar Tränen über die Wangen herunter. Auch Marie ist gerührt, denn sie weiß, dass ihre Mama bei ihrem Fest nicht mehr dabei sein könnte und der Vater wäre viel zu alt, um die weite Reise machen zu können. Der geistige Bräutigam der zwei Schwestern wird Jesus sein, dem sie im Beisein des Abtes Keuschheit, Armut und Gehorsam versprechen. Ein hohes Ideal, das nicht immer bis zum Lebensende eingehalten werden kann, wie es die Lebensgeschichte der zwei Schwestern aufzeigt.

Marie beginnt, an ihre Familie zu schreiben. 26 Briefe verschickt sie bis 12. August 1940, dem Tag ihrer Verhaftung, aus dem „Christkönig-Klösterlein" in Mötz. Ihren ersten Brief schreibt sie am 3. April 1934, abends, wenn alle Arbeit getan und das gemeinsame Abendgebet den Tag beendet hat, in ihrem kleinen Zimmer gleich neben der Kapelle, an ihre um zwei Jahre ältere Schwester Gertrud. Zu ihr hat Marie immer noch eine besondere Beziehung, da sie gemeinsam gespielt und gearbeitet haben. Jetzt, als sie die Feder in der Hand hält, spürt sie ein Brennen auf der Brust und Tränen rollen über ihre Wangen. Das Heimweh macht auch vor ihr nicht Halt. Schnell wischt sie die Tränen fort, ein kurzes Stoßgebet und sie ist wieder im Jetzt.

Im Brief nimmt sie zuerst Anteil am Tod der Mama von Gertruds Mann Anton und verspricht, für die „Oma" zu beten. Sie freut sich, dass ihre kleine Nichte Melanie nun laufen kann. Marie zeigt sich erstaunt und auch ein bisschen enttäuscht, dass Anna, die Schwägerin ihrer Schwester, die bereits Witwe ist, nicht auch nach Mötz kommt und ins Kloster eintritt. Sie schreibt ausdrücklich, dass im Kloster auch Witwen aufgenommen werden. Ebenfalls gratuliert sie ihrer Schwester noch nachträglich zu ihrem Namenstag am 17. März.

Bis weit hinein ins 20. Jahrhundert wird in katholischen Kreisen hauptsächlich der Namenstag gefeiert.

Der Schlusssatz des Briefes lautet: „In der Liebe der allerheiligsten Dreifaltigkeit und des heiligsten Herzen Jesu grüßt Dich, Anton und die Kinder, Eure Schwester, Schwägerin und Tante Mariechen."

Marie holt noch ein Andachtsbildchen, das das große Altarbild in der Hauskapelle des Klosters wiedergibt, und schreibt dazu: „Für Dich liegt auch ein Bildchen bei von der allerheiligsten Dreifaltigkeit mit den heiligen Ordensstiftern und Ordensheiligen."

Das Bild stellt die Krönung Mariens dar. Gott Vater und Gott Sohn setzen Maria auf derselben Ebene die Krone auf. Die Taube als Symbol für die Geistkraft schwebt über Maria. Der Strahl der Kraft fällt auf sie.

Die Klosterschwestern haben sicher eine besondere Nähe zu Maria, die im Zentrum des Bildes steht.

Obwohl Marie schon sehr müde ist, sucht sie sich noch ein paar Zettel und schreibt noch ihrer ältesten Schwester Elisabeth einen Brief, damit ihn die Familie vor dem großen Festtag ihres Neffen Werner, seiner Erstkommunion, erhält.

Aus diesem Brief geht besonders hervor, wie Marie am Leben ihrer Familie teilnimmt und ganz besonders ihre Nichten und

Neffen immer wieder erwähnt. Sie fragt auch nach, was ihr ältester Neffe Erich, der nun 14 Jahre alt ist, nach der Schule machen wird. Wie bereits ihrem jüngsten Bruder Franz schlägt sie auch für ihren Neffen Erich vor, nach Wien zu den Trinitariern als Laienbruder zu gehen, denn sie schreibt: „Da wäre er gut aufgehoben und lernte dort auch etwas." Doch ist Marie nicht aufdringlich, denn sie schreibt noch dazu: „Oder hat er sich schon einen anderen Beruf gewählt?"

Ganz besondere Grüße lässt sie noch ihrem Papa ausrichten und legt das bereits im ersten Teil dieses Buches erwähnte Erstkommuniongedicht bei.

Am 25. Juni 1934 schreibt sie einen Brief an die gesamte Familie, adressiert an ihre Schwester Elisabeth, in dem sie das ihr bevorstehende Fest ankündigt. Am 4. Juli wird sie nämlich ihr Novizinnenkleid erhalten und damit offiziell in den Orden aufgenommen werden.

Der Brief beginnt folgendermaßen: „Meine Lieben alle! Heute habe ich eine freudige Mitteilung für Euch. Am 4. Juli bekomme ich das heilige Ordenskleid und dazu den schönen Namen Angela Maria vom Heiligsten Herzen Jesu."[11]

Sie schreibt weiters, dass an diesem Tag ihre zehntägigen Exerzitien begonnen haben, welche jeder Einkleidung vorausgehen. Sie bittet ihre Schwester Elisabeth, am Sonntag vor ihrer Einkleidung und am Sonntag danach die heilige Kommunion der Allerheiligsten Dreifaltigkeit aufzuopfern. Immer wieder kommt auch die Ermahnung durch, ja die Kinder zum Gottesdienst mitzunehmen, da sie der Meinung ist, dass Kinder eine besondere Nähe zu Jesus haben.

Vor ihrem neuen Lebensabschnitt bittet sie die ganze Familie um Verzeihung, falls sie jemanden einmal sollte beleidigt haben.

Bevor Marie am nächsten Morgen Schwester Agnes den Brief geben will, die ihn zu Post bringen soll, kommt eine Karte von ihrer Schwester Elisabeth, in der sie der 14-jährige Neffe Erich mit Sie anredet. Schnell nimmt Marie noch einen Zettel und schreibt, dass sie nicht nur die Tante, sondern auch noch die Patentante von Erich sei und er sie deshalb mit Du anreden möge. Marie freut sich sehr, dass die Familie jeden Tag an sie denkt, denn sie mache es ebenso. Sie steckt noch ein Gebet zur lieben Himmelmutter in den Umschlag und schreibt dazu, dass dieses Gebet vier- bis siebenjährige Kinder, die zur Erholung im Klösterle waren, auswendig beten konnten. Marie wünscht sich, dass die Lehrerin von Lidwina, Werner und Arnold, den drei Kindern von Elisabeth, den Text aufschreiben und vielen Kindern lernen soll. Das Gebet spricht von einer innigen Liebe zur Gottesmutter, der man als ihr Kind alles anvertrauen kann.

Diesem Brief fügt Marie noch hinzu, dass sie am Tag ihrer Einkleidung den Namen „Angela Maria“ erhält.

Es ist derselbe Name, den die Gründerin der beschaulichen Trinitarierinnen der Klausurschwestern hatte. Dies entspricht auch Maries Frömmigkeit, denn am liebsten verbringt sie die Zeit anbetend in der Kapelle.

Am 3. Juni 1934 hat Marie die von der Kirche vorgesehene Prüfung zur Aufnahme als Novizin beim Ortspfarrer Johann Schönsleben bestanden.

Jetzt, nach den zehntägigen Exerzitien, in denen sie sich ganz mit Jesus verbunden fühlte, kommt endlich ihr großer Tag. Ihre Mitschwestern haben am Vorabend des 4. Juli die Kapelle geschmückt. Nun im Sommer sind die Vasen mit wunderschönen Rosen gefüllt. Als Marie am Morgen die Kapelle betritt, hält sie für einen Moment den Atem an. Sie ist von einer tiefen Dankbarkeit erfüllt, denn heute macht sie ihren zweiten großen Schritt auf ihrem Weg zum ewigen Gelübde. Ihre Novizinnenzeit beginnt! Über einem Schemel liegt bereits ihr Ordenskleid. Pater Alfons Raisch vom Stift Stams, der Beichtvater der Schwestern, reicht ihr den Habit der Trinitarierinnen. Ab jetzt heißt sie Schwester Angela Maria vom Heiligsten Herzen Jesu. Schwester Angela ist überglücklich. Nach einer schlichten Feier finden sich alle zu einem gemeinsamen Frühstück ein. Woher Schwester Agnes die Kaffeebohnen bekommen hat, erzählt sie niemandem. Vielleicht hat sie ihr der Pater vor der Feier in die Hand gedrückt.

Schwester Oberin hilft Schwester Angela in ihr Ordenskleid. Als sie ihr die letzten kurzen Haare hinter den Schleier schiebt, muss Schwester Angela kurz schlucken. Keine Haare mehr zu zeigen, bedeutet auch, die letzten Eitelkeiten hinter sich zu lassen. Die Oberin küsst Angela auf die Stirne und beide gehen gemeinsam in die gute Stube, wo der Bohnenkaffee bereits duftet. Schwester Agnes, Schwester Rita und Schwester Immaculata lächeln, als sie die frischgebackene Schwester Angela Maria zum ersten Mal in ihrem Ordenskleid sehen. Auch der Pater nickt ihr freundlich zu.

Nun gehört Schwester Angela erst richtig zum Orden. Jetzt im Sommer arbeitet sie vor allem im Garten und auf dem Feld. Als sie mit Schwester Agnes im Garten Unkraut jätet, richtet sie sich auf und sagt:

„Wissen Sie, Schwester Agnes, Unkraut gejätet habe ich schon mit zehn Jahren, am liebsten mit meiner älteren Schwester Amalia. Einmal, als wir gerade Bohnen pflückten, sahen wir zum ersten Mal einen Fahrradfahrer vorbeifahren. Das war eine Freude! Ich wünschte mir auch ein Fahrrad und ich habe mir später eines gekauft. Bevor ich nach Mötz kam, habe ich es meinem Neffen Werner geschenkt. Ach, wie ich mich freue, dass er dieses Jahr zur ersten heiligen Kommunion gehen durfte."

Schwester Agnes horcht auf. Noch nie hat ihr Schwester Angela so viel aus ihrem früheren Leben erzählt, und sie sagt:

„Manchmal geht mir das Leben draußen schon etwas ab. Ich weiß nicht so recht, ob das Ordensleben wirklich meine Berufung ist. Mein Onkel, der Pfarrer in Gnadenwald bei Innsbruck ist, hat mich doch auch ein wenig dazu gedrängt."

Zum ersten Mal hat Schwester Agnes ihre Zweifel ausgesprochen, denn bei Schwester Angela spürt sie, dass diese das Gesagte für sich behalten wird.

„Schwester Agnes, machen Sie sich nicht zu viele Sorgen. Ihr Weg wird sich weisen, wenn es an der Zeit ist."

Der Tag der Schwestern ist streng geregelt. Um fünf Uhr morgens ist in der Kapelle Treffpunkt zum gemeinsamen Morgenlob, anschließend meistens eine Messe. Nach dem Frühstück gibt es vor allem während der Zeit des Noviziats eine Einführung in die Spiritualität des Ordens. Anschließend arbeiten die Schwestern in ihren verschiedenen Aufgabenbereichen. Beim Elfuhrläuten in der Pfarrkirche kommen die Schwestern noch einmal zu einem kurzen Gebet zusammen. Während des Mittagessens wird meistens von einer Schwester eine Heiligengeschichte vorgelesen. Danach können sich die Schwestern in ihre Zimmer zurückziehen. Ab 15 Uhr werden wieder verschiedene Arbeiten erledigt. Um 17 Uhr kommen die Schwestern zum Abendlob in die Kapelle. Nach dem Abendessen treffen sich die Schwestern entweder in der warmen

Küche oder im Sommer im Garten zum Handarbeiten. Diese Zeit dient dem persönlichen Miteinander. Da hat auch ab und zu ein Witz seinen Platz. Nach einem kurzen Nachtgebet in der Kapelle kommt endlich der verdiente Schlaf.

Schwester Angela erfüllen die täglichen gemeinsamen Gebetszeiten mit großer Freude, da sie ihrem Wesen besonders entsprechen. Glücklich ist sie, wenn ein Stamser Pater kommt und mit den Schwestern die Messe feiert. Ihre Sehnsucht nach dem heiligen Brot ist groß. Ebenfalls groß ist ihre Liebe zum Heiligsten Herzen Jesu, dem sie sich ganz geopfert hat. „Es gibt nichts Schöneres auf dieser Welt". Zu jeder Stunde will sie ein wohlgefälliges Opfer für Jesus sein, „in ganzer Liebesfähigkeit", wie sie in einem Brief an ihre Schwester schreibt.

Wie es der damaligen Frömmigkeit entspricht, will sie auch mit Jesus leiden, um so viele Seelen zu retten. Eine besondere Liebe entwickelt sie zum „Bergmutterl" am Locherboden. „Maria, die alles ersetzt, was uns mangelt", auch dies steht oft in den Briefen an ihre Geschwister. Neu ist für Schwester Angela die Hinwendung zur Heiligsten Dreifaltigkeit, die der Spiritualität des Ordens entspricht.

Da die Mötzer Mädchen im Sommer vor allem in der Landwirtschaft mithelfen müssen, öffnet die Handarbeitswerkstätte für sie erst wieder im Herbst. Jedoch sticken die Schwestern im Schatten der Obstbäume unermüdlich an sakralen Auftragsarbeiten.

Schwester Angela hilft lieber im Kindergarten aus. Einige Kinder sind zur Erholung im Klösterle untergebracht und auch manche Bäuerin ist dankbar, wenn sie die Kleinen, die noch nicht mitarbeiten können, bei den Schwestern abgeben kann.

„Schwester Angela, erzähl uns bitte eine Heiligengeschichte", sagen vor allem die größeren Mädchen, wenn Schwester Angela den Raum betritt. Wie schon den Bröggerkindern in ihrer Jugendzeit erzählt Schwester Angela am liebsten vom Leben der inzwischen heiliggesprochenen kleinen Thérèse vom Kinde Jesu, die seit ihren eigenen Kindertagen das Vorbild für sie ist.

Wenn es nicht zu heiß ist, macht sie mit den größeren Kindern eine Wanderung auf den Locherboden und zeigt ihnen den Platz, an dem die heilige Maria gestanden ist. Das ist dann ein Staunen! Die Kinder wünschen sich, selbst Maria sehen zu können. Schwester Angela sagt darauf zu ihnen:

„Wir können Maria mit unserem Herzen sehen, denn sie ist unsere Himmelmama, die uns Menschen mit ihrem weiten, blauen Mantel beschützt."

Am Christkönigsfest, dem Sonntag vor dem ersten Adventsonntag, schreibt Schwester Angela einen Brief an ihre Schwester Gertrud Rabe. Draußen fällt bereits der erste Schnee. Sie lächelt, denn der zweite Winter in Mötz beginnt soeben.

Sie hält das Foto in Händen, das ihr Gertrud beim letzten Brief mitgeschickt hat, und kommentiert das Aussehen ihres dreijährigen Neffen Franz Josef und der zweijährigen Nichte Melanie. Franz Josef scheint ihr ein treuherziger Bub zu sein und die kleine Melanie habe ihre Nase vom Papa, also schlägt sie in die „Raben-Art". Dazu macht sie drei Rufzeichen und muss laut lachen, denn zu lustig ist für sie dieses Wort. Sie schreibt, dass eine neue Postulantin aus Bayern ins Klösterle gekommen ist. Noch einmal versucht sie Anna, die Schwägerin von Gertrud, für das Klosterleben zu begeistern. Ebenfalls macht sie ihre Schwester darauf aufmerksam, dass sie ihren nächsten Brief nicht mehr an Fräulein

Maria Autsch adressieren soll, sondern ab jetzt Schwester Angela Maria Autsch schreiben muss. Ebenfalls wirbt sie nachdrücklich für den Messbund des Ordens.[12]

Sie regt an, dass sich alle Familienmitglieder, auch die Kinder, den Beitritt zu diesem Messbund als Weihnachtsgeschenk machen sollten: „Ihr tut damit ein gutes Werk und für euch das größte."

Als Angela noch dazuschreibt, dass Gertrud diesen Brief als Weihnachtsbrief sehen soll, da die Schwestern im Advent nicht schreiben dürfen, fällt ihr doch noch eine Träne aufs Papier. Schnell überwindet sie die Rührung und klebt den Brief zu.

Obwohl es schon sehr spät ist, schreibt sie noch einen Brief an ihre Schwester Elisabeth. Auch in diesem Brief wirbt sie für den Messbund des Trinitarierordens. Sie gibt sich erstaunt, dass Erich, der älteste Sohn von Elisabeth, sich noch nicht für einen Beruf entschieden hat. Sie fragt: „Soll er denn Bauer werden? Ich dachte immer, das liegt ihm nicht und ich glaube auch nicht, dass dies in seinem Willen ist. Sein Vater Toni will doch wohl alle zu Bauern machen."[13] In diesem Brief zeigt sie sich zum ersten Mal besorgt über die politischen Verhältnisse in Deutschland und macht sich über Glaubensangelegenheiten ihre Gedanken. Es klingt durch, dass sie vermutlich besser als ihre Geschwister informiert ist, dass die Nationalsozialisten die Macht der Kirche einschränken wollen. Sie betrauert in diesem Brief ebenfalls den Tod des „guten Bundeskanzlers Engelbert Dollfuß" und schreibt: „Denkt euch, unser guter Bundeskanzler wird schon sehr verehrt und man glaubt, dass er noch einmal bei den Heiligen eingereiht wird". Sie fordert die Nichten und Neffen auf, viel zu ihm für Deutschland zu beten.[14]

Schwester Angela erkundigt sich im Brief, ob ihr Bruder Franz noch in seinem Lehrbetrieb arbeitet, und bittet ihn, nicht mehr beim Gottesdienst hinten die Messe „abzustehen". Auch freut sie sich, dass ihre Nichte Lidwina und ihre Neffen Werner und Arnold in die nächste Schulstufe aufgestiegen sind. Ein besonderer Gruß gilt der jüngsten Nichte Melanie.

Schwester Angela schließt den Brief, legt ihn zu dem an Gertrud, macht noch einen kurzen Besuch in der Kapelle, bittet Jesus, all ihre Verwandten zu begleiten, und legt ihm auch noch die Lage in Deutschland an sein liebendes Herz. Sie geht in ihre Kammer zurück und schaut noch schnell aus dem Fenster. Draußen schneit es immer noch. Schwester Angela legt sich ins Bett und schläft tief und ruhig die ganze Nacht.

Zu ihrer Schwester Gertrud muss Schwester Angela eine besondere Beziehung gehabt haben, denn wenn sie sich zum Schreiben hinsetzt, schreibt sie meistens zuerst an Gertrud.

Am 30. Dezember 1934 freut sie sich im Brief an Gertrud, dass die ganze Familie dem Messbund beigetreten ist. Jedoch bittet sie, falls mehr als 10 Mark von einer Familie zusammenkommen, den Rest direkt ans Klösterle in Mötz zu schicken. Diese Bitte zeigt, in welcher Armut die Schwestern leben. Schwester Angela ist auch sehr dankbar, dass ihr ältester Bruder August und ihre Schwester Amalia in ihren Weihnachtsbriefen angekündigt haben, geselchte Würste und auch sonst noch einiges schicken zu wollen. Wie in jedem Brief nimmt Schwester Angela Anteil an Krankheiten und Todesfällen in der Verwandtschaft. Noch unterschreibt sie bei den Briefen an ihre Geschwister mit „Mariechen".

Im Brief an ihre Schwester Elisabeth, den sie noch am selben Abend wie den an Gertrud schreibt, erzählt sie, dass über die Weihnachtstage ein Trinitarierpater aus Wien im Klösterle war und die Schwestern deshalb um Mitternacht drei Messen nacheinander feiern konnten. Sie bittet Elisabeth auch, ihrer Schwester Amalia auszurichten, dass diese ihr bei ihrem Paket ein paar Schreibfedern mitschicken soll. Der Papa möge sie bezahlen. Schwester Angela bedankt sich, dass ihre dreizehnjährige Nichte Lidwina ihr persönlich geschrieben hat. Sie antwortet Lidwina auf deren Frage, warum sie so weit fort sei, dass es als Klosterfrau gut ist, wenn man nicht so nahe an seinem Zuhause wohnt. Sie erwähnt auch noch, dass im „Dreifaltigkeitsboten" eine Annonce für die Aufnahme als Kandidatin im Kloster in Mötz erschienen ist. Schwester Angela ist es nämlich ein großes Anliegen, dass der Orden wachsen möge.

Am 7. August 1935 schreibt Schwester Angela Briefe an ihre gesamte Familie, denn ihr „sehnlichst erwarteter Tag", wie sie es selbst formuliert, ist nahe. Sie bittet alle, sie in ihre Gebete einzuschließen, so oft wie möglich zur Messe zu gehen und die heilige Kommunion zu empfangen, da an diesem Tag ihre zehntägigen Exerzitien beginnen. Dies ist die Vorbereitungszeit auf ihre zeitlichen Gelübde, die sie am 20. August ablegen wird.

Ihrer Schwester Gertrud schreibt sie im Brief Folgendes dazu:

„Liebe Gertrud, du schreibst von einer Photographie, das ist nicht so leicht möglich, da das Knipsen Geld kostet, und wir Schwestern sind arm. Nun mußt du nicht denken, so arm, daß wir nichts zu essen hätten, o nein, die göttliche Vorsehung sorgt für uns, aber unnötige Ausgaben müssen deshalb doch gespart werden. Ich weiß schon und kann mir denken, daß Ihr alle gerne eine Photographie hättet. Da ich heute noch die ganzen Briefe an alle schreiben muß, so bin ich etwas flüchtig, damit ich fertig werde.

Herzliche Grüße an alle im Hause! Ihr dürft mir, wenn ihr schreibt, auch mal ein Heiligen-Bildchen beilegen. Die haben wir sehr gerne, da wir doch öfters eines verschenken müssen."

Beim Brief an ihre Schwester Elisabeth schreibt sie unter anderem Folgendes: „Wenn mal bessere Verhältnisse eintreffen und der Weg nach hier ohne die 1000-Mark-Sperre mal offen steht, so wird sich vielleicht auch einmal jemand nach dem schönen, frommen Tiroler Landl verlaufen. Denkt Euch, in der Stadt Innsbruck ist keine evangelische Kirche. Tirol ist sehr katholisch, viele Orden sind hier allerorts vertreten. Es wäre zu wünschen, wenn es auch bei Euch so wäre."[15]

Ihrem Bruder Franz legt sie eine Reliquie (Holz vom Sarg) des heiligen Bruders Konrad bei. Die religiöse Praxis ihres Bruders liegt ihr besonders am Herzen, wie es bei ihren Briefen immer wieder durchkommt.

Am 19. August 1935 schmücken ihre Mitschwestern die Kapelle besonders schön. Am nächsten Morgen liest Schwester Angela vor ihren Mitschwestern und vor ihrer verehrten Oberin mit ergriffener Stimme die Formel für die Weihe an Gott im Ordensleben:

„Ich, Schwester Angela Maria vom Heiligsten Herzen Jesu, mache meine Profess und gelobe für ein Jahr der Heiligsten Dreifaltigkeit Gehorsam, Armut und Keuschheit."

Das Jahr 1935 neigt sich dem Ende zu. Zwischen den Jahren 1935 und 1936 setzt sich Schwester Angela zu ihrem einfachen Tisch in ihrer Kammer, packt die neuen Schreibfedern aus, die im Weihnachtspaket ihrer Familie dabei waren, und steckt eine in den Halter, taucht die Feder in die Tinte ein und beginnt an ihre Schwester Elisabeth zu schreiben:

„Meine Lieben, alle, Lieschen, Toni und Kinder! Gnadenreiche Weihnachten und Gottes reichsten Segen zum ‚Neuen Jahr' wünscht Euch von Herzen euer Mariechen. Hoffentlich habt Ihr die Feiertage gut verlebt. Und hat Euch das Christkind auch etwas gebracht? Meiner Lani ihre Püppchen haben doch sicher ein neues Kleidchen bekommen? Und Arnold, Werner, Lidwina und Erich etwas Praktisches. Von zuhause bekam ich zwei Päckchen mit Backwerk, und von dem Buch wird Euch Papa schon erzählt haben. Wir waren gerade bei der Bescherung in bester Festesstimmung und mit dem Auspacken der erhaltenen Pakete beschäftigt, als ein Telegramm kam und Mutter [Schwester Oberin] über den Tod einer meiner lieben Mitschwestern informierte. Aber um unsere Feststimmung am Abend nicht mehr zu trüben, hat es uns unsere liebe würdige Mutter erst am ersten Weihnachtstag morgens mitgeteilt."[16]

Im Weihnachtsbrief an ihre Schwester Elisabeth erwähnt Angela noch, dass sich vor kurzem eine neue Kandidatin gemeldet hat, die nach Ostern im Klösterle eintreten will. Ein Jahr später, im selben Jahr, in dem Lidwina aus der Schule kommt, soll dann auch noch die Schwester der Kandidatin im Klösterle eintreten. Schwester Angela spricht ihre Nichte Lidwina an und schreibt:

„Wie ist es denn mit Dir, Lidwina? Bist Du Deinem Vorsatz, ins Kloster zu gehen, treu geblieben? Du wirst dann auch mal eine Trinitarierin werden. Bereite Dich recht darauf vor. Übe die heilige Armut und den heiligen Gehorsam, sei brav und fleißig. Und ihr Buben alle, wollt ihr nicht Trinitarier-Brüder werden und nach Wien gehen? Oh, das wäre schön. Seid nur recht brav und ruft oft den Heiligen Geist an, damit Ihr immer das Rechte tut.“[17]

Das Seelenheil ihres Bruders Franz muss Schwester Angela besonders am Herzen liegen. Auch ist sie im Brief an ihn besorgt um sein Einkommen. Er war nämlich inzwischen in Essen und dort nach wie vor arbeitslos. Noch einmal fragt sie nach, ob er vielleicht noch bei den Trinitariern in Wien eintreten möchte. Sie schreibt, dass sie, wenn sie noch einmal könnte, gleich nach der Schule ins Kloster gehen würde „Dort findet man den Frieden und die wahre Freiheit. Durch das ‚eingesperrt sein‘ wie man das ‚ins Kloster gehen‘ heißt, findet man die Freiheit. Ja, das lautet komisch, aber es ist so.“

Dann wird sie im Brief richtig moralisierend, wie man heute sagen würde, denn sie schreibt: „Sei ganz besonders sparsam, lass Kino und Theater für andere. Schau das alles als einen Feind deiner Seele an, denn in Wirklichkeit ist es auch so. Gehe fleißig beichten und zur heiligen Kommunion.“[18]

Weiters bittet sie ihn, P. Wilhelm Januschek zu verehren, denn er habe durch seine Fürbitte bei Jesus schon oft wunderbar geholfen. Pater Januschek war Provinzial der österreichischen Redemptoristen 1859–1926.

Nach einigen persönlichen Zeilen aus dem Leben ihrer anderen Geschwister, Nichten und Neffen, unterschreibt sie zum ersten Mal mit „Deine liebe Schwester Mariechen. Schwester Angela.“

Im Nachwort sendet sie noch einen freundlichen Gruß an seine Braut und dann noch: „Lieber Franz, Du fragst, ob ich mal komme, dies wird wohl noch etwas dauern.“

Anfang Januar 1936 holt Schwester Oberin Michaela die drei Schwestern Rita, Agnes und Angela zu einem Gespräch in ihr Zimmer. Sie sagt, dass in Gnadenwald, einem kleinen Ort in der Nähe von Hall in Tirol, eine neue Niederlassung der Trinitarierinnen eröffnet werden soll und die drei Frauen dorthin gehen sollen Der Ortspfarrer von Gnadenwald, Johann Paul Federspiel, der Onkel von Schwester Agnes, hat diesen Wunsch an die Schwester Oberin geäußert. Die drei Schwestern blicken ihre Oberin erschrocken an. Besonders Schwester Angela kämpft mit den Tränen, denn sie hat Angst um den Gesundheitszustand der Oberin, der sich zunehmend verschlechtert hat. Die Schwestern jedoch haben als eine ihrer Tugenden den Gehorsam versprochen. Schwester Rita ist als Oberin vorgesehen. Schwester Agnes ist nicht gerade erfreut, in der Nähe ihres geistlichen Onkels zu leben. Immer öfter plagen sie Gedanken, ob das Ordensleben das Richtige für sie sei. Dies will sie auf keinen Fall ihrem Onkel beichten. Ein Vorteil ist, dass Schwester Rita und Schwester Immaculata nun getrennt sein werden, da sie öfters in Streitigkeiten verwickelt sind. Schwester Angela fasst sich als Erste und fragt:

„Schwester Oberin, wann müssen wir nach Gnadenwald gehen?“

„Am ersten April. Ihr habt noch etwas Zeit, euch darauf einzustellen.“

Es ist ein kühler erster April! Die drei Schwestern machen sich mit ihren kleinen Koffern auf den Weg zum Bahnhof in Mötz und fahren nach Innsbruck. Am Hauptbahnhof holt sie Pfarrer Federspiel mit einem Pferdefuhrwerk ab. Ab Hall beginnt es dann zu regnen. Es geht auf einem holprigen Weg durch einen dichten Wald. Plötzlich lichtet sich dieser und die Kirche von Gnadenwald ist zu sehen.

Vor dem Pfarrhof bleibt das Fuhrwerk stehen, denn der Pfarrer lädt die drei Schwestern ein, hineinzukommen. Die Häuserin hat einen warmen Tee und einen Guglhupf vorbereitet. Die Schwestern genießen die warme Küche, denn draußen ist der Regen stärker geworden. Nach der Jause bringt der Pfarrer die drei Schwestern nach St. Martin, einen Ortsteil von Gnadenwald, in das alte Kloster. Als der Pfarrer die Türe aufsperrt, denken sich die drei Schwestern gleichzeitig: „Wo sind wir denn da bloß hingekommen?!" Der Pfarrer empfiehlt den Schwestern, gleich in der Küche Feuer zu machen, da das leerstehende Haus doch etwas ausgekühlt sei. Gott sei Dank gibt es im Schuppen genügend Brennholz. Schwester Agnes und Schwester Angela, die auch in Mötz miteinander gearbeitet haben, holen in einem bereitgestellten Korb das Holz und machen im Herd Feuer. Äußerlich warm zu haben, wärmt auch die Seele.

Zwei Wochen später scheinen sich die Schwestern bereits etwas eingelebt zu haben, denn Schwester Angela schreibt in ihrem ersten Brief von hier an ihre Schwester Elisabeth, dass sie zu dritt in einer neuen Niederlassung in einem wunderschönen „Flecken" von Gottes schöner Erde angekommen wären.[19]

In diesem Brief schickt Schwester Angela besondere Glück- und Segenswünsche an den kleinen Arnold, zum schönsten Tag seines Lebens, der Erstkommunion. Sie bittet ihn, dass er, wenn Jesus in seinem „Herzchen" ist, sagen soll: „Lieber Heiland, ich bitte dich für Tante Mariechen, du weißt ja alles!"

Die Lektüre des nächsten Briefs aus Gnadenwald, den Schwester Angela am Pfingstsonntag, den 1. 6. 1936, an ihre Schwester Gertrud schreibt, lässt erahnen, in welch schlechtem Zustand sich das alte Kloster in St. Martin bei Gnadenwald befand und wie viel

Arbeit es sein würde, das Kloster wieder instand zu setzen. Doch die steile Bergwelt, die gleich hinter dem Kloster beginnt, beeindruckt Schwester Angela sehr. Lawinengefahr gäbe es keine, hat der Pfarrer den Schwestern versichert. Schwester Angela berichtet ihrer Schwester Gertrud Folgendes:

„Eines Vormittags im April habe ich eine Lawine gesehen. Durch das Rauschen wurde ich aufmerksam und dachte zuerst an einen Zug. Aber keine Eisenbahn und kein Zug – da dachte ich an eine Lawine, schaute zum Felsen hinauf und sah das wunderschöne Naturschauspiel."[20]

Am Brief an ihren Bruder Franz, den sie am selben Abend schreibt, ist bemerkenswert, dass sie vom Heimweh spricht, denn es hat sie sehr berührt, dass er in seiner Osterkarte geschrieben hat, dass sie sich noch einmal wiedersehen müssen. Sie schreibt ihm auch, dass sie werktags zur Messe eine halbe Stunde auf Schusters Rappen gehen müssen. Jeden Augenblick seien Schuhe der Schwestern kaputt und da könnten sie ihn als Schuster gut gebrauchen. Sie legt ihm auch ihr Gedicht „Ewiges Heimweh" bei und schreibt dazu, dass sie das weltliche Heimweh überwunden hat:

Ewiges Heimweh!
In meinem Herzen tief ein Heimweh liegt,
Doch nicht zu meinen Lieben wird mein Herz getrieben,
Nein, die sind in Jesu treuem Herz geblieben!

Ein andres Heimweh ist's, das mein Gemüt durchzittert,
Das sich nicht schwächen lässt, auch nicht im Weltgeflitter,
Wie eine Rosenknospe, so verschlossen liegt's!

Das nur der stillen kann, der mir das Heimweh gab …[21]

Die Frühsommertage der Schwestern sind vollgefüllt mit Arbeit und Gebet. Sie haben sich denselben Rhythmus wie in Mötz angeeignet. Werktags gehen sie jeden Morgen eine halbe Stunde zu Fuß nach St. Michael in die Pfarrkirche, da nur am Sonntag der Ortspfarrer im Kloster mit den Schwestern eine Messe feiert. Allmählich nehmen auch die OrtsbewohnerInnen die Schwestern wahr. Erste Bitten und Aufträge werden an sie herangetragen. Kinderbetreuung und sakrale Stickereien für andere Pfarrhöfe sind auch hier gefragt.

Manchmal führen auch die Oberin Schwester Rita und Schwester Agnes ein Streitgespräch über die Oberin Schwester Michaela in Mötz, denn Schwester Rita kommt nicht damit klar, dass die Oberin in Mötz immer kränkelnd ist. Schwester Angela schmerzt der Streit sehr, doch sie beteiligt sich lieber nicht an diesen Gesprächen.

In ihren Briefen an ihre Geschwister kommt immer wieder ihr stellvertretender Opferglaube zum Ausdruck: „ein böses Wort, das entschlüpfen will, zurückhalten, ein wenig Durst leiden, den aufsteigenden Zorn zu unterdrücken und dergleichen mehr, um Seelen für die Ewigkeit zu retten".[22]

Sie ermahnt deshalb auch immer wieder ihre Geschwister sowie die größeren Nichten und Neffen, diesen stellvertretenden Opferglauben zu praktizieren und vor allem so oft wie möglich zur Messe und zur Kommunion zu gehen.

Eines Morgens, im Juni 1936, öffnet Schwester Angela ihren Kasten und holt ihre weltliche Kleidung heraus. Sie trennt den Pelzkragen von ihrem schwarzen Mantel ab und verpackt ihn, damit keine Motten dazukommen können, getrennt. Der Mantel, ein Kleid und ein Unterrock werden ebenfalls mit Hilfe von Schwester

Agnes verpackt. Diese muss noch schnell den schicken Hut von Schwester Angela anprobieren, bevor sie ihn ins Paket gibt.

„Alles Weltliche ist vergänglich", sagt Schwester Angela lächelnd, „doch dieser Hut steht Ihnen wirklich sehr gut, Schwester Agnes."

Beide müssen laut lachen, bevor sie den Hut zu den anderen Sachen geben und das Paket verschnüren. Es wird an Angelas Schwester Elisabeth adressiert und am nächsten Sonntag dem Pfarrer zum Versand mitgegeben.

Als die beiden Schwestern eines Tages aus dem Fenster sehen, erblicken sie drei junge Männer, die mit der Sense begonnen haben, eine steile Wiese zu mähen.

„Schwester Agnes, haben wir auch eine Sense im Schuppen?"

„Ja, ich werde sie von einem der Männer dengeln lassen und dann in unserem Garten auch das Gras mähen. Das habe ich daheim gelernt."

Gesagt und Schwester Agnes holt die Sense und läuft damit zu den Männern hinüber. Diese staunen nicht schlecht, als plötzlich eine geistliche Schwester in ihrem schwarzen Gewand samt Schleier mit der Sense auf dem Rücken vor ihnen steht. Als sie dann in ihrem Unterinntaler Dialekt ihr Anliegen vorbringt, müssen alle drei Männer lachen.

Am Schluss fügt Agnes noch hinzu: „Ich stamme von Bauern ab, und auch wenn ich im Kloster bin, kann ich trotzdem mit einer Sense umgehen."

Sie übergibt die Sense einem der jungen Männer und er verspricht ihr, sie am Nachmittag wiederzubringen. Die drei Männer trinken mit Agnes noch einen Krug leichten Apfelmost, anschließend geht jeder wieder seiner Wege.

Eines Tages im Oktober passiert ein schreckliches Unglück. Schwester Angela erwähnt es in den nächsten Briefen an ihre Geschwister:

„Vom Hundskopf im Karwendel, 2243 Meter hoch, sind im Oktober drei junge Männer von 25 bis 29 Jahren, einer war verheiratet, abgestürzt. Sonntagmorgens sind sie hinauf und gegen 12 Uhr mittags schon abgestürzt, nachdem sie den Kopf bald erklettert hatten. An einer glatten Felswand wollten sie noch hinauf, und alle drei waren zusammen angeseilt, und wie der eine ausrutscht, fallen alle in einer Höhe von 150 Meter ab. Sie waren von Hall, zwei Stunden Fußweg von hier. Da man sie abends, gegen 5 Uhr haben sie wieder zu Hause sein wollen, vermißt hat, hat man nach ihnen gesucht und gegen Morgen dann gefunden. Die Rettungsmannschaft ist später hinauf und hat sie unter großen Schwierigkeiten, da die Leichen noch sehr hoch oben waren, dann einzeln in Säcken hinunterbefördert. Es war ein grausig-trauriger Zug. Hier hat man sie dann in ein Auto geladen und heimgefahren. Wir haben hier noch mit der Glocke geläutet und sind dann auch zur Straße hinunter. Der Hundskopf ist auch durch einen Fußweg, der auch schon recht gefährlich ist, zu besteigen. Wer sich in Gefahr begibt, kommt darin um."

Im Nachsatz an ihre Geschwister schreibt sie noch dazu:

„Zwei junge Männer, einer vom Wirt Speckbacher, haben die drei zuerst gefunden, weil die Raben [Krähen] herumgeflogen und ganze Stücke Fleisch fortgetragen haben, die waren ja ganz zerschmettert."[23]

Ihrer Schwester Gertrud schreibt sie in ihrem Weihnachtsbrief auch von der wunderschönen Schneelandschaft in Gnadenwald: „Hier ist der Winter herrlich, vor 14 Tagen hatten wir auf der Straße sogar 1,40 m Schnee, wie durch einen Schützengraben sind wir hindurch zur Kirche, acht Tage konnten wir gar nicht gehen. Aber herrlich ist es hier."[24]

Im Brief an ihre Schwester Elisabeth nimmt Schwester Angela auch Anteil daran, wie hart die Bauern hier leben müssen. Sie schreibt, dass diese trotz Schnee und Eis jeden Morgen die Kühe oft eine halbe Stunde zur Tränke treiben. Auch die Frauen müssen täglich das Wasser für den Hausgebrauch von der Quelle holen. Fast niemand kann sich eine Wasserleitung leisten. Dankbar erwähnt sie, dass es im Kloster Trinkwasser gibt. Sie geht auch auf den Gesundheitszustand von Papst Pius XI. ein und schreibt: „Er wird sich auch über die entsetzlichen Vorkommnisse in Spanien einen großen Kummer machen." Dies zeigt, dass Schwester Angela weiß, dass in Spanien der Bürgerkrieg tobt.

Das Erstarken des Nationalsozialismus in Deutschland umschreibt sie folgendermaßen: „Geht so oft wie möglich zur heiligen Kommunion, damit die Feinde unserer Kirche gedemütigt werden."[25]

Über den Winter sind nur zwei Schwestern im Kloster, Schwester Rita als Oberin und Schwester Angela. Diese genießt die Ruhe und Stille im Haus. Das viele Schneeschaufeln macht ihren Körper müde und den Geist ruhig. Neben der Küchenarbeit verbringt sie viel Zeit in der Kapelle in meditativem Gebet. Auch wenn erst ein kleiner Teil des Hauses bewohnbar ist, gefällt ihr die Zeit in Gnadenwald gut.

Ihren letzten Brief aus Gnadenwald schreibt sie am Ostersonntag 1937 an ihre Schwester Gertrude. Sie freut sich über die Geburt des vierten Kindes Heinz-Wilhelm.

Als Namenstagsgeschenk für ihre Schwester Gertrud hat sie als Fürbitte zur heiligen Gertrud eine neuntägige Andacht mit neun Messen und Kommunionempfang gehalten, „das kostbarste Geschenk, was wir auf Erden vermögen und am Throne Gottes hinterlegt ist, wenn wir von der Welt abberufen werden".

In diesem Brief sitzt ihr aber auch der Schalk im Nacken, wenn sie schreibt: „Liebe Gertrud, ich danke sehr dafür, dass Ihr, wenn Ihr von mir ein Bildchen hättet, es vergrößern wolltet, aber das ist nicht möglich ohne Erlaubnis, und zudem habt ihr ja von mir noch Bildchen, nur dass ich jetzt etwas dicker bin. Gewachsen bin ich bis jetzt noch nicht!!!"[26]

Eines Tages im Frühling, als Schwester Angela und Schwester Agnes gerade beim Setzen von Gemüsepflanzen sind, kommt Pfarrer Federspiel mit dem Fahrrad vorbei. Er bleibt stehen und sagt:

„Ah, meine liebe Nichte Agnes ist fleißig bei der Arbeit. Schwester Angela, Sie haben die Gartenarbeit sicher schon als Kind im Sauerland gelernt?"

„Das kann man wohl sagen. Einmal habe ich bei der Gartenarbeit sogar den ersten Fahrradfahrer gesehen. Da würden Sie sich wundern, wenn Sie gesehen hätten, wie dieses Fahrrad ausgesehen hat."

„Ist die Schwester Oberin zu sprechen?"

Die beiden Schwestern zeigen zum Haus.

„Onkel, ist etwas Wichtiges?", fragt Schwester Agnes.

„Allerdings", sagt er noch schnell im Vorbeigehen.

Die Schwestern sehen sich betreten an. Schwester Angela, die sofort an die kranke Mutter Oberin denkt, meint:

„Wird wohl nichts Schlimmes sein?"

Nach geraumer Zeit steht Schwester Rita in der Haustüre und sagt:

„Schwester Angela, bitte kommen Sie herein."

Angela legt ihr Gartenwerkzeug zur Seite und geht in das Besuchszimmer. Schwester Rita eröffnet das Gespräch:

„Sie haben sich hier in Gnadenwald in diesen 15 Monaten zwar gut eingelebt, doch hat sich der Gesundheitszustand von der Mutter Oberin inzwischen bedenklich verschlechtert, sodass Sie dringend wieder nach Mötz zurückkehren müssen. Dies ist der ausdrückliche Wunsch der Oberin."

Schwester Angela bleibt für einen Augenblick der Atem stehen. Wie oft hatte sie sich in den vergangenen 15 Monaten nach Mötz gesehnt, denn es war für sie sehr schwer, das gestörte Verhältnis hier zwischen der Oberin Schwester Rita und Schwester Agnes zu ertragen. Dieses Klima der gegenseitigen Abneigung hatte sich auch sehr auf die spirituelle Praxis der drei Schwestern ausgewirkt. Nach einem kurzen Stocken fragt sie:

„Wann soll ich wieder nach Mötz zurückkehren?"

Schwester Rita antwortet:

„Anfang Juli, das wird Sie sicher freuen, denn Sie verehren die Schwester Oberin in Mötz ja außergewöhnlich!"

Schwester Angela blickt zu Boden und schweigt. Auch Pfarrer Federspiel ist etwas betreten, hat er doch von den Schwierigkeiten zwischen den Schwestern hier vor allem in den Beichtgesprächen erfahren.

„Und was wird aus diesem Kloster hier werden?", fragt Schwester Angela.

„Das wissen wir noch nicht. Schwester Agnes und ich werden auf alle Fälle dieses Jahr noch hierbleiben."[27]

Schwester Angela ist sehr aufgeregt, als sie genau wie vor vier Jahren aus dem Zugfenster blickt und die Zwiebeltürme des Klosters Stams sieht. Dieses Mal jedoch holt sie niemand vom Bahnhof ab, denn sie kennt inzwischen den Weg zum Klösterle. Sie freut sich sehr, als ihr im Dorf immer wieder Menschen aus ihren Gärten zuwinken. Dann steht sie vor ihrem alten, neuen Zuhause. Ihr Schritt wird schneller, sie öffnet das Gatter, bemerkt die schönen Blumen im Garten, macht die Haustüre auf, atmet tief durch, denn nun ist sie endlich wieder daheim.

Schwester Oberin kommt ihr mit ausgebreiteten Armen entgegen, drückt sie an ihre Brust und sagt leise:

„Wie gut, dass Sie wieder da sind, Schwester Angela. Ich und wir alle haben Sie so sehr vermisst. Sie sind die Seele unserer Gemeinschaft."

Schwester Angela kommen ein paar Tränen und sie flüstert Schwester Oberin ins Ohr:

„Auch ich bin froh, dass ich wieder hier sein kann. Ich hatte ebenfalls Heimweh nach Ihnen und dem Klösterle. Es war nicht immer einfach in Gnadenwald."

„Ja, das kann ich mir denken!"

Die anderen Schwestern unterbrechen ihre Arbeiten und begrüßen freudig Schwester Angela.

„Kommt", sagt Schwester Immaculata, „ich habe einen Kaffee vorbereitet und die Nachbarin hat gestern einen Kuchen vorbeigebracht. Die Rückkehr von Schwester Angela muss gefeiert werden."

Die Zurückgekehrte ist über so viel Aufhebens um ihre Person ziemlich gerührt und freut sich sehr über den liebevollen Empfang, denn diese Wärme ist ihr in Gnadenwald abgegangen. Sie blickt auf ihr Gepäck und Schwester Oberin sagt mit einem Lächeln:

„Ja, Ihr altes Zimmer neben der Kapelle ist für Sie bereits vorbereitet."

Schwester Angela nickt, nimmt ihren Koffer und läuft schnell über die Stiege. Bevor sie in ihr Zimmer geht, betritt sie die Kapelle, kniet vor den Tabernakel und sagt: „Jesus, ich danke dir. "

Am nächsten Morgen werden Schwester Angela gleich ihre Aufgabenbereiche zugeteilt. Jetzt im Sommer, während der Feldarbeit, werden viele Mötzer Kinder am Morgen in den Kindergarten gebracht. Auch sind immer einige Kinder und Jugendliche zur Erholung im Klösterle. Schwester Oberin bittet sie, das Amt der Messnerin in der Pfarrkirche zu übernehmen. Dies freut Schwester Angela besonders, ist dies doch eine Möglichkeit, mehr Menschen aus der Pfarrgemeinde kennenzulernen. Sie wird nun in Mötz als Person auf Grund ihrer freundlichen Art immer mehr wahrgenommen und geschätzt.

Ab Herbst 1937 bietet sie für junge Mötzerinnen einen Zuschneidekurs sowie einen Nähkurs an. Ebenfalls zeigt sie jungen Frauen die Kunst des Stickens. Immer mehr kommt ihr die Ausbildung bei der Familie Brögger zugute. Gerne hilft sie auch mit der einen oder anderen Mitschwester den Bauern bei der Kartoffelernte. Ihre Geschicklichkeit und ihr offenes Ohr für Probleme der Menschen sprechen sich im Dorf herum. Sie muss immer mehr die Aufgaben der Oberin Schwester Michaela Roth übernehmen, da es dieser gesundheitlich sehr schlecht geht.

Am 6. Oktober 1937 wendet sich Schwester Angela in ihrem ersten Brief, den sie seit ihrer Rückkehr nach Mötz schreibt, mit einer Bitte an ihre Schwester Gertrud. Die Schwestern in Mötz haben nämlich inzwischen zwei Strickmaschinen angeschafft, eine für Strümpfe und eine für Pullover. Deshalb bittet sie um Anleitungs- und Strickbücher. Sie denkt dabei an Nachbarn ihrer Schwester Gertrud, die vermutlich einen Strickbetrieb haben.

In diesem Brief kommt Schwester Angelas Sparsinn durch, denn sie gibt die Empfehlung, beim Paket ja nicht mehr als eine 60-Pfennig-Marke aufzukleben. Weiters soll Gertrud oben ins Päckchen einen Zettel legen, bei dem draufsteht: „Ein Namenstagsgeschenk von uns", oder, falls sie das Paket erst im Dezember abschickt: „Ein Weihnachtsgeschenk", damit das Paket leichter durch den Zoll kommt.[28] In diesem Brief legt sie für ihren Schwager Anton und für ihren Bruder Franz je ein Edelweiß aus den Tiroler Bergen bei.

Elf Tage später, am Kirchweihsonntag, setzt sich Schwester Angela wieder an ihren Schreibtisch und verfasst einen Brief an ihre Schwester Elisabeth. Sie bittet ihre Schwester noch einmal eindringlich, sich mit dem Wunsch ihrer Tochter Lidwina, ins Kloster zu gehen, auseinanderzusetzen:

„Freut mich, dass die Lidwina die Nähschule besucht hat, und wie wäre es, wenn sie, statt in Stellung zu gehen, zu uns käme? Oder aber, wenn in Stellung, so doch den Gedanken nicht aufgeben, einmal zu uns zu kommen. Weißt du, liebes Lieschen, wir nehmen auch arme Mädchen auf. Sie braucht nicht viel zu haben. Und sollte es einmal ernst sein, so fragt vorher bei uns an wegen der Unterwäsche und Kleider: Gut ist's immer, wenn unfertig, dann wird's hier gerichtet, wie es sein muss. Die Lidwina kann ja auch schon schön sparen, und der Opa Autsch kann auch vielleicht öfter mal einen Taler für die Lidwina zu diesem Zwecke geben – das wäre für ihn eine Fahrkarte für den Himmel, wenn er der Lidwina behilflich wäre, und ich würde mich sehr darüber freuen. Bei uns ist es so schön, wer einmal hier ist, mag nimmer fortgehen. Überlegt Euch die Sache mal allen Ernstes."[29]

Ihre Schwester Elisabeth muss bei ihrem letzten Brief von Wassermangel geschrieben haben, denn Schwester Angela erwähnt, dass es in Mötz genug Wasser gibt. Sie schreibt, dass das Wasser jahrein, jahraus durch einfache Rohre rinnt und die Menschen bei ihren Häusern große Zementtröge haben, aus denen auch das Vieh trinkt. Immer öfter macht sie ihre Familie auf die politischen Zustände in Deutschland aufmerksam, denn sie schreibt, dass alle für die heilige Kirche und die Glaubensverbreitung beten sollten, auf dass die Feinde der Kirche gedemütigt und ihre Pläne zunichtegemacht würden: „Ich glaube, ihr seid nicht recht im Bilde über alles, wie es bei euch ist."[30]

Wenn Schwester Angela im Weihnachtsbrief an ihre Schwester Elisabeth allen Familienmitgliedern ein „gnadenreiches, glückliches, neues Jahr 1938 wünscht", klingt dies 80 Jahre später schon sehr eigenartig, denn zwischen diesem Brief und dem nächsten Brief im Oktober 1938 ereignet sich Geschichte, die Europa aus den Fugen geraten lässt.

Ab Jahresbeginn 1938 verstärkt sich der Druck des Deutschen Reiches auf Österreich erheblich, denn Österreich ist für die Kriegspläne Deutschlands von großer Bedeutung. Die geografische Lage des Landes, Millionen ÖsterreicherInnen als Soldaten und Arbeitskräfte, die von Hitler anvisierte „Heimkehr ins Großdeutsche Reich" und nicht zuletzt wirtschaftliche Motive machen Österreich so wichtig. Das Land ist reich an Rohstoffen, die von der deutschen Kriegsindustrie dringend benötigt werden. Bei der

NS-Führung besonders begehrt sind die österreichischen Gold- und Devisenvorräte, denn nach fünfjähriger Nazi-Herrschaft ist Deutschland fast pleite. Der österreichische Barschatz ist 18-mal größer als der des Deutschen Reiches.

Wie hätte man mit diesem Geld die eigene Wirtschaft ankurbeln können, wenn die Begeisterung für den Nationalsozialismus nicht schon so fortgeschritten gewesen wäre und Kanzler Kurt Schuschnigg dem Druck von Hitler am 12. Februar in Berchtesgaden am Obersalzberg standhalten hätte können.

Der österreichische Bundeskanzler jedoch war dem Psychoterror von Hitler nicht gewachsen. Nach dieser Unterredung durften sich die Nationalsozialisten im Rahmen des Ständestaates politisch betätigen. Inhaftierte Parteimitglieder mussten freigelassen werden. Der Nationalsozialist Arthur Seiß-Inquart wurde neuer Innenminister. Bis ins letzte Dorf, sicher auch bis Mötz, wirken sich diese Zugeständnisse aus, denn die Bevölkerung spaltet sich noch mehr in Anhänger und Gegner des Nationalsozialismus. Vermutlich haben die Schwestern in Mötz einiges davon mitbekommen, denn Nazigruppen ziehen durch die Dörfer, schreien laut „Heil Hitler" und singen NS-Lieder.

Am 9. März 1938 kündigt Dr. Kurt Schuschnigg in Innsbruck eine Volksbefragung am 13. März an. Die Fragestellung an das Volk lautete, ob dieses „ein freies und deutsches, unabhängiges und soziales, ein christliches und einiges Österreich" wolle. Vermutlich hätten sehr viele ÖsterreicherInnen zugestimmt. Doch es kam anders. Hitler drohte mit dem Einmarsch des deutschen Heeres. Nationalsozialistische Gruppen begannen zu demonstrieren, in Innsbruck zum Beispiel sehr zahlreich in der Maria-Theresien-Straße. Die Polizei zieht sich zurück, die politische Führung in Tirol handelt nicht. Resignation breitet sich bei den Gegnern des Nationalsozialismus aus. Immer mehr InnsbruckerInnen wechseln daher ins Lager der Nationalsozialisten bzw. bekennen sich nun offen dazu. Eine große Menschenmenge wartet gegen Abend auf Entscheidungen aus Wien und Berlin. Hitler stellt Schuschnigg ein Ultimatum zur Absetzung der Volksbefragung, ansonsten würde Seyß-Inquart eine Gegenregierung bilden und deutsche Truppen zur Aufrechterhaltung von Recht und Ordnung zu Hilfe rufen. Bereits am Nachmittag des 11. März sagt Schuschnigg die Volksbefragung ab. Bei seiner Radioansprache kurz vor 20 Uhr sagt Schuschnigg, dass kein Widerstand geleistet werden solle, wenn die deutsche Wehrmacht einmarschiert. Er will auf keinen Fall „deutsches Blut" vergießen. Die Schlussworte seiner Rede lauten: „Gott schütze Österreich".

Bereits um 21 Uhr hängt an diesem 11. März die Hakenkreuzfahne am Alten Landhaus in Innsbruck. Der bisherige inoffizielle „Gauleiter" Edmund Christoph übernimmt die Funktion des Landeshauptmanns, noch bevor Bundespräsident Miklas Seyß-Inquart zum neuen Bundeskanzler ernennt.

Am 14. März 1938 treffen gegen Mittag die ersten deutschen Truppen, über den Fernpass kommend, und eine Abteilung der deutschen Schutzpolizei in Imst ein, die von einem großen Teil der Bevölkerung jubelnd begrüßt werden.

Die Gendarmerie wird von ihrem Vorgesetzten angewiesen, dass sie SA und SS im Sicherheitsdienst als Partner zu akzeptieren hätten. Außerdem gibt es Order, dass im Exekutivdienst nur stehen könne, wer sich der nationalsozialistischen Weltanschauung vorbehaltlos und von ganzem Herzen unterordne.[31]

Als Schwester Angela im Klösterle am nächsten Morgen aus dem Fenster blickt, sieht sie, dass Kinder mit Hakenkreuzfahnen und viele Erwachsene mit braunen Binden am Arm mit aufgenähtem Hakenkreuz Richtung Bundesstraße ziehen. Es sind auch Menschen mit nachdenklichen Gesichtern dabei. Schwester Agnes und Schwester Rita fragen die Oberin, ob sie auch hinausgehen können. Schwester Oberin sagt bedächtig:

„Geht nur und macht euch selbst ein Bild davon."

Schwester Angela schüttelt den Kopf, als sie den aufmunternden Blick von Schwester Agnes sieht.

„Nein, ich gehe inzwischen in die Kapelle. Ich habe bereits vor fünf Jahren einen Aufmarsch der Nazis in Heinsberg erlebt. Es kommen schwere Zeiten auf uns zu, und dies nicht nur auf materieller Ebene."

Ein paar Tage nach dem „Anschluss" müssen die Schulkinder entlang der Bundesstraße Aufstellung nehmen, da die deutsche Wehrmacht durchmarschieren soll. Schon um halb elf ist so gut wie das ganze Dorf an der Straße, Männer und Frauen, die Schulkinder und natürlich die Nazis in ihren braunen und weiß-schwarzen Uniformen. Die Kinder haben papierene Hakenkreuzfähnchen erhalten. Alle sind gespannt, wie wohl die deutschen Soldaten aussehen. Sind sie zum Fürchten? Da nähern sich zwei Radfahrer aus dem Nachbardorf. „Sie kommen, sie kommen, drei Kompanien Infanterie! Zackige Burschen!", rufen sie aufgeregt und fahren ins nächste Dorf weiter. Ein Zeitzeuge beschreibt den Durchmarsch der Wehrmacht viele Jahre später wie folgt:

„Und dann kommen die Deutschen von Mötz her; sie marschieren ohne Tritt, voran drei Reiter. Alle tragen, soweit man aus der Ferne erkennen kann, Helme und Gewehre. Als sie näher kommen, erkennt man, dass sie viele Blumen am Waffenrock tragen. Hundert Meter vor dem Spalier der Dorfbewohner hält die Truppe an, Kommandos erschallen, dann setzt sich der Zug in Bewegung. Nun erklingt plötzlich der Marschtritt, rums, rums, rums, als die Knobelbecher, die Armeeschuhe, auf die Straße schlagen. Der Zug kommt näher, drei Säbel fliegen aus den Scheiden der drei Reiter, blitzen auf und senken sich. Ein Kommando erschallt klar und scharf: ‚Augen rechts!'

Jetzt ist sie da, die deutsche Wehrmacht, im donnernden Stechschritt; die Fähnchen wogen in roten Wellen auf und ab, die SA-Männer brüllen: ‚Sieg Heil!' Irgendwo pochen Trommeln Schlag auf Schlag, die Reiter defilieren mit gesenkten Säbeln vorüber; dann Gesichter unter den Helmen, junge Gesichter, braun gebrannt, ein Lächeln auf den Lippen, fröhliche Augen. Minutenlang zieht Kompanie um Kompanie mit gestreckten Beinen rums, rums, rums vorüber. Erst als der letzte Mann vorbei ist, geht der Stechschritt in normalen Marschtritt über, die Säbel versanken in den Scheiden, die Trommeln verstummten, der Spuk war vorbei.

Aber war es ein Spuk gewesen? Nein, nein und noch einmal nein! Es war ein faszinierendes militärisches Schauspiel gewesen, mit einer Exaktheit und Grazie, wie sie bis jetzt nicht zu erleben gewesen waren. Nein, diese Soldaten waren nicht zum Fürchten, dachten sich die meisten Dorfbewohner."[32]

So gesehen ist am nächsten Tag wieder Ruhe in Mötz eingekehrt und trotzdem ist es nicht mehr dasselbe Dorf wie zuvor.

Menschen beginnen einander zu misstrauen. Die Zeitungen zeigen die begeisterten Massen und die Parolen der Soldaten. Im Radio hört man Sätze, die vom Anbruch einer „neuen Zeit" sprechen. Es sickert auch durch, dass politisch Andersdenkende und viele Juden, vor allem in den Städten, verhaftet werden. Doch niemand spricht laut darüber. Die meisten Menschen haben Angst und viele Katholiken außerdem ein gespaltenes Verhältnis zum Judentum, denn viel zu lange wurde von der Kanzel der Samen des „Antijudaismus" gesät.

Vermutlich ist auch bis zu den Schwestern im Klösterle durchgedrungen, dass am 18. März 1938 die offizielle Kirche, allen voran der Wiener Erzbischof Theodor Kardinal Innitzer, die Okkupation Österreichs durch Hitlerdeutschland in einer „Feierlichen Erklärung" begrüßt hat.

Als Schwester Angela dies hört, schüttelt sie den Kopf und sagt zu ihren Mitschwestern:

„Ich glaube, dass sich der Herr Kardinal irrt. Wir müssen für ihn beten, denn die Kirche wird verfolgt werden."

Die anderen Schwestern blicken Schwester Angela erschrocken an, dann gehen ihre Blicke zur Schwester Oberin. Doch sie rügt Schwester Angela nicht.

Und in der Tat: Bald schon muss die offizielle Kirche erkennen, dass die Naziideologie niemanden neben sich duldet.

Der Alltag mit all seinen Pflichten geht, trotz der gravierenden Veränderungen auf politischer Ebene, im Klösterle weiter. Im September 1938 erfüllt sich endlich Schwester Angelas großes Sehnen. Wie bei den vorhergehenden Gelübden ist die Kapelle im Klösterle mit allen Blumen, die der Herbst schenkt, geschmückt.

Schwester Angela zieht mit ihren Mitschwestern in die Kapelle ein und verspricht feierlich:

„Ich, Schwester Angela vom Heiligsten Herzen Jesu, mache meine Profess und gelobe der Allerheiligsten Dreifaltigkeit auf immer Gehorsam, Armut und Keuschheit."

Die Oberin, Schwester Michaela Roth, nimmt als Delegierte der Ehrwürdigen Generaloberin, Mutter Maria, die in Valencia, Spanien, residiert, das Versprechen entgegen. Schwester Angela ist sehr gerührt, denn nun ist ihr sehnlichster Wunsch, ganz zu Jesus zu gehören, den sie bereits bei ihrer Erstkommunion hatte, endlich in Erfüllung gegangen.

Nach fast zehn Monaten setzt sich Schwester Angela am 9. Oktober 1938 in ihrem Zimmer zum Tisch. Das Jahr war so voll mit Arbeit und der Vorbereitung auf ihr ewiges Gelübde, dass es ihr jetzt einen Stich im Herz gibt, als sie endlich wieder an ihre Schwester Elisabeth einen Brief zu schreiben beginnt.

Das wichtigste persönliche Ereignis, ihre ewigen Gelübde, teilt sie gleich am Beginn des Briefes mit. Begeistert schreibt sie, dass sie die vorangegangenen zehntägigen Exerzitien wie ein „Angrenzen an den Himmel" erlebt hat. Sie bittet, als Geschenk für sie, die sonntägliche Messe in ihrer Meinung zu feiern. Sie wünscht sich von der kleinen Melanie, dass sie die kleine Thérèse von Lisieux und die Himmelmutter bitten soll, dass die Schwester Oberin wieder gesund werden möge. Zum ersten Mal spricht sie aus, dass die Oberin seit über einem Jahr ein schweres Leberleiden hat.

Da im zurückliegenden Sommer viele Deutsche zu Besuch in Mötz waren und Fotos machten, legt sie im Brief nicht nur ein Professbild bei, sondern auch eine Fotografie, auf der alle fünf Schwestern zu sehen sind. Zum Brief kommen noch Professbilder an ihren Bruder August und ein Schreiben an den Papa.

Am selben Abend schreibt Schwester Angela noch an ihre Schwester Gertrude und erkundigt sich nach deren Gesundheitszustand, da sie im Sommer operiert werden musste. Ihren Bruder Franz, der bei Gertrud wohnt, fragt sie, ob er noch immer in „Junggesellen-Schuhen" steckt. Es kommt auch ein bisschen Heimweh durch, denn sie fragt, ob von der Familie doch einmal jemand nach Tirol kommen könnte, da die Tausendmarksperre ja inzwischen aufgehoben sei. Ein besonderes Foto legt Schwester Angela noch im Brief bei, das sie mit dem Spinnrad zeigt, und sie schreibt dazu: „Ich spinne jetzt schon eine ganz schöne Wolle".

Von 1939 ist kein Brief von Schwester Angela erhalten. Vermutlich nimmt sie sich keine Zeit zum Schreiben, da sich die Ereignisse im Klösterle zu überschlagen beginnen.

Der Gesundheitszustand von der Oberin Schwester Michaela Roth verschlechtert sich zusehends, so dass Schwester Angela ab September 1939 Vikarin und Ökonomin der Gemeinschaft wurde. Wie viele andere kirchliche Einrichtungen muss auch das Klösterle unter Schwester Angela um seinen Weiterbestand kämpfen.

Gauleiter Franz Hofers erklärtes Ziel war es, dem Führer zu seinem 50. Geburtstag im April 1939 ein klosterfreies Tirol zu überreichen. Bereits Ende Oktober 1938 waren die Schulschwestern in Pfaffenhofen, in der Nähe von Telfs, gezwungen, sich aus ihrem Schulbetrieb zurückzuziehen. Die Zisterzienserpater vom Nachbardorf Stams wurden im Juli 1939 vertrieben.

Die lokale NS-Führung hatte auch im Sinn, sich das Klösterle in Mötz anzueignen: Eines Tages, im Herbst 1939, stehen Männer der Gestapo vor dessen Türe. Schwester Angela schickt noch schnell ein Stoßgebet Richtung Himmel. Dann öffnet sie und bittet die Herren herein. Die Männer sind von ihrer Freundlichkeit etwas irritiert, deshalb nimmt sich einer von ihnen im Ton etwas zurück, als er seine Forderung ausspricht:

„Wir sind hier, um Ihnen mitzuteilen, dass Ihr Kloster bis Ende des Jahres geräumt werden muss."

Schwester Angela lässt sich ihren Schrecken nicht anmerken und sagt:

„Vielleicht ist es den Herren entgangen, dass unser Orden eine spanische Kongregation und das Kloster spanischer Besitz ist. Ebenfalls haben Deutschland und Spanien gute Beziehungen miteinander, sodass Unstimmigkeiten wegen unseres kleinen Klosters sicher nicht günstig sind."

Die Männer sind ob ihrer klaren Sprache und ihres Wissens etwas unschlüssig und geben Schwester Angela den Rat, sich alle notwendigen Papiere zu besorgen, damit diese Sache schriftlich klargestellt werden kann.

Mit einem Kopfnicken begleitet Schwester Angela die Männer bis zur Tür und antwortet auf den Hitlergruß mit einem gestreckten Arm. Sie denkt sich dabei „Alles Heil kommt durch Jesus".

Noch am selben Tag schreibt Schwester Angela an die spanische Botschaft in Wien und erhält am 2. Oktober 1939 folgende Antwort:

„An die
Ehrwürdige Schwester Angela,
Orden der allerheiligst. Dreifaltigkeit
Mötz, Oberinntal, Tirol

Bevor dieses Konsulat auf Ihre Anfrage vom 28. September 1939 näher eingehen kann, teilt es Ihnen in Beantwortung derselben mit [sic], dass Sie vor allem hieramts nachweisen müssen, dass Ihr Kloster [das Haus in Mötz] spanisches Eigentum ist, und zwar unter Vorlage der entsprechenden Belege (Grundbuchauszug, Bestätigung des Mutterhauses in Valencia legalisiert von den kompetenten spanischen Behörden und dem spanischen Außenamt, sowie andere Belege, die zur Bekräftigung der Angaben dienen könnten).

Wien, am 2. Oktober 1939.
Im Jahre des Sieges.
DER SPANISCHE KONSUL."[33]

Daraufhin bittet Schwester Angela das Mutterhaus in Valencia um alle erforderlichen Belege, doch sie erhält keine Antwort. Dies verunsichert die Schwestern in Mötz sehr. Sie müssen zwar den Kindergarten schließen, doch wagt die Gestapo nicht, das Kloster zu enteignen.

Von diesem Zeitpunkt an wird Schwester Angela genauestens beobachtet.

Bereits ab 1937, der Zeit des Spanischen Bürgerkrieges, wird der gegenseitige Briefkontakt unregelmäßig und bricht 1939 ganz ab.

Die Schwestern in Valencia sind sehr besorgt, weil sie aus Mötz keine Nachrichten mehr erhalten, und die Schwestern im Klösterle fühlen sich vom Mutterhaus in Valencia verlassen und denken sogar an Trennung.

Auch wenn die Beschlagnahmung der Post durch die Gestapo nur vermutet werden kann, so ist doch bekannt, dass dies eine übliche Praxis Nazideutschlands war, vor allem, wenn, wie in Mötz, das Klösterle in den Besitz der Nazis übergehen soll. Die Schwestern haben nie aufgehört, sich gegenseitig zu schreiben. Wie es scheint, blieb auch eine Einladung des Mutterhauses in Valencia zum Generalkapitel in Valencia am 6. August 1940 unbeantwortet. Dies geht aus einem Rundbrief vom 9. März 1940 hervor, in dem die Generaloberin aus Valencia schreibt: „Wir haben von Mötz bis heute keine Antwort erhalten.“

Erst Anfang 1945 kommt ein Brief über den spanischen Konsul in Wien bei den Schwestern in Valencia an. In diesem Schreiben berichten die Schwestern vom Tod Schwester Angelas in einem Konzentrationslager in Schlesien. Die Generaloberin teilt im Rundbrief Nr. 124 der Kongregation Schwester Angelas Tod mit. Unter anderem schreibt sie:

„Dies sind die einzigen Nachrichten, die wir von ihrer Krankheit und ihrem Tod besitzen …Wenn uns der Briefwechsel eines Tages erleichtert wird, werden wir versuchen mehr darüber zu erfahren."[34]

Die Leitung des Mutterhauses in Valencia macht sich weiterhin Sorgen um die kleine Gemeinschaft in Mötz. Als im April 1946 der Zisterzienserpater Eugen Fiderer aus dem königlichen Kloster von Poblet in Lissabon nach Stams übersiedelt, schreibt die Generaloberin zwei Briefe und bittet den Pater, die Schwestern in Mötz aufzusuchen:

„Ich wäre Ihnen sehr dankbar, wenn Sie sich, falls der Herr Ihnen die Gnade gewährt, bei Ihrer Ankunft in Stams erkundigen, ob unsere Schwestern in Mötz sind, und wenn dies der Fall ist, ihnen einen Besuch abstatten in unserem Namen und ihnen von hier einige Nachrichten zukommen lassen und einen kleinen Brief, den ich mir erlaube, Ihnen mitzugeben."[35]

Als am 1. September 1939 die deutschen Truppen Polen überfallen und sich das Land in kürzester Zeit einverleiben, ist Mötz, wie auch andere umliegenden Dörfer, in euphorische Nazianhänger, in Mitläufer und in zumeist schweigende Gegner gespalten. Nur ganz wenige äußern sich laut kritisch über das Hitlerregime. Zu ihnen gehört auch Schwester Angela.

Am 25. März 1940 schreibt sie an ihre Schwester Elisabeth und vielleicht in einer Vorahnung betitelt sie den Brief mit „Meine Lieben alle! [sic]"

Zuerst bedankt sie sich für die guten Würste und das Schmalz, das sie an daheim erinnert hat. Weiters schreibt sie, dass „die Leberwurst" zum gestrigen Osterfrühstück sehr gut geschmeckt hat.

Sie bedankt sich auch im Namen ihrer Mitschwestern für die unverhofften guten Dinge.

Der letzte Brief, das letzte Mal vor ihrer Verhaftung Ostern feiern, und dann hat die kleine Lani, Schwester Angelas Lieblingsnichte, auch noch ein Osterei, gefüllt mit Zuckerln, beigelegt. So eine Freude!

Dann wird Schwester Angela noch einmal ernst:

„Liebes Lieschen, wie kommt es, dass der Erich sich als Freiwilliger meldet, wo doch jeder froh ist, wenn er jetzt zuhause bleiben kann, denn es blüht noch jedem früh genug. Wie alt ist er jetzt? Wo liegt den Rendsburg? Ich habe ihm noch nicht geschrieben, weil ich denke, dass er vielleicht Sonntag dort bei Euch ist zum Weißen Sonntag. Der wird sich wohl sehr freuen, wenn er von dir ein Paketchen bekommt, denn die Burschen haben alle großen Hunger. Bei uns im Nebenhaus haben wir jetzt seit zwei Monaten Südtiroler wohnen. Drei Söhne sind auch beim Militär, kommen immer mit großem Hunger heim. Bevor es ruhigere Zeiten gibt, kostet es noch manches Opfer von einem jeden und vielleicht auch – die Heimat. Grausig wird's werden. Ob Ihr dort bleiben könnt? Aber es wird allerwärts nicht sicher sein. So geht's nicht lange mehr. Ich meine nach der Adresse von Erich, dass er bei den Fliegern ist? Man nennt sie die – Todgeweihten! Stürmisch wird's um alle Völker! Wer weiß, ob wir uns nochmals zusammenfinden nach dem Sturm. Ganz, wie Gott will, wir stehen in seinem Willen und sind nur noch für ihn da."[36]

In ihrem Brief legt Schwester Angela noch ein Briefchen an ihre Nichte Melanie zur Erstkommunion bei. Dieses Schreiben ist sehr zärtlich gehalten. Sie bittet Melanie, wenn sie den lieben Heiland im „Herzchen“ hat, für ihren Bruder Erich zu beten, damit er nicht an die Front muss, für ihre Eltern und Geschwister, für die gesamte unterdrückte Kirche, auch dass bald Friede werde. Ebenfalls soll sie für ihre Schwester Lidwina beten, dass diese bald ins Klösterle nach Mötz kommt. Sie bittet sie auch um Gebet für sich.

Schwester Angela vergisst auch nicht, dass Melanie die „liebe Himmelmutter“ bitten soll, dass ihre schwerkranke Oberin Michaela Roth wieder gesund werden möge. Ihr letzter Satz an Melanie lautet: „In der Liebe Jesu innige Festesgrüße. Deine Tante Schwester Angela.“

Schwester Angela vertraute darauf, wie es damals üblich war, dass das kindliche Gebet eine größere Wirkung hat als das von Erwachsenen.

Die Oberin Schwester Michaela Roth hatte unheilbaren Leberkrebs und die Ärzte wunderten sich, dass sie überhaupt noch lebte, denn nach Aussage der Ärzte hatte sie bereits 1940 die „Friedhofspatscherln“ an. Schwester Michaela Roth lebte noch erstaunlich lange. Sie verstarb am 9. Juli 1960 und war bis dahin Oberin der Trinitarierinnen in Mödling, wohin die Schwestern von Mötz 1954 übersiedelten. Dieser Umstand wird von manchen dem Fürbittgebet Schwester Angelas zugeschrieben.

Die Oberin Schwester Michaela Roth schreibt am 4. 9. 1941 an den Vater von Schwester Angela Folgendes:

„Ich bin gesundheitlich zum Staunen der Ärzte hergestellt, dieselben sehen es als ausgesprochenes Wunder an. Ich selbst kann nur sagen, dass ich täglich mich wohl, besser fühle ohne irgendwelche Medizin, ich bekam für meine Krankheit die ganzen drei Jahre keine Leber-Wucherungen, das ist der Operationsbefund.“[37]

Wie Schwester Angela in ihrem letzten Brief an ihre Schwester Elisabeth schreibt, ist seit Jänner 1940 im Nebenhaus vom Klösterle eine Optantenfamilie aus Südtirol untergebracht. Der Mann ist ein großer Hitlerfreund, der es kurze Zeit später zum einflussreichen Parteifunktionär bringt. Die Schwestern sind freundlich zu ihren neuen Nachbarn. Schon vor geraumer Zeit haben sich die Schwestern ein Radiogerät gekauft. Doch gelingt es ihnen nicht, dieses empfangsbereit zu machen. Deshalb bittet Schwester Angela den neuen Nachbar, das Radio in Gang zu setzen, was ihm auch gelingt. Im Gegenzug fragt der Nachbar, ob Schwester Angela öfters zu seiner kranken Mutter kommen könne. Schwester Angela willigt gerne ein. So entsteht eine selbstverständliche Nachbarschaft. Vermutlich hat auch eine andere Nachbarin die kranke Frau im Nachbarhaus besucht. Dabei dürfte diese unbedacht erzählt haben, dass Schwester Angela zu ihr sagte, sie bräuchte nicht mehr auf ihren Mann zu warten, da in Norwegen von den Alliierten ein deutsches Schiff versenkt wurde, auf dem ihr Mann war.

Die kranke Mutter des Optanten erzählte daraufhin, dass Schwester Angela zu ihr gesagt hat, dass Hitler eine Geißel für Europa ist.

Eine andere Version sagt, dass Schwester Angela im Geschäft beim Milchholen diesen Satz sagte. Auf alle Fälle werden diese Reden dem nunmehrigen Parteifunktionär aus Südtirol zugetragen.

Nun wird die Schlinge um Schwester Angelas Hals immer enger, denn jetzt ist der Verdacht zu rechtfertigen, dass die Schwestern verbotenerweise Auslandssender hören.

Am nächsten Abend, den 11. August 1940, sitzen Parteigenossen im örtlichen Gasthaus am Biertisch. Der Parteifunktionär erzählt den anderen über die angeblichen Aussagen Schwester Angelas. Die Männer werden laut.

„Schluss jetzt, aus, wir decken diese Schwestern nicht mehr. Das muss angezeigt werden", schreit ein Mann am Tisch. Die anderen stimmen ihm zu.

„Aus jetzt mit diesen frommen Weibern, die deutsche Schwester ist eine Aufwieglerin", grölt ein anderer.

Beim zweiten Bier sind sich alle am Tisch einig. Der Strick um Schwester Angelas Hals wird zugezogen.

Dritter Teil

Als ob der Himmel einen Streich spielen würde: Der 12. August 1940 ist ein strahlend blauer Sommertag. Beim Morgengebet in der Kapelle hat Schwester Angela ein ungutes Gefühl im Bauch. Die Tränen rinnen wie von selbst über ihre Wangen. Schwester Agnes, die neben ihr kniet, stößt sie am Ellenbogen an und flüstert:

„Schwester Angela, ist Ihnen nicht gut?“

„Ich weiß nicht, es ist mir so schwer in meiner Brust. Es kommt mir vor, als ob heute etwas Schreckliches passieren wird.“

Da, ein Auto fährt vorbei, bleibt vor dem Haus der Nachbarin stehen. Gestapo-Männer in ihren langen, grauen Mänteln, mit schwarzen Hüten und schwarzen, geschnürten Stiefeln, steigen aus und gehen ins Haus. Nach kurzer Zeit kommen sie wieder heraus, gehen am Eingang des Klösterles vorbei hinter das Haus zum Nebengebäude, wo die Familie des Südtiroler Optanten und jetzigen Parteifunktionärs wohnt.

Die Schwestern im Klösterle klammern sich aneinander und beginnen laut den Rosenkranz zu beten. Schwester Angela lehnt sich an die Schulter der Schwester Oberin.

Die Türe des Klösterles wird aufgestoßen. Die drei Männer in den Gestapouniformen dringen ein. Als sie die betenden Schwestern hören, schreit einer: „Aus jetzt mit der Beterei! Wer ist die Aufwieglerin?“

Schwester Angela zittert am ganzen Leib. Einer zerrt sie zur Türe, gibt ihr mit seinem Stiefel ein paar Fußtritte, ein anderer reißt ihr den Schleier vom Kopf und wirft ihn der Schwester Oberin ins Gesicht. Schwester Angela bricht ohnmächtig zusammen. Die drei Männer schleppen sie bei der Türe hinaus und werfen sie wie einen Müllsack in das Auto. Sie knallen die Autotür zu und schreien noch ein paar hasserfüllte Worte zu den weinenden Schwestern vor dem Haus.

Die Schwestern personifizieren für die Nazis den Hass, den sie auf die Institution Kirche haben, denn sie spüren instinktiv, dass es da etwas gibt, an das die NS-Ideologie nicht herankommt.

Ein lautes Aufheulen des Motors und das Auto rast davon.

Die Vorhänge der Nachbarhäuser bewegen sich, dahinter stehen Menschen und beobachten erschrocken das Geschehen.

Die zurückgebliebenen Schwestern rücken in der Kapelle so nahe wie möglich zueinander und beten schluchzend den Rosenkranz, bis sie aus Erschöpfung nicht mehr können.

Schwester Angela kommt erst wieder richtig zu sich, als das Gestapoauto in Innsbruck einfährt. Sie zittert noch immer und bekommt Brechreiz.

Schwester Angela würgt es sehr, doch es kommt nichts hoch, nur die Tränen rinnen ihr bis zum Hals.

Dann ein Bremser, das Auto bleibt stehen, die drei Männer zerren Schwester Angela aus dem Auto. Ein großes Tor wird aufgerissen, Wachmänner in SS-Uniformen, die hinter dem Tor stehen, grinsen und wundern sich über diese eigenartige Person, die da hereinkommt, bekleidet mit Schwesterntracht, wenige Haare, ohne Schleier. Die Männer schleifen nun Schwester Angela durch einen schmalen Gang, eine Zellentüre wird geöffnet und Schwes-

Maria Autsch (ganz links, auf dem Motorrad) in ihrer Jugend

Maria Autsch (zweite von rechts) im Jahr 1929

Postkarte von Heinsberg (Sauerland), wohin die Familie verzog, als Maria noch ein Kind war.

Maria als Kindermädchen in Finnentrop bei Familie Brögger, mit einem Kind der Bröggers auf dem Arm (Aufnahme von 1928)

Maria mit einem Kind der Bröggers auf dem Arm, Fastnacht 1929

Postkarte von Röllecken (Sauerland)

Kirche von Dünschede (Taufkirche von Angela Autsch)

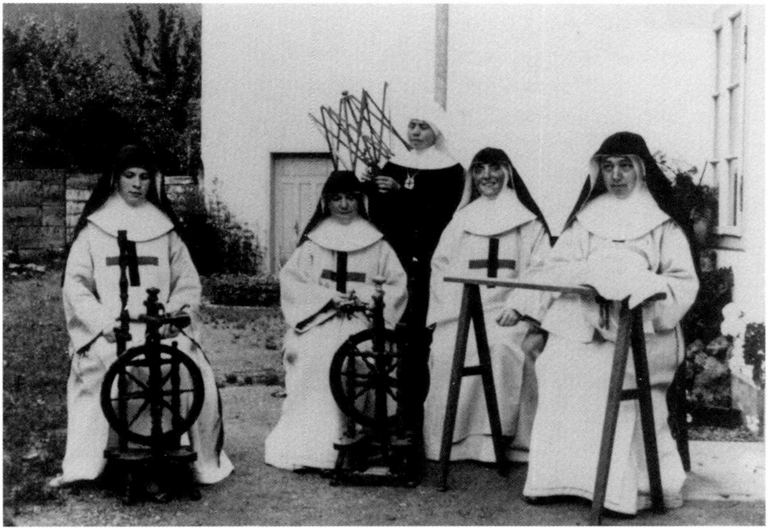

Sr. Angela Autsch (zweite von links) am Spinnrad; im Konvent.

Sr. Angela Autsch (erste von rechts) im Klostergarten.

Sr. Angela Autsch (zweite von rechts) im Kreis des Konvents.

Sr. Angela Autsch (rechts) mit ihrer Oberin Michaela Roth, 1940.

Gebäude des SS-Lazaretts

Häftlinge arbeiten im KZ Ravenbrück, Platz/Straße vor den Garagen

Dr. Margita Schwalbová, jüdische Ärztin aus der Tschechoslowakei, Zeugin und Gefährtin aus der Zeit im KZ Ausschwitz (als Mithäftling von Sr. Angela).

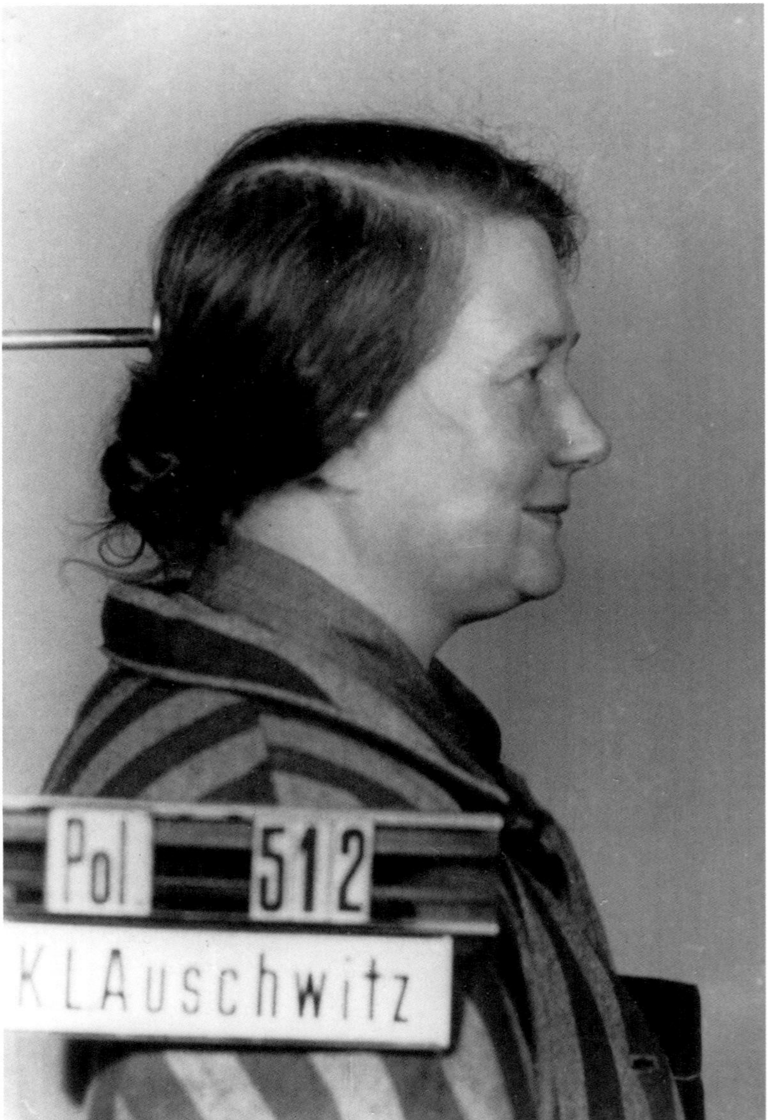

In Auschwitz aufgenommenes Häftlingsfoto von Angela Autsch

ter Angela mit einem Fußtritt hineingestoßen. Ein hartes Klicken im Schloss und dann Stille.

Schwester Angela fällt noch halb betäubt auf eine Pritsche. Erst allmählich begreift sie, was mit ihr geschehen ist. Ihr Herz rast, denn sie hört ungewohntes Schreien und ganz aus der Ferne ein schmerzerfülltes Wimmern. „Was ist das für ein unheilvoller Ort, an den ich nun gekommen bin?", sind ihre ersten zusammenhängenden Gedanken. Sie versucht sich zu sammeln und endlich formen sich die ersten Zeilen eines Mariengebetes, das sie vor längerer Zeit selbst verfasst hat: „Mit gar manchem Weh im Herzen, komm ich Mutter zu dir hin …". Sie stockt, beginnt zu weinen, es schüttelt sie und sie zittert noch immer am ganzen Leib.

Später weiß sie nicht mehr, wie lange sie so gelegen ist. Plötzlich wird die Zellentüre aufgerissen, zwei Aufseher stürmen herein und einer schreit unwirsch:

„Auf jetzt, du bist nicht zum Ausschlafen hier, komm, du hast ein Rendezvous."

Sie reißen Schwester Angela hoch und gehen mit ihr den langen Gang entlang, machen eine Türe auf und mit einem „Heil Hitler" betreten sie mit ihr den Raum dahinter. Schwester Angela steht schweigend hier vor drei Männern, die hinter einem großen Tisch sitzen.

„Grüßen Sie zuerst einmal richtig", sagt einer der Männer im Befehlston.

Ein zaghaftes „Heil Hitler" kommt über Schwester Angelas Lippen.

„Wissen Sie nicht, dass Sie beim Deutschen Gruß den rechten Arm strecken müssen?", schreit der Zweite.

Schwester Angela hebt den Arm und murmelt noch einmal die verhassten Worte.

„Sie wissen, was man Ihnen zur Last legt?“, fragt der Dritte.

Schwester Angela schüttelt ihren Kopf.

„Was, Sie wissen das nicht, dann werden wir Ihnen auf die Sprünge helfen: Führerbeleidigung! Es ist bezeugt, dass Sie sagten, unser Führer ist eine Geißel für Europa. Was sagen Sie dazu?“

Schwester Angela schweigt.

„Was, Sie können nicht sprechen? Wir haben Methoden, bei denen Sie noch gerne reden werden. Übrigens wurde bestätigt, dass Sie Feindsender gehört haben. Stimmt dies?“

Schwester Angela schweigt weiter.

Der Leiter des Verhörs haut mit der Faust auf den Tisch, ruft die Aufseher und sagt zu ihnen: „Bringen Sie diese Schwester in ihre Zelle zurück“. Und zu Schwester Angela gewandt:

„Wir werden Sie schon noch zum Reden bringen, Heil Hitler.“

Mitten in der Nacht schreckt Schwester Angela auf. Sie hört aus der Nachbarzelle klägliches Wimmern, klopft an die dünne Wand und sagt laut:

„Beruhigen Sie sich, ich bete für Sie.“

Ein anschließendes Zurückklopfen sagt ihr, dass sie gehört wurde. Bald darauf ist es still. Schwester Angela kann nicht mehr einschlafen. Der vergangene Tag zieht vor ihrem inneren Auge vorbei. Nachdem ihr der Gestapo-Mann den Schleier vom Kopf gerissen und ihn auf Schwester Oberin geworfen hatte, fehlt ihr auch ein Stück Erinnerung. Sie beginnt wieder zu zittern. Langsam formen ihre Lippen ein „Gegrüßet seist du, Maria“. In ihren Gedanken geht sie über den schmalen Pfad zum Locherboden hinauf und hält an der Stelle inne, wo auf dem Stein geschrieben steht „Hier stand Maria“. Sie spürt, wie wieder Kraft in sie zurückkehrt und sie ruhiger wird. Ein Gebet reiht sich an das nächste. Sie bittet Maria um Beistand, damit sie die Kraft haben möge, auch wenn sie gefoltert würde, ihre Mitschwestern nicht zu verraten. Gegen Morgen fällt sie in einen unruhigen Schlaf.

Auf einmal eine schrille Glocke, ein Aufseher schreit „Aufstehen, ihr Gesindel". Er stößt mit seinem Stiefel an Schwester Angelas Zellentüre. Sie steht schleunigst auf, wäscht sich notdürftig, hat nicht einmal eine Zahnbürste dabei, zieht sich an und bindet sich über ihren Kopf ein schwarzes Tuch, das ihr eine Mitschwester noch schnell in ihre Tasche gesteckt hat.

Die Zellentüren werden geöffnet. Schwester Angela sieht die Frau aus ihrer Nachbarzelle und lächelt ihr kurz zu. Die Frau erwidert das Lächeln, danach blicken beide wieder auf den Boden. Ein großes Tor wird aufgemacht und die Gefangenen müssen im Hof schweigend ein paar Runden gehen. Dabei schreien die Aufseher unflätige Wörter. Plötzlich berührt ein Mann Schwester Angelas Arm und fragt:

„Wer sind Sie?"

Schwester Angela schaut, ob kein Aufseher gerade herschaut, dann sagt sie leise:

„Ich bin Schwester Angela Autsch vom Trinitarierinnenkloster in Mötz und wer sind Sie? "

„Ich bin Dr. Carl Lampert, Provikar der Apostolischen Administratur Innsbruck-Feldkirch. Bleiben Sie stark, Gott ist mit uns."

Schwester Angela lächelt den Priester dankbar an. Beide gehen schweigend weiter. In den nächsten Tagen hat sie noch öfters Gelegenheit, ein paar Worte mit ihm zu wechseln. Sie ist sehr traurig, als sie am 25. August erfährt, dass Carl Lampert abgeholt wurde. Dr. Lampert wurde seit dem 5. Juli 1940 im Polizeigefängnis Gasthof Sonne Innsbruck festgehalten. Grund für seine erneute

Verhaftung war seine Todesanzeige für den von den Nazis ermordeten Götzner Pfarrer Otto Neururer. Nicht zuletzt deshalb wird er am 25. August 1940 in das Konzentrationslager nach Dachau überstellt. Nach seiner Freilassung und späteren erneuten Verhaftung wird er schließlich am 13. November 1944 mit dem Fallbeil hingerichtet.

Verhaftungen durch die Gestapo führten oft entweder zur sogenannten „Schutzhaft", was der Tarnbegriff für die Deportierung in ein Konzentrationslager war, oder zur „Untersuchungshaft", die auch zu einer baldigen Freilassung führen konnte.

Beim morgendlichen Rundgang fragt Schwester Angela oft Mitgefangene nach der offiziellen Bezeichnung ihrer Haft. Dieses Fragen bestätigt Frau Anna Trenkwalder, die am 14. August 1940 zu Schwester Angela in die Zelle gekommen ist.

Schwester Angela ist sehr froh, dass Anna Trenkwalder mit ihr die Zelle teilt. Beide verstehen sich sofort. Sie beten viel gemeinsam und Schwester Angela erzählt ihr von ihrem Lieblingsort, dem Locherboden, den Frau Trenkwalder auch kennt, da sie aus Landeck stammt. Schwester Angela lehrt Frau Trenkwalder das von ihr selbst verfasste Mariengebet, das diese noch 1990 zur Gänze auswendig sagen kann, als sie von Schwester Felice und Schwester Hermine aus Mödling in Landeck besucht wird:

„Mit gar manchem Weh im Herzen
Komm ich Mutter hin zu dir.
Stillen Trost in allen Schmerzen,
Hilf und Heil such fromm ich hier.
So voll Milde
blickst im Bilde
Du auf mich herab, dein Kind,
dass die Schmerzen
tief im Herzen
fast schon wie verschwunden sind.
Will mit Leib und Seel verschreiben
Dir mich bis zum letzten Hauch.
Hilf auch jenen,
die in Tränen
ich dir leg ans Herz so gern.
Und behüte
Du voll Güte
alle Menschen nah und fern.“[38]

Schwester Angela ist sehr traurig, dass sie im Gefängnis keine Kommunion bekommt. Für sie ist dies schmerzhafter, als kein Essen zu erhalten oder immer wieder zum Verhör geholt zu werden, von dem sie oft blutend in ihre Zelle zurückkommt.

Bei einem der morgendlichen Spaziergänge erzählt Frau Maria Haslwanter Schwester Angela, dass sie wegen Verrats verhaftet wurde. Sie sagt leise:

„Mein Verrat bestand darin, dass ich mit einem deutschen Soldaten, mit dem ich zum Tanzen ging, anschließend nicht die Nacht verbracht habe. Kurz darauf wurde ich verhaftet."

Schwester Angela flüstert zurück:

„Sie werden sicher freigelassen werden. Ich bete für Sie."

Als während der Haft die Mutter von Frau Haslwanter stirbt und diese Nachricht ins Gefängnis eingeschmuggelt wird, tröstet Schwester Angela Frau Haslwanter, die sich noch nach vielen Jahren an dieses Erlebnis erinnern kann.

Noch ein Ereignis im Polizeigefängnis bleibt den späteren Zeuginnen aus der Zeit ihrer Haft in Erinnerung. An einem späten Nachmittag sehen einige Gefangene, wie zwei Männer abgeführt werden. Der eine ist ein polnischer Soldat, der andere ein russischer Offizier. Bald darauf werden zwei Frauen, die mit diesen Soldaten befreundet sind, ebenfalls abgeholt. Nicht lange darauf ertönen durchdringende Schreie von einer der zwei Frauen durch den Gefängnisblock. Als die zwei Frauen in ihre Zellen zurückkommen, schütteln die eine immer noch Weinkrämpfe. Die andere ist völlig apathisch verstummt. Unter Schluchzen erzählt die eine der Frauen Schwester Angela, dass die beiden Männer soeben erhängt wurden und man ihnen die Fotos davon gezeigt hat. Schwester Angela beruhigt die zwei Frauen und betet mit ihnen. Frau Mitzi Schwendter, eine der beiden Frauen, bezeugte Jahre später die außergewöhnliche Zuwendung von Schwester Angela.

Am 19. August 1940, nach einer Woche „Schutzhaft“ im Polizeigefängnis Innsbruck, schreibt Schwester Angela einen kurzen Brief an ihre Schwester Oberin nach Mötz. Sie erkundigt sich nach deren Gesundheitszustand und bittet Schwester Pauline, die inzwischen in der Lungenheilanstalt Hochzirl Arbeit gefunden hat, um einen Besuch. Sie benötigt auch dringend eine Zahnbürste und Zahnpasta, wie sie schreibt. Sie macht auch darauf aufmerksam, dass jede Besucherin zuerst bei der Gestapo, Herrengasse 1, eine Besucherbewilligung erhalten muss.

Nichts von ihren eigenen Problemen steht in dieser Nachricht; nur, dass sich ihre Mitschwestern um sie keine Sorgen machen sollten.

Am 28. August schreibt sie vor ihrer Überstellung ins Konzentrationslager Ravensbrück noch einen Brief an die Schwestern nach Mötz. Sie bedankt sich darin für alle Liebe und für alles, was ihr die Schwestern durch Frl. Anna, eine Bekannte der Schwestern, die in Innsbruck arbeitet, zukommen ließen. Sie bittet um wärmere Kleidung und auch, dass ihren Angehörigen noch nichts von ihrer Verhaftung geschrieben werden soll.

Eindringlich bittet sie die „liebe würdige Mutter“, auf sich zu achten und sich zu schonen. Sie erinnert die Oberin daran, dass ein Familienmitglied der Südtiroler Aussiedler dem Kloster noch 8,50 Mark schuldig ist.

Am nächsten Morgen, dem 29. August 1940, geht alles sehr schnell. Nach dem Morgenrundgang wird Schwester Angela von einem Aufseher informiert, dass sie heute noch nach Rosenheim bei München verlegt wird und sie sich fertig machen soll. Schwester Angela erschrickt, denn sie weiß, was dies zu bedeuten hat.[39]

Schwester Angela ist jetzt den 18. Tag im Polizeigefängnis. Es ist ein Donnerstag. Spätestens am Sonntag, den 1. September müsste sie freigelassen werden.

Schnell legt sie die Wäsche, die sie Frl. Anna mitgeben wollte, in ihren kleinen Koffer. Mit Wehmut blickt sie auf ihre linke Hand, zieht den Professring vom Finger und wirft ihn zu ihrer Wäsche. Anschließend bittet sie mit Tränen in den Augen ihre Zellengenossin, Frau Trenkwalder, den Koffer nach Mötz zu schicken. Mit zittrigen Fingern schreibt sie noch ein paar Zeilen an ihre Oberin nach Mötz. Darin heißt es: „Bitte, keine Aufregung, ich komme dann schnell wieder heim. Habe auch den Ring ins Kofferl geworfen, damit kein Wechsel vorkommt. Also, auf ein baldiges Wiedersehen mit den innigsten, schwesterlichen Grüßen Ihre Schwester Angela."[40]

Schwester Angela fällt Frau Trenkwalder in die Arme. Gemeinsam beten sie noch einen Rosenkranz und machen sich gegenseitig ein Kreuz auf die Stirne. Irgendwann hören sie im Gang einen SS-Mann schreien:

„Wo ist sie, diese aufwieglerische Schwester?"

Ein Aufseher öffnet die Zellentüre. Schwester Angela kommt mit einer Tasche, in der sich ihre wenigen Habseligkeiten befinden, heraus und winkt noch einmal Frau Trenkwalder zu. Die Zellentüre wird wieder zugesperrt.

Im Gang hört man nur die schweren Schritte des SS-Mannes und hinter den Zellentüren ein leises Schluchzen. Alle Mitgefangenen wissen, dass nun eine besondere Frau abgeholt wird.

Wie aus der Karteikarte der Innsbrucker Polizei hervorgeht, und wie man auch ihrem letzten Brief aus dem Polizeigefängnis entnehmen kann, verließ Schwester Angela ohne Gerichtsverhandlung oder Prozess am 29. August 1940 um 12.20 Uhr, 17 Tage nach ihrer Verhaftung, das Polizeigefängnis und wurde ins Frauenkonzentrationslager Ravensbrück, 80 km nördlich von Berlin, gebracht.

***

Ich beginne in den Aufzeichnungen zu blättern, die ich von meinem Besuch bei den Schwestern in Mödling im November 2017 mitgenommen habe. Mir wird dabei schwer ums Herz. Wie viel Arbeit haben damals die Schwestern in eine Seligsprechung von Schwester Angela investiert, wie viel Hoffnung war mit diesem Vorhaben verbunden! Leider ging der Seligsprechungsprozess vor 30 Jahren nicht durch, da die Trinitarierpatres aus Wien einen Märtyrerprozess anstrebten, Schwester Angela jedoch möglicherweise aufgrund ihrer Herzprobleme starb.

Jetzt, 30 Jahre später, ist das erste Mal wieder ein Hoffnungsschimmer, dass der Seligsprechungsprozess doch noch positiv ausgehen könnte. Seit dem Frühjahr 2018 ist Schwester Angela laut Kathpress offiziell verehrungswürdig. Für mich als Autorin dieses Buches verändert sich dadurch nichts. Wenn ich an meinem Schreibtisch sitze und, bevor ich zu schreiben beginne, Schwester Angelas Foto betrachte, das nach ihrer Überstellung nach Auschwitz 1942 gemacht wurde, sage ich zu ihr: „Du kannst jetzt gut lächeln. Hilf mir bitte, dass dein Leben durch mein Schreiben durchscheinen kann."

Ab 1987 beginnen die Schwestern in Mödling intensiv nach Bruchstücken aus dem Leben Schwester Angelas zu suchen. Vor mir liegt eine Kopie der Karteikarte vom Polizeigefängnis Innsbruck. Ein gewisser Herr Mösinger hat sie ausgefüllt.

Aufnahme: 12. 8. 40 13.05
Endverfügung: 29. 8. 40 12.20
wohin: Rosenheim über ....
Die letzten Worte sind abgeschnitten.

Genau 47 Jahre später übernimmt die damalige Oberin von den Trinitarierinnen in Mödling, Schwester Hermine Gitter, die Nachforschungen über Schwester Angela. Sie schreibt am 25. 4. 1987 an das allgemeine Verwaltungsarchiv des Innenministeriums und frägt nach, ob im dortigen Archiv irgendwelche Gestapoakten über Schwester Angela Autsch aufliegen. Zwei Wochen später erhält sie die Antwort, dass es keinerlei Material zu Schwester Angela hier gibt, da kein Bestand „Gestapo" erhalten ist und Wien mit den Vorgängen in Tirol nichts zu tun hatte. Weiters steht noch, dass sich Schwester Hermine an das Dokumentationsarchiv des Österreichischen Widerstandes wenden soll. Dies hat Schwester Hermine ebenfalls am 25. 4. 1987 getan. Von dort erhält sie am 12. 5. 1987 die Antwort, dass das Archiv keinerlei Dokumente, betreffend Schwester Angela, besitzt. Sie wird an das Landesgericht Innsbruck verwiesen, wo zumindest ihre Gerichtsakten aufliegen müssten. Schwester Hermine schreibt dann am 17. 6. 1987 zurück, dass am Landesgericht in Innsbruck keine Gerichtsdokumente aufliegen. Den verschlüsselten Lagerbriefen von Schwester Angela kann man jedoch entnehmen, dass ihr Akt nach Berlin weitergereicht wurde. Am 30. 6. 1987 schreibt Schwester Hermine an das Bundesarchiv in Koblenz, das Akten des Reichssicherheitshauptamtes aufbewahrt, und bittet, im Archiv nachzusehen, ob dort der Gerichtsakt von Schwester Angela zu finden ist. Schwester Hermine schreibt auch noch dazu, dass ihr der internationale Suchdienst in Arleson (Schweiz) mit all seinen Nachforschungen nicht weiterhelfen konnte.

Die Antwort des Bundesarchivs muss für Schwester Hermine äußerst enttäuschend gewesen sein. Sie zeigt auch auf, wie bruchstückhaft Unterlagen in das Bundesarchiv gelangten. Über Schwester Angela konnten gar keine ermittelt werden. Im Antwortschreiben des Bundesarchivs steht nämlich unter anderem: „Leider sind auch die vorsorglich durchgeführten Recherchen in den insgesamt nur sehr unvollständig überlieferten Akten des Reichssicherheitshauptamtes sowie in den Generalakten des Reichsjustizministeriums ergebnislos geblieben."

Falls das Verfahren gegen Maria Autsch vor dem Volksgerichtshof anhängig gewesen sei, werden Schwester Hermine noch zwei Archive, eines in Westberlin und ein zweites in Ostberlin nahegelegt. Ebenfalls steht in diesem Antwortschreiben, dass, falls Schwester Angela vor ein Gericht in Innsbruck gestellt worden ist, erhalten gebliebene Unterlagen im Tiroler Landesarchiv in Innsbruck, Herrengasse 1, zu finden seien.

Somit schließt sich ein Kreis. Schwester Hermine hat von keiner Stelle eine positive Antwort bekommen. Im Herbst 1987 versucht Schwester Hermine noch einmal, etwas in Erfahrung zu bringen. Dies geht aus dem Antwortschreiben von Heinz Mayer, dem Tiroler Präsidenten des Dokumentationsarchivs des Österreichischen Widerstandes, hervor, den Schwester Hermine in Innsbruck kontaktierte. Er bedankt sich herzlich für die Broschüre über Schwester Angela, die in der Zwischenzeit zusammengestellt worden war. Doch leider hat auch er nur die Fotokopie der Karteikarte des Polizeigefängnisses in Innsbruck finden können. Er schreibt noch: „Da kein Gericht in einem Urteil die Einlieferung in ein KZ aussprechen konnte, sondern die Einlieferungen in die Konzentrationslager nur von der Gestapo bzw. vom Sicherheitshauptamt erfolgten, ist kaum anzunehmen, dass Schwester Angela vor ein Gericht gestellt wurde und daher auch kein Gerichtsakt bestehen dürfte, weil sonst zumindest in den Aufzeichnungen die Geschäftszahl des Gerichtsverfahrens aufscheinen würde."

Am nächsten Tag, dem 6. 11. 1987, erhält Schwester Hermine noch einen Brief von Dr. Helmut Tschol vom Paulinum Schwaz, den Herr Mayer von Schwester Hermines Anliegen in Kenntnis setzte.

Helmut Tschol hatte gemeinsam mit dem Jesuitenpater Johann Reiter über den Widerstand von Priestern und Ordensfrauen während des NS-Regimes ein Buch geschrieben. Auch er bestätigt, dass es bestimmt keine Gerichtsverhandlung und kein Urteil über Schwester Angela gegeben hat, „es war und blieb Gestapo-Angelegenheit". Der in der Karteikarte erwähnte Gestapobeamte Mösinger sei ebenfalls bereits verstorben. Die Gestapoakten seien vor Kriegsende vernichtet worden, somit kann von daher auch kein Aufschluss mehr erwartet werden. Es wird noch auf den Dorfchronisten von Silz verwiesen, der über den genauen Grund der Verhaftung befragt werden könnte.

Ich rufe beim früheren Dorfchronisten an und wir vereinbaren ein Treffen.

Dort wird mein Recherchieren über Schwester Angela noch einmal um eine Facette reicher. Er hat sich nämlich längere Zeit mit dem Grund von Schwester Angelas Verhaftung beschäftigt. Er geht davon aus, dass die Denunziation von Schwester Angela nur noch das letzte Glied in einer langen Kette von Umständen war, die zu ihrer Verhaftung führten.

Die Grundlage dafür war die Verordnung des Heimtückegesetzes vom 20. Dezember 1934 in Deutschland. Dieses stellte die missbräuchliche Benutzung von Abzeichen und Parteiuniformen unter Strafe. Ebenfalls schränkte es das Recht auf freie Meinungsäußerung ein und kriminalisierte alle kritischen Äußerungen, die angeblich das Wohl des Reiches, das Ansehen der Reichsregierung oder der NSDAP schädigten. Im Alltag erwies sich das Heimtückegesetz als ein „notwendiger, nicht wegzudenkender Bestandteil, der nationalsozialistischen Diktatur."[41] Dieses beliebig dehn- und beugbare Gesetz legte den Grundstein für Gesinnungsterror. Es konnte später für Schwester Angelas Verhaftung perfekt angewendet werden.

Ein Satz des ehemaligen Dorfchronisten bewegt mich besonders:
Die größten Verbrechen gegen die Menschheit wurden im Namen von sogenannten Gesetzen begangen. Ausgeführt wurden sie von Menschen, die in der Befolgung der Anweisungen ihren eigenen Vorteil und nicht die Tragik der anderen erkannten.

In Mötz hatten die Schwestern von Anfang an nicht nur Freunde und GönnerInnen. Damals gab es sehr viele Frauen, die ins Kloster gingen, und genügend bekannte Frauenorden in Tirol, wie z. B. die Barmherzigen Schwestern in Zams, die auch in Silz eine kleine Niederlassung hatten. Die Trinitarierinnen waren ein bisher in Österreich unbekannter Orden. Zudem war die erste Oberin eine Tschechin und die ersten Schwestern kamen aus Valencia in Spanien. Da ist ein anfängliches Misstrauen gegen den neuen Orden verständlich. Der aufkeimende Nationalsozialismus mit einer fast unglaublichen Begeisterung eines Großteils der Bevölkerung schürte die Ablehnung von allem Klerikalen, zu dem auch diese einfachen, schlichten Schwestern gezählt wurden. Sie bekamen von der maßgeblichen, kirchlichen Obrigkeit meistens keine Unterstützung. Dass die Österreichische Bischofskonferenz nach dem Einmarsch der deutschen Truppen am 18. März 1938 die

Empfehlung aussprach, am 10. April 1938 bei der Volksabstimmung für den Anschluss Österreichs an Deutschland zu stimmen, machte die Lage für bekennende Katholiken nicht einfacher. Kardinal Theodor Innitzer rief die katholischen Gläubigen auf, sich bei der Volksabstimmung „als Deutsche zum Deutschen Reich zu bekennen". Dies sei eine „selbstverständliche nationale Pflicht". Diese „Feierliche Erklärung" wurde von allen Kanzeln verkündet und von der bereits gleichgeschalteten Presse als „Bekenntnis der Bischöfe zum Reich" verbreitet und plakatiert.[42]

Wie muss es da Katholiken ergangen sein, die gegen den Anschluss waren und Hitler als Gefahr sahen? Auch nach der mit den österreichischen Bischöfen nicht abgesprochenen Verbreitung der „Feierlichen Erklärung" durch die gleichgeschaltete Presse glaubt Innitzer immer noch an einen Weg der Verständigung mit dem NS-Regime. Nur so ist es zu erklären, dass er am 31. März einen Brief an Gauleiter Bürckel mit folgendem Inhalt verfasst:

„Die feierliche Erklärung der Bischöfe steht mit dem Besuch des päpstlichen Nuntius in Berlin in keinerlei Beziehung; vielmehr ist sie angesichts der bedeutsamen geschichtlichen Stunde der Wiedervereinigung Österreichs mit dem Deutschen Reich spontan erfolgt. Auch die Behauptung im gleichen Bericht, die besagt, dass der Aufruf als eine entspannende Geste der Bischöfe zu betrachten sei, muß ich zurückweisen. Denn ich halte es unter meiner Würde, in einer so wichtigen geschichtlichen Situation Gesten zu machen. Ich betone nochmals: die Erklärung der Bischöfe wie überhaupt unsere Stellungnahme zur Wahl ist grundsätzlich zu werten als ein allein der Stimme unseres gemeinsamen deutschen Blutes entspringendes Bekenntnisses. Ich möchte darüber hinaus Ihnen ganz offen meinen innigsten Wunsch in diesen geschichtlichen Tagen bekannt geben, nämlich, dass mit der Erklärung der Bischöfe ein Wendepunkt im religiös-kulturellen Leben unseres gesamten Volkes angetreten sein möge, der eine Zeit größter innerer Befriedung und Aussöhnung zwischen Kirche, Staat und Partei einleitet."[43]

Bald darauf erkannten die Kirchenvertreter jedoch, dass dieser von ihnen angestrebte Weg der Verständigung eine Sackgasse war und kirchliche Einrichtungen trotz gegenteiliger Versprechungen sehr bald aufgelöst wurden. In Silz mussten die Barmherzigen Schwestern nach 101 Jahren erfolgreicher Arbeit bereits am 28. Juni 1938 das Kloster verlassen.

Den Schwestern in Mötz war sicher nicht ganz bewusst, welche Auswirkung es haben könnte, dass Schwester Angela wie eine Löwin dafür kämpfte, dass das Klösterle nicht aufgelassen wurde. Zwei unbedachte Sätze von Schwester Angela, zwei Jahre später, genügten, um sie zu denunzieren und sie über das Polizeigefängnis in Innsbruck ins Konzentrationslager nach Ravensbrück zu überstellen.

***

Schwester Angela kommt zu sich. Irgendwann muss sie eingeschlafen sein. Sie versucht einen Arm zu bewegen, doch es ist ihr nicht möglich. Sie ist eingeklemmt zwischen Leibern und hört an ihrem Ohr ein Stöhnen. Sie riecht den Gestank von Menschen, die sich tagelang nicht mehr waschen konnten. Es ist stockdunkel im Waggon. Sie hört das Rattern der Räder eines Zuges.

„Was war denn heute alles los?" Die Gedanken von Schwester Angela machen in ihrem Kopf Purzelbäume, ihr Herz rast, sie muss auf die Toilette, doch wo? Plötzlich ein klarer Gedanke!

Mittags war sie von SS-Männern vom Polizeigefängnis abgeholt und mit Schreien und Stoßen in ein Auto geworfen worden, in dem bereits drei Frauen saßen. Niemand sprach ein Wort. Nur die SS-Männer im Auto machten ab und zu einen gemeinen Witz. Sie aßen genussvoll ihr Brot. Wenn sie in ihren Apfel bissen, rann den vier Frauen das Wasser im Mund zusammen und sie blickten sich an. Sie sprachen einander ohne Worte Mut zu. Nach circa zwei Stunden kamen sie am Bahnhof Rosenheim an. Dort stand bereits ein Güterzug, der eigentlich für einen Viehtransport bestimmt war. Ein langer Zug von Menschen wurde von SS-Männern, mit Stöcken in der Hand, zum Zug getrieben. Die vier Frauen erhielten den Befehl, sich in die lange Reihe der Wartenden einzuordnen. Auf einmal wurde ihnen bewusst, dass alle hier Anwesenden

Frauen waren. Irgendwann saß Schwester Angela eingepfercht zwischen unzähligen Frauen in diesem Waggon.

Der Zug rattert weiter. Es muss mitten in der Nacht sein. Schwester Angela sieht, dass einige der Frauen versuchen aufzustehen, um ans Ende des Waggons zu gelangen. Andere Frauen schimpfen lautstark darüber, doch irgendwie kommt ein schmaler Gang zustande, sodass eine nach der anderen bis zu einem großen Kübel, der als Toilette dient, durchkommt. Schwester Angela legt den Arm ihrer Nachbarin, die schläft, beiseite, kommt hoch und stellt sich in der Schlange an. Angstvolles Murmeln liegt in der Luft. Ab und zu kann sie dabei das eine oder andere Wort verstehen. Alle beschäftigt nur das eine: „Was wird mit uns geschehen? Wohin bringen sie uns denn?“ Das Wort Ravensbrück sickert durch. In Ravensbrück ist ein großes Frauenkonzentrationslager. Die Angst davor drängt den Hunger und den Durst in den Hintergrund. Nur die Notdurft muss verrichtet werden. Viele schaffen das Aufstehen nicht, ein fast unerträglicher Geruch verbreitet sich im vollgepferchten Waggon. Irgendwann schimmert durch die wenigen Ritzen der Wände der Tag. Schwester Angela sieht in viele erschrockene Augen, Tränen rinnen über manche Wangen.

Die Sonne brennt gegen Mittag auf den Waggon. Einer alten Frau wird schlecht, sie erbricht sich, beginnt zu stöhnen, verdreht ihre Augen und stirbt vor den Blicken der Herumsitzenden. Schwester Angela sitzt ganz in ihrer Nähe, bahnt sich einen schmalen Weg und die Frauen rücken selbstverständlich zur Seite. Schwester Angela schließt der alten Frau die Augen, segnet die Tote und beginnt ein „Ave Maria“ zu beten. Viele der Frauen beginnen mitzubeten. Der Bann ist gebrochen. Ein Schluchzen erfüllt den Waggon.

Wie lange sie noch weiterfahren werden, kann keine der Frauen abschätzen. Nach vielen Stunden des Hungers und Durstes ein Ruck, ein Quietschen der Räder, Stillstand. Die verriegelte Waggontüre wird aufgerissen. Wie benommen hören die Frauen die Schreie der SS-Männer. Hunde kommen beängstigend nahe an die Trittbretter. Die Frauen stolpern aus den Waggons. Sie nehmen nur am Rande wahr, dass sie am Bahnhof von Berlin sind.

Mit Stößen und Schlägen, mit dem Gewehrkolben, werden die Frauen zu wartenden Lastwagen getrieben und dort aufgeladen. Sie müssen wieder zusammengepfercht auf die Weiterfahrt warten. Dann geht es 80 km über holprige Straßen, ohne Essen, ohne Trinken, bis die Lastwagen an ihrem Bestimmungsort stehenbleiben. Unter Gebrüll der SS-Männer werden die Frauen vom Auto heruntergestoßen. Als Schwester Angela wieder Boden unter den Füßen hat, bleibt ihr für einen Moment fast das Herz stehen. Baracken, nichts als Baracken, so weit sie sehen kann, umzäunt mit Stacheldraht. SS-Männer und Wächter mit Maschinenpistolen in den Händen stehen beim Haupteingang. Hunde fletschen ihre

Zähne und bellen lautstark. Ausgemergelte Gestalten in blaugrauen Rupfengewändern, barfuß oder mit Holzpantoffeln, schlürfen mit gebeugtem Rücken, vermutlich von der Arbeit kommend, gerade zu einer der Baracken. Ein gespenstischer Anblick! Schwester Angela beginnt im Stillen ein Ave Maria nach dem andern zu beten und dazu den Satz „Der für uns das schwere Kreuz getragen hat". Ihre Augen füllen sich mit Tränen. Den Frauen um sie herum geht es nicht anders. Dann werden sie zum Block für die Neuzugänge getrieben. In einem großen Raum müssen sie sich ausziehen. Die persönlichen Kleider werden zu einem großen Haufen zusammengeworfen. Auch alle persönlichen Gegenstände wie Uhren und Schmuck werden ihnen abgenommen. Schwester Angela ist froh, dass sie ihren Professring im Polizeigefängnis in Innsbruck in den Koffer geworfen hat, den sie einer Bekannten nach Mötz mitgab.

Eine große Scham breitet sich aus. Es ist nicht einfach, nackt dazustehen, nichts mehr zu besitzen, als die eigene, nackte Existenz. Von SS-Aufseherinnen werden die Frauen unter die Duschen getrieben. Im nächsten Raum findet die Entlausung statt. Alle, die während des Transportes Läuse bekommen haben, werden kahlgeschoren. Manche der jungen Frauen beginnen zu weinen. Ohne Haare, der Kleider beraubt, soll der Wille gebrochen werden. Nach der Entlausung müssen die Frauen nackt fast zwei Stunden auf den Lagerarzt warten. Vor Schwester Angela steht eine junge Frau mit etwas dunklerer Haut. Sie zittert am ganzen Leib. Schwester Angela flüstert leise:

„Geht es Ihnen nicht gut?"

Die Antwort kommt ebenfalls leise zurück:

„Ich bin im sechsten Monat schwanger."

Schwester Angela sieht ihren gewölbten Bauch und sagt:

„Halten Sie durch, das Leben ist in Ihnen. Trotz Finsternis Leben! Ich schütze Sie, soweit es mir möglich ist."

Die Barackentüre wird aufgerissen. Fünf SS-Männer in Uniform und Stiefeln treten ein. Einer setzt sich breitspurig auf eine Bank und grinst. Es ist der Lagerarzt. Die anderen Männer stehen hinter ihm. Unter den geilen Blicken und den anzüglichen Witzen der Männer muss eine Frau nach der anderen vortreten.

„Eine junge Polin ist an der Reihe. Der Arzt entdeckt an ihrer Brust ein silbernes Kreuzchen an einer dünnen Silberkette. Die Aufseherinnen haben es nicht gesehen. Mit seinen fleischigen Händen greift er an ihre Brust und reißt ihr das Kettchen ab. Unter dem Gelächter der anderen Männer versteigert er das Jungfernkreuz und schreit: ‚Na, meine Herren, wer will das Kreuz als Talisman haben? Eine schöne Jungfrau hat es getragen. Hundert Mark zum Ersten, hundert Mark zum Zweiten, es ist viel wert, das Mädchen ist schön, eine Jungfrau noch, so was gibt es bei uns nicht alle Tage.'"

Die junge Polin kreuzt die Hände über ihre Brüste, weinend wird sie weitergetrieben. Ein altes Mütterchen steht vor dem Arzt, der fragt: „Was ist mit dir, alte Ruine? An dir kann man sich nicht begeilen. Es kommt einem das Grausen an." Mit einem Fußtritt wird die alte Frau weiterbefördert.[44]

Nun ist als Nächste die junge Frau, die vor Schwester Angela steht, an der Reihe. Einer der SS-Männer kommt zu ihr her und gibt ihr einen Tritt mit dem Stiefel, sodass sie zu Boden fällt. Mühsam steht sie wieder auf.

„Ah, schwanger ist sie auch noch dazu. Müssen wir auch noch Mischlinge samt ihrem Balg durchfüttern? Warum sind Sie hier?"

Zögernd kommt die Antwort:

„Meine Mutter ist Deutsche und mein Vater Sinti."

„Die Mutter eine deutsche Hure und die Tochter hat sich sicher wieder mit einem Zigeuner eingelassen. Wir werden ja sehen, was rauskommt, weiter mit der Hure."

Schwester Angela steht nackt vor den Männern. Sie ist innerlich ganz ruhig und denkt an den Kreuzweg, auf dem Jesus seiner Kleider beraubt und verspottet wurde.

Einen Moment stutzt der Arzt. Die würdevolle Haltung von Schwester Angela irritiert ihn. Er fragt:

„Weshalb sind Sie hier?"

„Politische Gefangene", ist Schwester Angelas klare Antwort.

„Und Nonne sind Sie auch noch dazu, eine arische Nonne, nackt vor fünf Männern, gehen Sie weiter."

Alle Frauen treffen sich wieder vor den Bädern. Sie erhalten ein zu kleines oder zu großes Unterhemd, meistens eine zerrissene Unterhose und das gestreifte Lagerkleid. Der Stoff ist hart und kratzt auf der Haut. Ein Kopftuch soll die Kahlheit der meisten bedecken. Die Holzpantoffeln ohne Socken und Strümpfe werden bald bei der harten Arbeit die Füße wundreiben. Jede erhält ihre Lagernummer. Schwester Angela wird unter der Nummer 4651 registriert. Auf dem Oberarm ihres blaugraugestreiften Kittels wird der rote Winkel für „Politische" angebracht. Nicht selten sind dies christliche Frauen oder auch Frauen, die sich bereits in der Weimarer Republik für Frauenrechte eingesetzt haben.

Die Frauen werden im Neuzugangsblock untergebracht. In vielen Gesichtern der Angekommenen steht noch der Schrecken des entwürdigenden Aufnahmerituals, denn viele hatten die Illusion: „Es kann doch hier nicht so schrecklich sein."

Nach einer schlaflosen Nacht, zu viert auf einer harten Holzpritsche, nur mit einer dünnen Decke zugedeckt, heult um fünf

Uhr morgens die Sirene. Die Frauen im Neuzugangsblock schrecken hoch. Die Blockälteste schreit:

„Aufstehen, waschen, anziehen!"

Eine Polin, die mit Schwester Angela auf der Pritsche lag, versteht kein Wort. Schwester Angela versucht, es ihr zu erklären. Da, die Blockälteste ist schon zur Stelle: „Schweigen Sie!", schreit sie Schwester Angela an. Die Polin bekommt ein paar Peitschenhiebe über den Rücken. Schwester Angela kann dies nicht fassen. Noch nie in ihrem Leben hat sie so viel rohe Gewalt erlebt.

Zum Frühstück gibt es eine Scheibe Brot und eine „braune Lacke", die sich Kaffee nennt. Dann schrillt die Sirene zum zweiten Mal.

„Draußen in Zehnerreihen aufstellen, beeilt euch, gleich hinter der letzten Reihe! Was schaut ihr so blöd? "

Die Stimme der Blockältesten überschlägt sich. Die Frauen schlüpfen in ihre Holzpantoffeln, die eine oder andere verliert einen Schuh beim Hinauslaufen. In diesen Schuhen zu gehen, muss erst gelernt werden. Endlos lange Reihen von Frauen stehen bereits da, alle in ihren gestreiften Kitteln, ein Kopftuch umgebunden, ohne jede Regung.

Soeben geht die Sonne auf, es ist der 1. September, ein wolkenloser Himmel. Es ist ein grotesker Anblick, dieser schöne Frühherbsttag, der sich ankündigt, und die vielen an Leib und Seele geschundenen Frauen.

Die Frauen vom Neuzugangsblock stellen sich hinter den anderen an. Neben Schwester Angela steht die junge schwangere Frau Maria. Sie erkennen sich sofort wieder. Schwester Angela flüstert:

„Guten Morgen, pass auf dich auf, du schaffst es. Dein Kind will leben."

Maria sagt leise: „Danke"

Eine Aufseherin sieht, dass die zwei miteinander reden. Wutentbrannt kommt sie her und schreit:

„Mit Mitgefangenen zu sprechen ist verboten."

Sie will soeben mit ihrer Hand zum Schlag ansetzen, doch Schwester Angela sieht sie freundlich an, sodass die Aufseherin ihren Arm fallen lässt.

Schließlich kommt die SS-Oberaufseherin aus der Schreibstube und beginnt mit dem Zählen, die eine Reihe hinunter, die andere Reihe hinauf. Hundertmal zehn sind tausend, doch die einzelne Person zählt nichts mehr. Sie ist nur mehr eine Nummer zur Arbeit und dann, wenn sie nicht mehr kann, soll sie verrecken. Der Vorgang des Zählens dauert mehr als eine Stunde.

Die anderen Frauen wissen bereits, zu welcher Arbeit sie zugeteilt sind. Die Neuen aus dem Zugangsblock sind die „Verfügbaren". Sie werden zu den härtesten Arbeiten geschickt. Das heißt: Gelände ebnen, Sand anhäufen, Schubkarren fahren, Waldarbeit, Straßenwalzen ziehen. Schwester Angela wird zur Waldarbeit eingeteilt. SS-Aufseher warten bereits mit ihren wütenden Hunden und anderen Gefangenen, die darauf abgerichtet sind, die Neuen zu schikanieren. Zu Schwester Angelas Gruppe kommt auch Maria dazu. Schwester Angela sagt zu ihr:

„Mach langsam, du musst dich schonen. Ich bin schwere Arbeit gewöhnt, denn ich habe daheim oft den Bauern auf dem Feld geholfen. Ich übernehme ein Stück deiner Arbeit."

Nach einigen Stunden, in denen die Frauen Reisig und größere Äste im Wald zusammentragen und am Waldrand aufschichten müssen, bekommen sie ein Stück Brot und ein wenig Wasser. Allen schmerzt bereits der Rücken, doch bis zum Abend dauert es noch ein paar Stunden.

Als die Frauen schließlich müde und mit wunden Fingern ins Lager zurückkommen, folgt wieder der Zählappell auf dem Lagergelände. Jetzt müssen die erschöpften Frauen zwei Stunden warten, bis sie endlich gezählt werden.

Antonia Bruha, eine Überlebende des Konzentrationslagers Ravensbrück, beschreibt in einem Brief an Schwester Hermine Gitter am 11. September 1989 diese täglichen Schikanen des Appellstehens folgendermaßen:

„Schlimm war das Appellstehen im Winter. Der Frost kroch in unsere erschöpften Glieder, wir rieben uns gegenseitig den Rücken, aber alles half nichts. Die letzten zwei Jahre mussten wir barfuß gehen. Die spitzen Steine auf den Schlackestraßen drangen in die Fußsohlen ein und entzündeten unsere Füße. Dies war besonders für die älteren Frauen ein großes Problem. Wenn die Oberaufseherin beim Zählen etwas bemerkte, was ihr nicht passte, stürzte sie sich zwischen den Reihen auf eine Kameradin, weil diese ihrer Meinung nach gegrinst hat, oder das Kopftuch nicht vorschriftsmäßig gebunden war. Sie verhängte für kleinste Vergehen willkürlich schwere Strafen.

Einmal gelang es einer Zigeunerin, von einem Barackendach aus über den Stacheldrahtzaun zu springen und zu entkommen. Wir mussten beim Appell Tag und Nacht stehen bleiben. Erst am nächsten Abend brachte man sie zurück, zerschlagen und blutig. Sie schrie erbärmlich. Da sahen wir, dass die Gedärme heraushingen. Sie wurde in den Bunker gejagt. Dort starb sie in der Nacht."

Nach drei Wochen Schwerstarbeit wird Schwester Angela in den Block 8 versetzt. Sie kommt in die Krankenstation. Gleich schreibt sie eine Lagerpostkarte an ihre Schwester Oberin und die Gemeinschaft in Mötz:

„Liebe Mutter und Johanna. Am Samstag gut hier angekommen. Es geht mir gut, und hoffe Gleiches von Euch. Wie geht es unserer lieben Mutter gesundheitlich? Darf ich um etwas Geld bitten, ca. 15,– (Reichsmark) zum Einkaufen einiger Kleinigkeiten. Bitte meinen Lieben Nachricht geben und herzliche Grüße an daheim und Sie."[45]

Endlich kann Schwester Angela eine Aufgabe der Trinitarierinnen, nämlich „Gefangene zu betreuen", umsetzen. Sie hat sich wohl nie gedacht, dass sie dies in einem Konzentrationslager machen wird. Jedoch trotz aller Beschwernisse ist sie hier eine Privilegierte.

Am Morgen sagt die Blockälteste:

„Sie sind dem Lazarett zugeteilt und unterstehen daher den Lagerärzten."

Schwester Angela muss innerlich lächeln, doch sagt sie ernst:

„Ja, wann beginne ich dort zu arbeiten?"

„Sie haben hier keine Fragen zu stellen! Sie werden vom Lagerarzt gerufen, sobald er kommt."

Als der SS-Lagerarzt erscheint, muss Schwester Angela zuerst ein warmes Bad nehmen. Die SS-Ärzte haben große Angst vor einer Ansteckung mit den verschiedensten Krankheiten, die im Lager kursieren, deshalb ist es für die weiblichen Häftlinge, die im Lazarett arbeiten, Pflicht, sich täglich am Morgen zu baden. Das Bad begründet Schwester Angela in ihrem monatlichen Brief, den sie schreiben darf, folgendermaßen: „Ich möchte sagen, dass es der Angela sehr gut geht, dass sie eine ihr so angenehme Beschäftigung, die Kranken zu betreuen, gefunden hat, gut ausschaut und durch die Bäder, die sie nimmt, ihrem Rheuma vorbeugt."[46]

Als Schwester Angela vor dem SS-Standortarzt steht, um ihren Aufgabenbereich zugeteilt zu bekommen, schlottern ihr die Knie.

Er sagt: „Sie bekommen die Arbeitsbefehle vom diensthabenden Arzt. Mit den kranken Häftlingen persönlich zu sprechen ist verboten. Heil Hitler!"

Schwester Angela streckt ihren linken Arm und erwidert den Gruß.

Sie erschrickt, als sie das Lazarett betritt. Es blicken ihr abgemagerte Menschen, deren Backenknochen hervorstehen, mit leidvollen Augen entgegen. Ein Stöhnen zieht sich durch die Baracke. Schwester Angela spricht die erste Frau auf ihrer Pritsche leise an und sagt:

„Was fehlt Ihnen?"

Die Frau dreht sich auf die Seite und Schwester Angela sieht die Striemen von Schlägen auf ihrem Rücken. Viele Stellen sind vereitert, auch ihre Füße sind wund. Die Frau hat Fieber und sagt: „Bitte, helfen Sie mir. Wenn ich nicht mehr arbeiten kann, komme ich in den Bunker." Aus ihren Augen spricht die nackte Angst.

„Sie sind noch jung, Sie schaffen es."

Schwester Angela streicht ihr über die heiße Stirn. Dann geht sie zum diensthabenden Arzt und bittet um ein fiebersenkendes Mittel. Dabei sagt sie:

„Diese Frau ist jung und kräftig, sie soll als Arbeitskraft erhalten bleiben."

Der Arzt stutzt ein wenig über die Worte der Nonne und gibt ihr das gewünschte Medikament und Verbandszeug. Dankbar lächelt die Frau Schwester Angela an. Nach einer Woche kann sie aus dem Lazarett entlassen werden. Schwester Angela fragt sie noch, ob sie Christin ist. Die Frau nickt.

„Bitten Sie Jesus um Beistand. Für uns Frauen ist auch die Muttergottes eine wichtige Kraftquelle. Stellen Sie sich auch immer ein schönes Ereignis in Ihrem Leben vor, das Sie wieder erleben möchten. Gott sei mit Ihnen."

Frau Schwendter, mit der Schwester Angela bereits im Polizeigefängnis Innsbruck war und die Ravensbrück überlebt hat, sagt nach vielen Jahren zu Schwester Hermine Gitter und zu Schwester Felice Waldbauer, die noch lebt: „Ei, die Angela, die war ja so lieb, die hatten wir alle gern." Ebenfalls beschreibt sie, wie Schwester Angela ihre Stellung nützte, um an kranke Gefangene Medikamente zu verteilen.

Am 12. Oktober 1940, als Schwester Angela nach einem schweren Arbeitstag auf ihren Block zurückkommt, traut sie ihren Augen nicht, denn eine Frau kommt auf sie zu. Es ist Frau Maria Haslwanter, die Schwester Angela im Polizeigefängnis in Innsbruck kennengelernt hat. Beide fallen sich in die Arme. „Haben Sie das erniedrigende Aufnahmeritual einigermaßen überstanden?", fragt Schwester Angela Maria.

„Ja, Sie werden es nicht glauben, ich habe daran gedacht, dass Sie auch das alles durchstehen mussten. Das hat mir Kraft gegeben. Ich schlafe hier Ihnen gegenüber. So können wir am Abend manchmal gemeinsam beten", sagt Maria.

Eine Aufseherin kommt bei der Türe herein. Schnell drehen beide einander den Rücken zu. Schwester Angela hat nun eine Verbündete, mit der sie auch über ihre Gefühle sprechen kann. Sie erlebt um sich sehr viel Abstumpfung, Ausweglosigkeit und oft auch Grobheit zwischen den Häftlingen. Sie versucht immer wieder, die Frauen aufzurichten, sie zu trösten, und gibt ihnen Mut, trotz der furchtbaren Umstände an ihrem Schicksal nicht zu verzweifeln.

Viele Frauen haben die sogenannte „Lagerkrankheit". Es wird ihnen etwas ins Essen gemischt, damit sie keine Menstruation mehr bekommen. Davon bekommen die Frauen Geschwüre und Blutgerinnsel und vor allem Depressionen. Die unmenschlich harte Arbeit bei Tag hinterlässt ebenfalls Spuren an Leib und Seele. Viele müssen die Toten bis zu einer Mulde schleppen und sie in die Grube werfen. Dies verfolgt viele Frauen bis in den Schlaf hinein.

Die harte Arbeit im Steinbruch führt beispielsweise zu wunden Händen. Am Abend gibt Schwester Angela Jod darauf. Sie zweigt auch immer heimlich Medikamente ab und gibt sie den Frauen, damit sie wieder einmal schlafen können.

Eine große Belastung für alle ist die ständige nervöse Unruhe, die auch noch bis in die Nacht zu spüren ist, auch wenn die SS-Aufseher das Lager schon lange verlassen haben. Die Frauen stehen trotzdem immer unter Beobachtung und sind nie alleine im Block. Der einzige Freiraum für sie ist, in der Nacht ein bisschen in der Toilette zu bleiben.

Die Konkurrenz unter den Frauen beginnt noch vor Sonnenaufgang. Die Frauen werden morgens zu einem erschöpfenden Wettrennen beim Waschen, Bettenbauen (Strohsäcke), Aufsuchen der Latrine und Fassen von Kaffee gezwungen. Dies alles in kürzester Zeit, um möglichst schnell beim Appellstehen anwesend zu sein.

Allmählich beginnt Schwester Angela die Struktur des Lagers zu begreifen, die zu all dem Leid auch noch die niedersten Instinkte des Menschen hervorbringt. In jedem Teilbereich gibt es eine Verantwortliche aus den Reihen der Gefangenen, die „Capo" genannt wird. Sie ist von der Arbeit befreit, bekommt besseres Essen und einen annehmbaren Schlafplatz. Sie muss jedoch dafür sorgen, dass in ihrem Bereich alles funktioniert, ansonsten wird sie bestraft und verliert ihren Status. Wenn sie nicht mit genügender Härte und Wut das Einhalten der harten und willkürlichen Lagerregeln überwacht, wird sie die Bestrafte und die Häftlinge geben ihr zurück, was ihnen angetan wird. Dadurch werden die „Capos" zum verlängerten Arm der Lagerführung, die den Terror bis in den letzten Winkel des Lagers fortführen, auch wenn nachts kein SS-Mann bzw. keine SS-Aufseherin im Lager ist. Über den „Capos" steht eine Wachtruppe, die jede Bewegung im Lager kontrolliert. Die SchutzhaftlagerführerInnen sind in den Konzentrationslagern offiziell für die Häftlingslager zuständig. Ihnen wiederum unterstehen RapportführerInnen, die ihrerseits wieder Vorgesetzte der BlockführerInnen sind. Eine Beschwerde gegen einen „Capo" oder eine(n) Blockälteste(n) ist ausgeschlossen. Der „Capo" kann nach Belieben strafen und auch töten. Wenn eine Frau stirbt, fragt niemand von der Lagerführung, woran sie gestorben ist. Die Lagernummer wird festgestellt und das Appellzählen muss in Ordnung sein. Die Blockältesten verhängen meistens Kollektivstrafen, wenn jemand unliebsam auffällt. So werden die Häftlinge gegeneinander ausgespielt und die aufgestaute Wut, die sie nicht abreagieren können, lässt sie an ihrer Ohnmacht verzweifeln.

Die Briefe Angelas an ihre Mitschwestern nach Mötz sind sehr kurz gehalten, denn es gibt eigene Bestimmungen für die Lagerpost. Jede Schutzhaftgefangene darf im Monat einen Brief oder eine Karte absenden und auch empfangen. Alles muss mit Tinte gut lesbar geschrieben sein. Jede Seite eines Briefes darf nur 15 Zeilen umfassen. Briefumschläge müssen ungefüttert sein. Jedem Schreiben darf nur eine Briefmarke beigelegt werden. Geldsendungen im Brief sind verboten, ebenfalls die Zusendung von Fotos. Dies steht links oben auf den Lagerpostkarten.

Umso mehr freut sich Schwester Angela, dass sie Ende November eine Karte schreiben kann, in der es heißt, dass sie zwischen dem 8. und 14. Dezember ein Weihnachtspäckchen mit 1 kg Lebensmitteln erhalten darf. Ebenso ist es möglich, ein zweites Paket für mittellose Häftlinge zu bekommen. Sie bittet die Schwestern in Mötz um diese zwei Pakete.

Eines Morgens beim Appellstehen trifft Schwester Angela die junge Maria, die inzwischen hochschwanger ist. Als gerade keine Aufseherin in der Nähe ist, fragt Schwester Angela sie leise:

„Wie geht es dir, Maria, meldet sich das Poppele?"

Maria muss über diesen lustigen Ausdruck für „Kind" lächeln und nickt.

„Bald wirst du zu mir ins Krankenlazarett kommen. Ich werde dir bei der Geburt beistehen."

Schnell blicken beide auf den Boden, denn die Blockälteste beginnt auf ihrer Seite mit dem Zählen.

Ein paar Tage später kommt die junge Maria schmerzverzerrt ins Lazarett. Schwester Angela überträgt ihre Aufgaben an eine andere Frau und kümmert sich um Maria. Sie findet eine Pritsche, auf der Maria etwas abseits von den anderen liegen kann. Sie wischt ihr den Schweiß von der Stirn und unterstützt sie bei den Atemübungen zwischen den Wehen. Dann holt sie heißes Wasser und alles Übrige, was für die Geburt gebraucht wird. Die Schmerzen werden immer stärker und die Abstände zwischen den Wehen kürzer. Schwester Angela steckt Maria ein Stück Stoff zwischen die Zähne und sagt:

„Press, Maria, press!"

Ein Schrei von Maria und dann hört sie den ersten Schrei des Kindes. Schwester Angela legt ihr das schreiende Kind an die Brust. Maria flüstert:

„Ist es ein Mädchen oder ein Bub?"

„Es ist ein Mädchen."

Schnell beruhigt sich das Kind, weil es den Herzschlag seiner Mama hört. Maria streichelt das nasse Mädchen und schläft erschöpft ein. Als sie aufwacht, steht Schwester Angela vor ihr.

„Was ist, ist etwas mit dem Kind?"

Schwester Angela rinnen Tränen über ihre Wangen. Sie hat den Auftrag bekommen, nicht mit Maria zu sprechen. Deshalb reicht sie ihr einen Zettel hin. Darauf steht: „Der SS-Arzt hat dein Kind in den Gasofen geworfen." Leise flüstert sie Maria ins Ohr:

„Ich habe dein Mädchen notgetauft und ihm den Namen Maria gegeben."

Im Dezember ist das Klima im Lager noch angespannter als sonst. Als Schwester Angela eines Abends zum Appellstehen ins Lagergelände geht, trifft sie die junge Maria, die immer noch untröstlich über den Verlust ihres Kindes ist. Auf dem Gelände ist ein Tumult im Gange. Eine Polin wird gerade aufgehängt. Ihre sechs Kinder schreien und weinen. Ihnen wird ebenfalls ein Strick um den Hals gebunden und sie werden neben ihrer Mama erhängt. Als die junge Maria dies sieht, fällt sie neben Schwester Angela in Ohnmacht. Diese läuft ins Lazarett zurück, um Wasser zu holen. Eine Aufseherin erwischt sie dabei und gibt ihr ein paar Peitschenhiebe. Das Glas Wasser kann Schwester Angela in ihrer Hand retten und es dann Maria geben.

Nach vielen Jahren gibt die junge Maria, die später Maria Rosenberger heißt, unter anderem Folgendes zu Protokoll:

„Das mussten wir uns alles ansehen. Ich darf gar nicht daran denken, dann zittere ich. Ich leide unter Depressionen. Ich wollte mir schon mehrmals das Leben nehmen. Ich kann mir auch keine KZ-Filme ansehen. Maria (Autsch) war wie ein Sonnenstrahl in finsterer Hölle. Ich fragte sie manchmal: ‚Wovon lebst du denn, wenn du dein Brot immer weggibst?' Sie antwortete: ‚Wenn ich Hunger habe, bete ich. Dann vergesse ich den Hunger.' Dass ich überlebt habe, verdanke ich auch Maria Autsch. Sie hat mir immer wieder geholfen und Mut gemacht. Wenn sie in der Nähe war, fühlte man sich wie neugeboren. Maria war eine Heilige in der Hölle der KZs."[47]

Schwester Angela lässt sich von all den schrecklichen Geschehnissen nicht entmutigen. Ihr innerster Wesenskern bleibt unantastbar. Sie schöpft dabei aus der Kraft ihres Glaubens und sieht ihr Lager-Dasein als kostbare Zeit, um den Menschen zu dienen. Doch nicht immer kann sie mit all dieser Gewalt umgehen, besonders dann nicht, wenn sie von Ärzten kommt.

Eines Nachts klagt Maria Haslwanter, die neben Schwester Angela schläft, über starke Ohrenschmerzen. Schwester Angela findet in ihrer Kleidertasche eine Schmerztablette. Sie ermuntert Maria, am Morgen nach dem Appellstehen ins Lazarett zu kommen. Dort ist Schwester Angela gerade dabei, Verbandszeug beim diensthabenden SS-Arzt zu holen, als Maria hereinkommt und zum Arzt sagt: „Ich habe starke Ohrenschmerzen." Der Arzt dreht sich um und schlägt ihr auf das schmerzende Ohr, dass sie den Kopf nicht mehr bewegen kann. Schwester Angela steht erschrocken daneben. Sie kann so viel Brutalität fast nicht mitansehen. Maria rinnt Blut und Eiter aus den Ohren. Doch damit nicht genug, gibt ihr der Arzt noch mit seinem spitzen Schuh einen Fußtritt ins Gesäß, dass sie davon Hämorrhoiden bekommt, wie sie später erzählt.

Benommen stolpert Maria Haslwanter aus dem Lazarett und gerät auf die verbotene Seite der Lagerstraße. Zur Strafe bekommt sie 25 Peitschenhiebe. Dabei stoßen sie vier junge Männer auf einen Bock. Nach jedem Hieb muss sie sich umdrehen. Mit ihren

Händen versucht sie, ihre Brüste zu schützen. Dabei werden diese stark verletzt. Am Abend gibt ihr Schwester Angela heimlich drei Schmerztabletten und reibt ihr die wunden Hände ein, dabei sagt sie: „Maria, wir wissen nicht, warum Menschen so gewalttätig werden. Komm, lehn dich ein bisschen an meine Schulter. Ich bete inzwischen für dich."

Als Maria Haslwanter im Frühjahr 1941 freikommt, fährt sie, wie sie es Schwester Angela versprochen hat, nach Mötz und besucht dort die Schwestern. Diese verhalten sich sehr reserviert. Vermutlich haben sie große Angst, da es in Mötz viele AnhängerInnen der NS-Ideologie gibt.

Schwester Oberin Michaela Roth erhält zahlreiche Briefe von Frauen, die ihr nach ihrer Freilassung schreiben. In allen kommt die besondere Wertschätzung von Schwester Angela zum Ausdruck.

Am 10. September 1941 schreibt Käthe Viehaus, eine protestantische Diakonissin, an die Schwester Oberin in Mötz unter anderem, sie sei sehr traurig, dass „unser liebes Zillerl", wie sie Schwester Angela nennt, noch nicht daheim ist. Sie weiß auch, dass Schwester Angela gesagt wurde, dass sie mit einem Jahr „Pensionszeit" rechnen müsse. Käthe Viehaus hofft, dass Schwester Angela inzwischen freigelassen wurde, denn sie schreibt: „Immerhin würde sie wohl inzwischen heimgekehrt sein. Sie war ja dort in ihrer sonnigen und hilfsbereiten Art überall beliebt. Überhaupt hatten Vorgesetzte und Mitschülerinnen sie sehr gerne und taten ihr nur Liebes an."

Ebenso informiert Käthe Viehaus die Oberin, dass Schwester Angela herzkrank ist, unter ärztlicher Überwachung steht und Medikamente bekommt. Sie bittet die Oberin, dies gegenüber Angela nicht zu erwähnen, da diese nicht will, dass die Oberin von ihrer Krankheit erfährt. „Gela“ sei ja so glücklich, dass sie täglich das Opfer bringen dürfe, und froh sei sie auch, in ihrer Arbeit genug Zeit zu haben, um ihre innere Sammlung im Gebet zu finden. Ebenfalls empfiehlt Käthe Viehaus der Schwester Oberin, nur nicht müde zu werden und immer wieder Ansuchen um die Freilassung von „Maria“ zu stellen. Sie ist auch überzeugt, dass „Maria“ die Kraft der Gebete von den Schwestern in Mötz spürt und selbst daraus Kraft schöpft. Zum Schluss ihres Briefes macht Käthe Viehaus die Oberin aufmerksam, dass sie bei einer möglichen Erwähnung von ihr nur ihren Vornamen verwenden darf.[48]

Eines Tages begegnet Schwester Angela nach dem Appellstehen der Blockältesten. Sie sagt ganz nebenbei: „Sie machen Ihre Arbeit gut. Ich werde mich für Sie einsetzen, dass Sie freigelassen werden.“

Wie betäubt über diese Aussicht, kommt Schwester Angela ins Lazarett. Dort findet sie wie immer für jede Kranke ein gutes Wort und steckt auch manchen, die wegen Hunger jammern, ein Stück Brot zu, das sie heimlich entwendet hat.

Eine Lücke zum Schreiben, einen Platz, wo es einigermaßen ruhig ist, findet Schwester Angela am ehesten am frühen Nachmittag in einer Ecke des Lazaretts. Die Kranken sind versorgt, nicken trotz des kargen Essens ein wenig ein. Da sie nur einmal im Monat einen Brief oder eine Karte schreiben darf, entschließt sie sich, nur mehr den Schwestern Nachrichten zukommen zu lassen. Diese sollen wichtige Nachrichten an ihre Verwandten weiterleiten.

Im vorweihnachtlichen Brief nennt sie sich in der dritten Person „Cillerl“, denn Cäcilia ist ihr zweiter Taufname. Es heißt im

Brief: „dass das Cillerl große Zahnschmerzen hat und sich der Kunst Engelberts anvertraut hat, obwohl ein Zahnarzt im Lager ist".[49]

Weiters freut sich Schwester Angela im Brief, dass es dem „Mutterl" gesundheitlich so viel besser geht. Sie bedankt sich auch für das Feldpostpaket an ihren Neffen Erich und das mitgeschickte Porto dazu. Die Bemerkung der Blockältesten wegen möglicher Freilassung muss sie sehr aufgewühlt haben, deshalb bittet sie die Schwestern in Mötz, ihr das Fahrtgeld von 60 bis 70 Mark zu überweisen. Ihr Vater August möge ihr monatlich 5 Mark zukommen lassen. Sie ersucht die Schwestern, diese Bitte weiterzuleiten.[50]

In ihrem Januarbrief schreibt Schwester Angela, dass sie sich nun doch drei Zähne ziehen hat lassen und momentan wie ein „Matrönchen" beim Ofen sitzt und mit Kamillentee den Mund ausspült. Scheinbar hat „Engelbert" doch zu wenig geholfen. Das „Cillerl" fragt in der dritten Person, wann es die Schwestern in Mötz endlich besuchen kann. Das Heimweh plagt sie sehr, auch dass sie keine heilige Kommunion empfangen kann.

Schwester Angela muss von ihrem Vater August Geld erhalten haben, denn sie bedankt sich im Februarbrief sehr dafür. In diesem Brief wird von der Zensur ein großes Stück herausgeschnitten.

In den Briefen kommt auch durch, dass Schwester Angela immer noch Hoffnung hat, von ihren Verwandten Post zu erhalten. Doch dies ist nicht möglich, denn nur die Personen, an die sie schreibt, dürfen antworten.

Endlich ist es März 1941 geworden. Ein langer, qualvoller Winter mit Kältebeulen an Händen und Füßen und vielen toten Frauen, die bei der harten Arbeit oder durch die Willkür der Aufseherinnen oder der SS-Männer gestorben sind, ist vorüber. Die Frauen erfragen nicht viel darüber, wie es an den Fronten steht. Nur von den Neuzugängen sickert immer wieder etwas durch.

Der Brief, den Schwester Angela am 22. März 1941 nach Mötz zu den Schwestern schreibt, ist besonders berührend. Sie bedankt sich für die 50 Mark Fahrtgeld von den Schwestern und für 10 Mark von der von ihr so geschätzten Anna Trenkwalder aus Landeck. Sie ist erstaunt, dass ihre Oberin, die sie in ihren Briefen oft auch mit „Muttchen" anspricht, sogar nach Innsbruck und nach Hall fahren konnte. Unter anderem schreibt sie: „Meine Gedanken sind ja Tag und Nacht bei allen meinen Lieben. Cillerl setzt die Lehrzeit gewiss nicht zu, sie ist ja immer, wenn es ihr im Leben mal schwer wurde, mit allem und mit sich selbst fertig geworden. Sie weiß, dass sie lernen und einst mal die Prüfung ablegen muss. Sie geht ja täglich die zwei Stunden an die frische Luft, wie ich es auch früher machte. An Pater Nivard und Frau Moser dachte ich merkwürdig viel, es freut mich, ihr von Herzen verziehen zu haben, durch die Landecker Anna."[51]

Schwester Angela ist eine Meisterin in der Umgehung der Zensur. Sich selbst bezeichnet sie als „Cillerl", „Gela" oder „Ria". Manchmal verwendet sie in einem Brief alle drei Namen, vor allem, wenn sie eine wichtige Botschaft mitteilen will. Im Brief vom Mai 1941 schreibt sie: „Wann wird das Cillerl von ihrem besten Freund wohl mal wieder besucht?". Damit meint sie den Empfang der heiligen Kommunion, die sie am 12. August 1940, am Tage ihrer Verhaftung, das letzte Mal erhielt und die ihre letzte Kommunion überhaupt bleibt. Immer dringlicher wird in ihren Briefen die Bitte um Intervention bei den Parteistellen für ihre Freilassung. Die folgende verschlüsselte Botschaft erhält die Schwester Oberin im Junibrief 1941: „August schrieb mir nicht, wird viel Arbeit haben. Er soll doch durch seine Bekannten an Cillerls Chef in Innsbruck schreiben, dass er sie zur Aushilfe dringend benötigt. Er soll dies aber gleich machen, dass er im Sommer noch Hilfe hat.“[52]

Die Oberin Schwester Michaela Roth schaltet bereits im September 1940 den spanischen Konsul in Wien ein und bittet ihn um Mithilfe bei der Freilassung von Schwester Angela. Ebenso schreibt sie selbst, oft auch im Namen der spanischen Generaloberin, Briefe an die Gestapo in Innsbruck. Vier Briefe davon sind erhalten. Weiters berät sie den Vater und die Geschwister von Schwester Angela, in welchen Zeitabständen sie schreiben sollen und worauf sich das Gnadengesuch stützen soll. Schwester Angelas Hoffnung auf Freilassung ist zu dieser Zeit sehr groß. Dies klingt immer wieder in ihren monatlichen Briefen durch. Im August 1941 schreibt sie, dass „Cillerl“ bald wieder bei der Arbeit im Kloster helfen wird. In jedem ihrer Briefe wird von ihr betont, dass sich die Schwestern um sie keine Sorgen machen müssen, denn wie immer gehe es ihr gut.

Eines Morgens im August sagt die Blockälteste zu Schwester Angela:

„Ab morgen sind Sie auf Block 1.“ Leise fügt sie noch hinzu: „Mit der weiten Reise wird vorerst nichts, denn da dürfen Sie nicht mehr ins Kloster zurückgehen.“

Schnell blickt sie sich noch um und schaut, ob sie wohl niemand gehört hat.

Schwester Angela antwortet leise: „Das kann ich niemals tun."

Sie geht schweren Herzens ins Lazarett.

Vor dem Einschlafen verabschiedet sie sich zärtlich von Maria Haslwanter, neben der sie nun fast ein Jahr geschlafen hat, und sagt:

„Du bist mir eine liebe Freundin geworden. Sei stark! Wir müssen durchhalten! Sicher werden wir uns immer wieder beim Appellstehen sehen. Gott sei mit dir."

Mit tränenerstickter Stimme flüstert sie noch:

„Das Bergmutterl vom Locherboden wird uns schützen."

Am nächsten Morgen steht Schwester Angela vor der Blockältesten von Block 1. Es ist Rosa Jochmann.[53]

Schwester Angela spürt sofort, dass in diesem Block eine andere Atmosphäre als im Block 8 herrscht. Rosa Jochmann, die Blockälteste, sagt zu ihr:

„Sie kommen aus Mötz in Tirol? Ich bin eine Wienerin."

Der Bann ist gebrochen. Schwester Angela lächelt Rosa Jochmann an und sagt:

„Ursprünglich bin ich aus dem Sauerland, doch war ich vor meiner Verhaftung sechs Jahre in Mötz tätig. Dann wurde ich verhaftet."

„Aha, eine politische Gefangene?"

„Ja."

„Bei uns ist alles überfüllt. Dieser Block wurde für 360 Häftlinge erbaut. Nun sind bereits mehr als 2000 Häftlinge hier. Sie werden hier wieder im Lazarett arbeiten?"

Schwester Angela ist über die freundliche Art dieser Blockältesten sehr erstaunt und sagt:

„Ja, doch kann ich nach meiner Dienstzeit auch im Block mithelfen."

Schwester Angela macht ab jetzt wie bisher ihren Dienst bei den Kranken, die sie sehr gerne haben. Manchmal bekommt sie sogar einen anerkennenden Blick von einem diensthabenden SS-Arzt. Sie lässt sich davon nicht beirren, denn sie weiß, dass alle Ausführende des schrecklichen Systems sind. Für Angela sind alle Menschen gleich zu behandeln. Für sie gilt der Satz aus der Bibel: „Du sollst deinen Nächsten lieben wie dich selbst." Ihr starker Glaube gibt ihr auch in den schwierigsten Situationen Kraft, immer das für sie Wesentliche zu tun. Für Schwester Angela ist es schwer auszuhalten, dass die meisten der SS-Ärzte die Kranken einfach ihrem Schicksal überlassen beziehungsweise diese sogar bewusst quälen. Sie bekommt auch mit, dass Schwerkranke regelmäßig für die Gaskammer ausgewählt werden.

Jetzt auf Block 1 freut sie sich jeden Tag auf ihre freie Zeit. Schnell bemerkt sie, dass hier einige Nonnen sind. Das ist eine Freude! Sie setzt sich am Abend zu ihnen und sagt:

„Ich glaube, wir verstehen uns gut. Ich bin nämlich auch Nonne. Ich heiße Maria. Woher kommen Sie?"

Die vier Schwestern kommen aus Oberösterreich. Eine sagt:

„Wir beten täglich gemeinsam, dass alle im Block dieses Leid ertragen können."

Schwester Angela ist überglücklich. Nun hat sie wirklich Verbündete. Dies teilt sie sehr verschlüsselt den Schwestern in Mötz in ihrem Septemberbrief mit, in dem sie schreibt: „Cillerl hat ihre vier Tanten jetzt da. Sie kommen aus der Nähe der Gschwandner Tante und aus der Nähe von Onkel Alfons."[54]
Ebenfalls schreibt sie in diesem Brief, dass sie umgezogen ist und es ihr jetzt viel besser gefällt.

Block 1 gilt als sogenannter Musterblock. Trotz der Überbelegung muss dieser Block immer auf Glanz hergerichtet sein. Vermutlich ist dieser Block das Aushängeschild des Lagers, falls höhere Nazibonzen zu Besuch kommen.

Rosa Jochmann bemerkt rasch, dass Maria, wie Schwester Angela genannt wird, eine besondere Frau ist. Auch trägt man ihr zu, dass sie eine Nonne sei. Normalerweise sprechen sich die Häftlinge untereinander mit „Du“ an. Ohne vorherige Absprache sagen sie zu den Nonnen „Sie“, nun auch zu Maria. Irgendwie flößt der geistliche Stand Respekt ein. Schwester Angela ist, wie schon auf Block 1, Beraterin und Helferin in jeder Situation. Tag für Tag holt sie die schweren Essenskübel aus der Lagerküche, denn sie ist immer noch kräftig genug. Bei so vielen Frauen benötigt es eine ständige Reinigung der primitiven Toiletten. Einmal sieht Schwester Angela eine Frau in einem Klo knien und den Boden putzen. Angela sieht, dass diese Frau krank und erschöpft ist. Sie geht zu ihr hin und sagt:

„Komm, ich mache weiter. Du schaffst dies heute nicht mehr. Geh ins Bett!“

Die Frau blickt erstaunt auf und lächelt Schwester Angela dankbar an. Diese steckt der Frau noch schnell ein Stück Brot in die Tasche.

Wenn Schwester Angela aus dem Krankenlager kommt, setzt sie sich zu den Frauen im Block und lässt sich deren Geschichten erzählen. Es macht für sie keinen Unterschied, ob sie, so wie sie selbst, politische Gefangene sind, sogenannte Verbrecherinnen, Zigeunerinnen oder Frauen aus den eroberten Ostländern. Eine Prostituierte befreit sie von der Angst, ins ewige Verderben zu gelangen. Diese läuft daraufhin strahlend zu Rosa Jochmann und sagt:

„Siehst du, jetzt weiß ich es, dass auch ich in den Himmel kommen kann, weil Gott mir verzeihen wird. Maria ist fest davon überzeugt."

Rosa Jochmann ist Atheistin. Trotzdem berührt sie sehr der positive Einfluss, den Schwester Angela auf die Mitgefangenen ausübt.

Als Schwester Angela ein paar Tage später mit Rosa Jochmann und einem jungen Mädchen über den Appellplatz geht, sieht dies eine Aufseherin aus einem anderen Block. Sie stürzt sich mit der Peitsche auf das Mädchen und will es schlagen. Schwester Angela nimmt überraschend der Aufseherin die Peitsche aus der Hand, sieht sie an und sagt:

„Warum wollen Sie dieses Mädchen schlagen, es hat doch nichts getan."

Bei Rosa Jochmann setzt für einen Moment der Herzschlag aus und sie denkt sich, dass Schwester Angela nun auf den Strafblock kommen werde. Nichts davon geschieht. Die Aufseherin nimmt ihre Peitsche, dreht sich um und geht davon.

Wenn bei einem Menschen noch nicht alle Gefühle abgetötet sind, kann ein klarer Blick etwas im Inneren des Anderen bewegen. Dies bestätigt auch Viktor Frankl, der Begründer der Logotherapie, der das Konzentrationslager Auschwitz überlebt hat. Schwester Angela hatte diesen klaren Blick und diese Ausstrahlung.

Das Mädchen sagt leise Danke und geht rasch weiter.

Im Oktoberbrief an die Schwestern in Mötz ist stark die Sehnsucht nach Befreiung zu spüren. Auch die Sorge um ihre Lieben, vor allem um ihren Neffen Erich, der an der Front ist, beschäftigt sie sehr. Auch ihren Herzfehler spricht sie zum ersten Mal an, den „der Onkel von Brück" sicher nicht weiß, sonst hätte er sich sicher mit ihrem Fall auseinandergesetzt. Ganz verschlüsselt kommt durch, dass ihr Bruder August noch einmal beim Gestapochef in Innsbruck (Onkel von Brück) nachhaken soll, da es bei diesem einige Rippenstöße brauche, wenn man Erfolg haben wolle.

In den letzten Briefen vor ihrer Überstellung nach Auschwitz ist ihre eigene Zerrissenheit zu spüren. Einerseits immer noch die Bitte, dass ihr Bruder und ihr Schwager weiterhin Bittgesuche um ihre Freistellung schreiben sollen, anderseits brauchen sie im Lager vor allem die inhaftierten, geistlichen Schwestern. In der Zwischenzeit sind es bereits zehn Schwestern, die auf Block 1 sind. Die evangelische Diakonisse Käthe Viehaus wird ausdrücklich als große Stütze für sie erwähnt. Immer wieder fragt sie nach, ob ihre Brüder und ihre Schwager einrücken mussten. Die Krankheit ihrer Schwester Amalia, die an Multipler Sklerose erkrankt ist, erfüllt sie mit großer Sorge. Sie ist überglücklich, dass ihr die Schwestern zu Weihnachten eine Ansichtskarte von Mötz mit dem Locherboden geschickt haben.

Im Februarbrief 1942 nimmt sie allmählich hin, dass ihr Bruder August und ihr Schwager Josef für ihre Freistellung nichts erreicht haben, obwohl ihr Schwager sie damit begründet hat, dass er seine Schwägerin Maria zur Betreuung seiner Kinder benötigt, da ja seine Frau schwer erkrankt ist.

Schwester Angela schreibt in diesem Brief:

„Um mich braucht ihr euch auch keinen Kummer zu machen, es geht mir wie immer gut. Dass August und Josef keinen Erfolg hatten, macht ja nichts, wenn Muttchen nur damit einverstanden ist, ich bin's. Der Onkel wird sich, wenn seine Lage sich verschlimmert, schon noch besinnen. Sind August, Willi und Franz daheim? An alle liebe Grüße, und die Gela ist gerne noch dort, wenn's ihnen dafür gut geht. Ria hat mit Absicht geschwiegen. Dass bei Malchen keine Besserung eintritt ist merkwürdig. Herzliche Grüße an alle, die an mich denken. Am 3. 2. wird's ein Jahr, dass Frau Moser ging; ich denke oft an sie."[55]

Am 1. März 1942 zieht sich Schwester Angela in eine einigermaßen ruhige Ecke zurück und schreibt ihren vorletzten Brief aus Ravensbrück an die Schwestern in Mötz. Die Tränen rinnen über ihre Wangen, während sie zu Papier bringt, dass sie im März 42 Jahre alt wird und im April ihren Namenstag feiert. Ihre Hände beginnen zu zittern, als sie hinzufügt, dass ihr Bruder und ihr Schwager die Bittgesuche einstellen sollen. Beim Satz „Wann werden wir uns wiedersehen?" schluchzt sie laut auf.

Rosa Jochmann kommt gerade vorbei und sagt:

„Maria, sind Sie heute so traurig?"

„Ja, mir ist so schwer ums Herz. Ich habe eine Vorahnung, dass sich bald etwas Gravierendes ändern wird", antwortet Schwester Angela.

„Wir müssen durchhalten", sagt Rosa Jochmann und weiter, fast unhörbar:

„Lange kann es nicht mehr dauern."

Es ist das letzte Gespräch zwischen ihr und Schwester Angela. Irgendetwas über Rosa Jochmanns menschlichen Stil als Blockälteste muss an höchste SS-Stellen durchgesickert sein. Im Laufe des März 1942 kommt Rosa Jochmann für 21 Tage in den Bunker. „Es war die Hölle", schreibt sie später. Als sie wieder herauskommt, ist Schwester Angela bereits auf dem Weg nach Auschwitz.

Rosa Jochmanns Zeugnis über Schwester Angela ist von unschätzbarem Wert:

„Es vergehen wenige Tage, wo ich nicht an diesen Menschenfreund Maria denke, und diese Maria gekannt zu haben, ist ein Geschenk fürs Leben. In tiefer Verehrung und Dankbarkeit denke ich an Maria, die niemals klagte, für jeden Menschen Verständnis hatte, die dort in dieser furchtbaren, nicht wiederzugebenden Zeit zu unser aller Helferin und Trösterin wurde und die eingeschreint bleibt in unseren Herzen, denn auch jetzt, so lange Zeit später, gibt die Erinnerung an Maria Kraft in jeder Situation!“[56]

Den letzten Brief aus Ravensbrück datiert Schwester Angela mit April 1942, obwohl sie bereits am 26. März nach Auschwitz überstellt wird. Sie muss beim Schreiben unter großem Druck gestanden sein, denn ihr Schriftbild ist sehr unruhig. Dieser Brief wurde stark zensuriert, denn es sind davon nur 10 Zeilen übriggeblieben. Unter anderem steht: „wenn Josef sich so anstrengte, wird er wohl auch den Sieg davontragen. Dass unsere Kranken sich wohler fühlen, freut mich, und wieder fleißig für unsere tapferen Soldaten arbeiten. Thomas und Fidelis kann ich mir als stramme und treue, tapfere Soldaten vorstellen.“

Noch einmal hat sie Hoffnung, dass ihr Schwager Josef doch noch eine Freilassung erwirken könnte. Die Formulierungen „stramm, tapfer und treu“ sind sicher in äußerster Bedrängnis geschrieben.

Im Frauenkonzentrationslager Ravensbrück waren 130.000 Frauen, Männer und Jugendliche aus verschieden besetzten Ländern und aus Nazideutschland interniert. 28.000 Menschen haben die Lagerhölle von Ravensbrück nicht überlebt.

Vierter Teil

Heute ist der 26. März 2019, Schwester Angelas Geburtstag. Auf den Tag genau vor 77 Jahren wird Schwester Angela von Ravensbrück nach Auschwitz transportiert.

Auschwitz, ein Wort, das wohl die meisten Menschen heute irgendwann schon gehört haben. Auschwitz steht für den am Reißbrett geplanten Völkermord an den europäischen Juden, der ab Frühjahr 1942 systematisch ausgeführt wurde.

Es gibt keine kollektive Schuld, sagt der große Psychoanalytiker und Begründer der Logotherapie Viktor Frankl, der das Konzentrationslager Auschwitz überlebt hat. Ich als Nachkriegskind will mich diesem Verbrechen am Beispiel von Schwester Angela stellen.

***

Schwester Angela kauert zwischen den anderen Frauen. Ab und zu ist ein Seufzer im Viehwaggon zu hören. Frauen beginnen zu weinen, irgendwo sind aus einer Ecke leise Gebete zu hören. Schwester Angela hat sie angestimmt, sie beruhigen, sie erinnern an kindliches Vertrauen, sie schaffen Verbundenheit.

Nach endlosen Stunden ohne einen Schluck Wasser, ohne ein Stück Brot quietschen Bremsen, ein Ruck, der Zug bleibt stehen. Hunde bellen, Männer schreien, der Viehwaggon wird aufgerissen und die Frauen stolpern heraus. Wenn eine Frau auf den Boden fällt, wird sie gleich mit ein paar Fußtritten zum Aufstehen gezwungen. Schwester Angela ist ganz benommen, als sie schließlich aus dem Waggon tritt. „Wo bin ich?“, denkt sie sich. Ihr Blick fällt auf das große Tor. Sie sieht die Aufschrift: „Arbeit macht frei.“ Ihr wird schwer ums Herz, denn sie spürt, dass dieser Satz nur zynisch gemeint sein kann. Sie wundert sich über die alten Backsteinbauten und die großen Fabriksgebäude.

Inzwischen haben alle Frauen den Zug verlassen. Sie stehen verschreckt da und werden nun von SS-Männern und deren Hunden zu einer langen Betonmauer getrieben, die von Postentürmen überragt wird. Hinter der Mauer befindet sich ein überhoher Stacheldrahtzaun, der elektrisch geladen ist. Die Frauen erblicken die Blöcke, dazwischen einen drei Meter breiten Kiesstreifen, eine sogenannte neutrale Zone, bei deren Betreten bereits geschossen wird.

999 Frauen aus Ravensbrück zittern am ganzen Leib, als sie auf dem Stacheldrahtzaun die Schilder „Achtung Lebensgefahr“ sehen. Obwohl es mitten in der Nacht ist, blendet sie das grelle Licht der Scheinwerfer, die Turmposten mit ihren Maschinengewehren flößen Angst ein. Die kahlen Blocksteinhäuser lassen nichts Gutes erahnen. Die Frauen werden in einen der Blöcke in die Quarantäne getrieben, die in Auschwitz für alle zur Arbeit bestimmten Neuankömmlinge vorgeschrieben ist. Auf dem harten Steinboden finden sie eine Decke, die sie sich mit einigen teilen müssen. Bald schlafen sie aus Erschöpfung ein.

Am frühen Morgen hören sie den erschreckenden Lärm beim Morgenappell. Die Frauen aus Ravensbrück erwarten hingegen erneut die furchtbare Erfahrung der Blöße vor den SS-Männern, die niederträchtigen Worte, Fußtritte, das Kahlscheren des Kopfes. Beim

Schlürfen einer braunen Brühe, die sich Kaffee nennt, und beim Kauen eines Stücks harten Brotes spüren die Frauen, dass Auschwitz noch eine Steigerung zu Ravensbrück ist. Der Tod ist überall zu riechen. Schwester Angela versucht in diesen Tagen der Quarantäne immer wieder Frauen, die fast durchdrehen, zu trösten, ihnen ein gutes Wort, einen Händedruck, ein Lächeln zu schenken.

Am letzten Tag der Quarantäne bekommen die Frauen ihre Häftlingsnummer. Schwester Angela erhält die Nummer 512. Eine niedrige Nummer bedeutet, dass der Häftling ein politischer Gefangener war und angeblich oder tatsächlich in irgendeiner Form dem Regime Widerstand geleistet hatte. Die Tatsache, dass Angela Deutsche war und zu den „Politischen" zählte, sowie ihre Zuteilung zum Häftlingskrankenbau Block 3 sichern ihr eine gehobene Position in der Häftlingshierarchie, die sie jedoch nie missbrauchte, wie Margita Schwalbová, eine Jüdin und Ärztin aus der Tschechoslowakei, später bestätigte.

In diesem ersten Transport von Ravensbrück nach Auschwitz, der tatsächlich dort ankam, befanden sich viele kriminelle und asoziale Frauen, die nun Capos und Blockälteste werden sollen.

In den Aufzeichnungen von Rudolf Höß, dem langjährigen Lagerkommandanten von Auschwitz, heißt es „Die Kriminellen unter den weiblichen Häftlingen waren von einer besonderen Sorte. Ich glaube, dass damals Ravensbrück das wirklich ‚Beste' für Auschwitz ausgesucht hat, meist Dirnen mit erheblichen Vorstrafen, oft widerliche Weiber. Dass die Bestien ihre Gelüste an den ihnen unterstellten Häftlingen ausließen, war zu verstehen, aber nicht zu vermeiden."[57]

Im Hauptlager sind die Blöcke 1 bis 10 durch eine Mauer vom Rest des Lagers getrennt und bilden das sogenannte Frauenlager. Schwester Angela muss sich ab jetzt um das Essen und die Kleidung der kranken Gefangenen kümmern. Als sie das erste Mal das Krankenlager betritt, erschrickt sie. Auch wenn sie von Ravensbrück viel gewöhnt ist, so ist es doch hier viel trostloser. Nicht nur eine, sondern mehrere Baracken sind mit Kranken überfüllt, die nackt auf dreistöckigen Holzpritschen liegen. Oft sind die oben Liegenden zu schwach zum Hinuntersteigen, sodass ihre Ausscheidungen hinuntertropfen und sie im eigenen Kot liegen bleiben. Dies fördert die verschiedensten Krankheiten. Schwester Angela sieht, dass sich oft zwei oder drei Kranke die Pritsche teilen müssen und nur mit einer schmutzigen und verlausten Decke zugedeckt sind. Ihre Hände zittern, als sie zur ersten Pritsche geht und mit einem sauberen Tuch einer Kranken den Schweiß von der Stirne wischt. Die Lippen der Kranken sind aufgesprungen. Leise sagt Schwester Angela. „Ich bringe Ihnen ein Glas Wasser." Die Kranke versucht zu lächeln. Schwester Angela läuft in die Lagerküche und holt einen Krug Wasser, den sie an der Blockältesten vorbeischwindelt. Mit einem Glas versucht sie der Frau und den umliegenden Kranken ein wenig Wasser einzuflößen. Gleichzeitig muss sie mit Brechreiz kämpfen, denn der Gestank von Eiter und Kot ist fast unerträglich. Das Stöhnen der Sterbenden und im Fieber Phantasierenden erschüttert sie bis in ihr Innerstes. Sie überwindet sich, läuft zu einer Sterbenden hin, hält ihr die Hand, murmelt ein Ave Maria und bleibt bei ihr bis zum letzten Atemzug. Dann segnet sie die Frau und drückt ihr die Augen zu.

Am Abend sinkt sie auf ihre Pritsche und es kommt ihr vor, als ob dies ihr feines Bett im Klösterle in Mötz sei. Nur ein kurzes Gebet, ein geistiger Blick zum Bergmutterl auf dem Locherboden, dann fallen ihr die Augen zu.

Während des kargen Frühstücks hört sie, dass vor zwei Tagen ein Transport mit slowakischen Juden angekommen ist. Nur hinter vorgehaltener Hand wird geflüstert, dass die Juden zum Vergasen bestimmt sind. Laut darf dies natürlich niemand sagen, doch viele vermuten dies bereits. Die massenhafte Vernichtung menschlichen Lebens befindet sich zu diesem Zeitpunkt noch im Anfangsstadium. Ab 4. Mai 1942 beginnt dann das Massaker an Millionen Juden. In Auschwitz wird bis dahin eine sogenannte „Judenrampe" in Betrieb genommen für Transporte von zur Vernichtung bestimmten Juden. Aus jeder Deportation werden einige Juden zur Zwangsarbeit „ausgewählt". So ergeht es auch Frau Dr. Margita Schwalbová, die mit dem ersten Judentransport am 28. März 1942 nach Auschwitz gekommen ist.

Ein neuer Tag beginnt immer mit demselben Ritual: Morgenappell! Alle Gefangenen müssen in kürzester Zeit am großen Appellplatz stehen. Die Jüdinnen sind an ihrer Kleidung zu erkennen. Sie müssen in Fünferreihen stehen, die Köpfe kahlgeschoren, ohne Kopftücher, in alten russischen Uniformen, ohne Strümpfe. Ein kalter Märzwind bläst über die Köpfe, reißt die Militärblusen, die keine Knöpfe mehr haben, vor allem in den ersten Reihen auseinander. Margita Schwalbová steht in der ersten Reihe, wie sie später beschreibt. Neben ihr fällt eine Frau in Ohnmacht. Ihr Kopf prallt auf eine gefrorene Pfütze. „Liegen lassen!", schreit die Rapportführerin.

„Ich lasse euch stehen, bis ihr schwarz werdet, Mistbienen, elende!"

So also empfängt mich Auschwitz, denkt sich Margita Schwalbová.

Dann kommt die Oberaufseherin, eine dickliche, ältere SS-Frau.

„Wenn ich sie im Zivilleben auf der Straße träfe“, so Schwalbová später, „würde ich sie für eine durchschnittliche Frau aus dem Mittelstand halten, eine fürsorgliche Mutter einiger Kinder. Es ist still, die Oberaufseherin spricht:

‚Jede Ärztin, Medizinstudentin, Pflegerin melde sich sofort.‘

Ich bin die Einzige. Ich trete vor.

‚Nach dem Appell gleich aufs Revier.‘“[58]

Die Blockälteste geht mit Frau Schwalbová aufs „Revier“, so wird der Häftlingskrankenbau bezeichnet. Ein SS-Arzt prüft ihre Kenntnisse. Sie wird aufgenommen. Ältere Häftlinge scharen sich um sie. Sie wollen wissen, wie die Front verläuft und ob es in der Tschechoslowakei politischen Widerstand gibt.

Dann steht Schwester Angela vor der slowakischen Ärztin und stellt sich mit einfachen Worten vor:

„Ich bin Maria.“

Sie lächelt Frau Frau Schwalbová an und streichelt ihr über den kahlgeschorenen Kopf, dabei flüstert sie „Nur Mut!“

Frau Dr. Schwalbová ist gerührt, ein Händedruck, ein gegenseitiges Lächeln, eine dreijährige Freundschaft unter widrigsten Umständen beginnt.

Als Dr. Schwalbová am Abend nach ihrem ersten Besuch im Revier sehr müde in ihr Schlaflager kommt, ist sie erstaunt, vor allem, weil sie die Einzige in einem Raum voller dreistöckiger Pritschen ist. Außer ihr gibt es noch keine jüdischen Häftlinge, die im Häftlingskrankenbau arbeiten. Neben ihrer Pritsche, auf einem Stuhl, stehen eine Waschschüssel mit heißem Wasser, Seife, Zahnbürste, Handtuch und Taschentuch. Ebenfalls liegt frische Unterwäsche daneben. Frau Schwalbová kann es nicht fassen. Seit

Tagen konnte sie sich nicht mehr waschen. Das ist ein Glück! Als sie sich wieder anzieht, bemerkt sie, dass an ihrer Bluse, während sie im Revier den Arztkittel anhatte, alle Knöpfe angenäht wurden. Neben dem Bett, auf einem Teller, liegen einige Zuckerstücke, ein paar Kekse und eine Zitrone. Es kommen ihr die Tränen, sie legt sich angezogen auf den Strohsack und schläft ein. Sie weiß nicht genau, ob sie wach ist oder träumt. Plötzlich spürt sie, wie jemand sie streichelt und leise Gebete murmelt. Sie hält die Augen geschlossen und wiegt sich in dieser Zärtlichkeit wie ein Kind. Dann ist es wieder still.

Am Bett war „der Engel von Auschwitz", wie Schwester Angela ab jetzt immer wieder genannt wird.

Schwester Angela wächst nun in ihre Aufgabe hinein. Für sie ist es ein Glück, dass sie für die Verteilung der Essensrationen im Revier zuständig ist. Auch hat sie die Oberaufsicht über die Wäschekammer.

Frau Dr. Schwalbová vertraut Schwester Angela sofort. Es berührt sie, dass Schwester Angela trotz all dem Leid und der Gewalt um sie eine kindliche Fröhlichkeit anhaftet. Nach einigen Wochen sagt sie zu Angela:

„Maria, im Lager haben viele Frauen schon wochenlang keine frische Wäsche mehr bekommen. Was können wir da machen? Die SS-Aufseherin hat ihre Augen überall gleichzeitig."

Schwester Angela lächelt Frau Schwalbová verschmitzt an und sagt:

„Am Sonntag ist der Tag des Herrn. Da sind nicht so viele Aufseherinnen im Einsatz. Wir werden eine Möglichkeit finden."

Am nächsten Sonntag bereitet Schwester Angela im Revier für einige Frauen warmes Wasser, Seife und frische Wäsche in der

Wäschekammer vor. Margita Schwalbová kommt mit einigen Frauen aus dem Lager. Alles muss heimlich geschehen, würden sie entdeckt werden, hätte dies schlimmste Konsequenzen. Es ist für alle sehr aufregend, als Schwester Angela hinter den Frauen die Wäschekammer zusperrt. Diese können es gar nicht fassen, was für sie getan wird. Frau Schwalbová hält draußen Wache. Manchmal muss sie an die Tür klopfen, denn man hört das Lachen bis hinaus.

Die Frauen reiben sich gegenseitig den Rücken, streicheln über Striemen. Schwester Angela gibt Heilsalbe auf wunde Stellen. Dann in frische Unterwäsche schlüpfen, wahrlich ein Sonntagmorgen! Einzeln verlassen die Frauen mit einem „Danke" die Wäschekammer und gehen gestärkt ins Lager zurück.

Duft von Seife
warmes Wasser
gegenseitige Zuwendung
für einen Augenblick
all den Schmerz
vergessen
für einen Augenblick
Glück

***

Es ist für mich als Autorin dieses Buches noch einmal etwas ganz anderes, als ich die erste Ablichtung eines handschriftlichen Originalbriefes von Schwester Angela in Händen halte. Links oben steht „Konzentrationslager Auschwitz", darunter „Folgende Anordnungen sind beim Schriftverkehr mit Gefangenen zu beachten: Im Monat darf jeder Schutzgefangene 2 Briefe oder 2 Karten erhalten und an dieselbe Adresse absenden. Mit Tinte schreiben ist erforderlich. Briefbögen müssen ungefüttert sein, Postkarten haben 10 Zeilen, nur 5 Briefmarken à 12 Pfennig dürfen im Brief beigelegt werden."

Es klingt für mich zynisch, wenn bei Punkt 5 steht, dass Pakete nicht geschickt werden dürfen, da die Gefangenen im Lager alles kaufen können. Nach Angaben von Dr. Margita Schwalbová gab es anfangs im KZ Auschwitz eine Kantine, wo man zum Beispiel Senf und Toilettenartikel kaufen konnte. Später gab es diese nicht mehr.

Weiters steht in der Anordnung, dass Entlassungsgesuche aus der Schutzhaft zwecklos sind. Ebenfalls sind Sprecherlaubnisse und Besuche von Gefangenen im KZ grundsätzlich nicht gestattet.

***

Schwester Angela schreibt mit ihrer zügigen Handschrift am 16. Mai 1942 abends ihren ersten Brief an die Schwestern nach Mötz. Ihre Sehnsucht, wieder „daheim im Klösterle" zu sein, muss sehr groß gewesen sein, wenn sie schreibt:

„Meine Lieben alle, Muttchen, Johanna, Pauline und alle, alle. Eure lieben Zeilen, Kärtchen und Brief mit größter Freude erhalten. Kann mir denken, dass es für euch alle eine Enttäuschung war, dass Zillerl nicht zur bestimmten Zeit dort eintraf. Aber gut ist's, dass sie selbst davon nicht unangenehm berührt ist. Sie hat ja eine sehr interessante Reise gemacht und würde es ihr leidgetan haben, sich nicht zu beteiligen. Wenn ich mal daheim bin, muss sie mir alles erzählen. Die Gela wird jetzt noch nicht wissen, wenn sie bestimmt zu euch kommt. Ihre Reise war schon bestimmt, aber hat sich durch verschiedene Umstände verzögert."

Dieser erste Brief aus Auschwitz zeigt auf, wie klug Schwester Angela die Zensur umgehen konnte und trotzdem wichtige Botschaften durchgekommen sind. Aus diesem Brief kann auch geschlossen werden, dass man ihr Hoffnungen gemacht hat freizukommen und sich die „Reise" nur verzögert hat. Ihr Optimismus muss sehr groß gewesen sein, wenn sie zum Schluss ihres Briefes schreibt: „Freut euch des Sommers und des Sonnenscheins wie ich, wünsche allen alles Gute." Sie ermuntert noch ihren Bruder August und ihren Schwager Josef, weiter zu hoffen, und schließt mit der Frage, ob alle noch daheim sind. „In treuer Liebe verbunden mit innigem Gedenken bin ich immer eure Maria."[59]

Als Schwester Angela die letzten zwei Worte ihres Briefes geschrieben hat, packt sie ein Schüttelfrost. Ihre Selbstdisziplin weicht einem Tränenkrampf. Ihre Brust ist zweigeteilt in die Hoffnung, dass ihr Bruder und ihr Schwager doch noch eine Freilassung bewirken könnten, und in die Opferbereitschaft, ihr schweres Schicksal anzunehmen. Sie weint und weint. Von draußen ertönen Schüsse. Der Appellplatz ist von den Scheinwerfern taghell. An der Mauer beim Stacheldrahtzaun steht eine Reihe von Frauen. Langsam, wie in Zeitlupe, fällt eine nach der anderen um. Das Leben noch vor sich, durch einen Schuss einfach ausgelöscht, weil sie einer vorgeblich minderwertigen Rasse angehören oder sich der Diktatur widersetzt haben. Schwester Angela murmelt die Worte: „Mein Gott, warum hast du uns verlassen?“ Dann geht sie, wie so oft, im Geiste zum Bergmutterl auf den Locherboden und betet noch einmal: „Hilf o Mutter, es ist Zeit, Mutter der Barmherzigkeit.“ Irgendwann wird sie ruhiger, geht halb benommen ins Lager und fällt auf ihre Pritsche.

Allmählich beginnt Schwester Angela zu begreifen, dass Auschwitz ein Vernichtungslager ist, in dem einzelne Menschen höchstens für eine kurze Zeit noch als Arbeitskraft gesehen werden. Sind sie dem Regime nicht mehr von Nutzen, werden ihre Leichen noch wirtschaftlich verwertet. Nur gefangene Häftlinge wie Schwester Angela oder Margita Schwalbová nehmen sich der Kranken und Sterbenden an.

Jeden Morgen, wenn Schwester Angela ins sogenannte Revier kommt, muss sie zuerst mit Brechreiz kämpfen, denn der Verwesungsgeruch kommt ihr gleich bei der Tür entgegen. Doch sie lässt sich nicht davon beirren und schenkt den Kranken ihre Güte. Die unzureichenden hygienischen Zustände und die schlechte Ernährung bewirken neben der schweren Arbeit und sonstigen Quälereien, dass die meisten Menschen wenige Wochen oder Monate nach ihrer Einlieferung sterben. Vor allem jüdische Frauen müssen in Russenkitteln oder mit Fetzen bekleidet Steine tragen und schwerste Männerarbeit leisten.

Aber auch bei Häftlingen, die keine schwere Arbeiten verrichten müssen und als Pflegepersonal oder zu Schreibarbeiten eingesetzt werden, lauert der Tod. Ab Mitte des Jahres 1942 wüten sowohl im Stammlager Auschwitz als auch im Nebenlager Birkenau der Flecktyphus und andere Seuchen. Herr Paul Langbein, ein Überlebender von Auschwitz, der vorher in Dachau interniert war und in Auschwitz zu Schreibarbeiten eingesetzt wird, schreibt später, dass in Dachau von einem schlechten Tag gesprochen wurde, wenn am Tag zehn oder mehr Tote zu melden waren: „In Auschwitz schrieben wir an sieben Schreibmaschinen in Tag- und Nachtschicht Totenmeldungen."

Die außerordentliche Sowjetische Kommission für die Aufklärung der Nazi-Verbrechen, der Nationale Oberste Gerichtshof Polens und das Internationale Militärgericht in Nürnberg schätzen, dass ungefähr 1,1 bis 1,5 Millionen Gefangene in Auschwitz den Tod fanden. Wenn man bedenkt, dass die ersten nach Auschwitz verschleppten Gefangenen am 20. Mai 1940 ankamen und das Lager am 27. Jänner 1945 durch russische Truppen befreit wurde, so kommen wir zu dem schaurigen Schluss, dass im Konzentrationslager Auschwitz täglich im Durchschnitt fast 900 Personen starben.

Im Juni 1942 schreibt Schwester Angela nur eine Postkarte nach Mötz, in der sie mitteilt, dass sie wie immer bei den Kranken ist und da für viele wie eine Mutter sein kann. Am 12. 6. 1942 wird eine Postkarte von Berlin an die Oberin Michaela Roth nach Mötz mit folgenden Zeilen geschickt: „Cilli tritt die Reise mit Verspätung an. Es geht ihr gut. Sie ist gesund. Weitere Eingaben und wiederholte Eingaben bringen Erfolg. Viel beten um Kraft und Mut. Herzliche Grüße von Unbekannten."

Die Oberin Schwester Michaela Roth schreibt am 19. 6. 1942 an das Geheime Staatspolizeiamt in Berlin und bittet, wie bereits am 17. 12. 1941, um baldige Entlassung von Maria Autsch aus dem Lager. Ebenfalls teilt sie der Kanzlei des Führers mit, dass in der Zwischenzeit beide Ankläger von Maria Autsch gestorben sind und daher eine Untersuchung des Falles nicht mehr möglich ist. Sie unterzeichnet die Erneuerung des Gesuches mit Heil Hitler und unterschreibt mit „Frau Maria Roth, für die spanischen

Trinitarierschwestern zu Valencia in Mötz Nr. 28, Oberinntal/ Gau Tirol."

Im August 1942 schreibt die Oberin noch einmal an das Reichssicherheitshauptamt in Berlin und informiert, dass sie vom Silzer Gendarmerieposten erfahren hat, dass Maria Autsch noch nicht entlassen werden kann. Wieder ersucht sie auch im Namen der Generaloberin in Valencia um Freilassung von Schwester Angela. Es kommen nach Mötz sowohl Briefe von Käthe Viehaus, die in der Zwischenzeit freigekommen ist und sich nach Schwester Angela erkundigt, als auch von Maria Haslwanter aus Kufstein, die Grüße von Schwester Angela übermittelt. Sie wurde inzwischen aus Ravensbrück freigelassen und möchte wissen, ob Schwester Angela auch freigelassen wurde. Ebenfalls schreibt eine Frau Zender, die freigekommen ist, dass die Oberin in Mötz jedes Viertel- bis Halbjahr das Gesuch um Entlassung wiederholen soll. Diese Frau war mit Schwester Angela in Ravensbrück und bezeichnet sie als gut und vielgeliebt. Zum Schluss bittet sie, ihr eine Nachricht nur durch die Überbringerin ihres Briefes zukommen zu lassen, da sie glaubt, dass ihre Post sicher noch überwacht wird.[60]

Im Juli 1942 schreibt Schwester Angela dreimal nach Mötz. Sie erkundigt sich nach ihren Brüdern und Neffen, die an der Front sind. Auch ermahnt sie ihre geliebte Oberin, sich ja nicht zu viel anzustrengen. Sie zeigt sich überrascht über den „Heimgang" eines Nachbars, der auch zu ihrer Verhaftung beigetragen hat. Sie hofft, dass die Schwester Oberin noch vorher mit ihm sprechen konnte. Immer wieder scheint ihre Hoffnung durch, doch noch ins Klösterle heimkehren zu können. Sie lässt auch ihre Mötzer Bekannten herzlich grüßen und schreibt, dass sie sich sehr nach einem Gang auf den Locherboden sehnt.

Danach hören die Schwestern bis Anfang September 1942 nichts mehr von Schwester Angela.

Anfang August 1942 übersiedeln die weiblichen Häftlinge von Auschwitz in das Lager Auschwitz-Birkenau. Zur selben Zeit, am 9. August 1942, wird die Jüdin Edith Stein, die zum Christentum konvertierte, mit sieben geistlichen Schwestern in Auschwitz eingeliefert und sofort vergast.

Schwester Angela ist wie benommen, als sie das Krankenlager in Birkenau betritt, das in Pferdeställen untergebracht ist. An den Wänden hängen noch Tafeln, auf denen „Achtung Räudegefahr" steht. Wie im Stammlager gibt es nur dreistöckige Pritschen mit Schwerkranken und Sterbenden, keinen Fußboden, kein Licht, kein Wasser, keine Toiletten, aber dafür Läuse, Millionen von Läusen.[61]

Die Frauen, die nach dem Morgenappell in dieser Augusthitze Schwerstarbeit leisten müssen, suchen entlang ihres Weges in Pfützen nach Wasser. Die einen kehren am Abend erschöpft mit aufgerissenen Lippen ins Lager zurück. Andere, die nicht mehr können und zusammenbrechen, werden von den Aufsehern sofort erschossen, wieder andere wählen in ihrer Verzweiflung am elektrischen Zaun den Freitod.

Im Lager wütet der Flecktyphus. Auch Dr. Margita Schwalbová erkrankt einige Tage nach ihrer Ankunft in Birkenau an dieser Seuche. Sie liegt fiebernd zwischen all den schwerkranken Frauen, Läuse nagen an ihr. In der Nacht begießen sie phantasierende Frauen mit Kaffee oder eigenen Exkrementen. In der undurchdringlichen Dunkelheit, die kein Ende zu nehmen scheint, hört sie das Stöhnen der Sterbenden. Manche schreien vor Schmerz und Durst. Wenn sie auf den Kübel geht, stößt sie mit anderen Frauen zusammen und findet nur schwer auf ihre Pritsche zurück. Jeden Morgen werden die Toten von ihren Pritschen gezogen, auf Tragen geworfen und fortgeschafft.

Irgendwann am späten Morgen spürt sie Schwester Angela bei sich, die sie mit abgekochtem Wasser wäscht, die Läuse erschlägt, eine warme Suppe bringt und ihr kühlende Kompressen auf die Stirn legt, bis Margita Schwalbová aus Erschöpfung endlich einschläft. Den ganzen Tag erleichtert Schwester Angela, so gut sie kann, vielen Kranken diese schrecklichen Stunden. Am Abend setzt sie sich noch einmal auf die Pritsche von Frau Schwalbová und erzählt ihr vom Leben der kleinen heiligen Theresa, vom heiligen Michael und viele andere Geschichten, die ihr Vater August erzählt hat, als die Autschkinder klein waren. Frau Schwalbová kommt es in ihrem Fieber vor, als ob sie als Kind bei ihrer Mama säße, die ihr wunderschöne Märchen erzählt.

Am 15. Tag sinkt das Fieber. Der SS-Lazarettarzt kommt bei Frau Schwalbová vorbei und sagt: „Sie liegen auch schon eine Ewigkeit hier." Frau Schwalbová erschrickt, denn sie weiß, was dies bedeutet: entweder an die Arbeit oder in die Gaskammer.

Am nächsten Morgen steht sie auf und obwohl sie Ohrensausen hat, schlüpft sie in ihren Arztkittel, schleppt sich zum diensthabenden SS-Arzt und nimmt seine Anweisungen entgegen. Tagelang kümmert sich Schwester Angela besonders um sie.

Anfang September 1942 verweigern einige Zeuginnen Jehovas das Appellstehen. Frau Teichner, eine Überlebende von Auschwitz, die dieses Ereignis später niederschreibt, steht neben Schwester Angela. Die Knie werden beiden weich, als sie mitansehen müssen, wie SS-Männer und -Frauen sich auf die Zeuginnen Jehovas stürzen, sie brutal schlagen, sodass überall Blut fließt und manche das Bewusstsein verlieren. Die Frauen werden in den

Judenblock verlegt, erhalten die unmenschliche Behandlung der Jüdinnen. Viele sterben in kürzester Zeit, die anderen werden mit den Jüdinnen vergast.

Im schweren Winter 1942 kommen viele Jüdinnen, die vorher mit den anderen Frauen arbeiteten, in eine andere Baracke. Auch dort versorgt sie Schwester Angela mit Kleidung und Essen. Wie mit den Jüdinnen, Zeuginnen Jehovas und Zigeunerinnen umgegangen wird, erschreckt sie zutiefst. Zwar ist ihr der jüdische Glaube fremd und die Zeuginnen Jehovas sind für sie fast ein Feindbild, trotzdem kennt ihre Hilfe keinen Unterschied von Rasse und Religion. Nur eine Bibelforscherin berichtet später, dass Schwester Angela sie nicht beachtet hat.

***

Dr. Margita Schwalbová verfasst gleich nach Beendigung des Krieges das Buch „Elf Frauen. Leben in Wahrheit. Eine Ärztin berichtet aus Auschwitz-Birkenau 1942 bis 1945".

Der Anlass für sie, dieses Buch zu schreiben, ist die Rede des englischen Verteidigers von Kramer im Bergen-Belsen-Prozess. Er behauptet nämlich, dass Kramer, ehemaliger höchster Kommandant von Auschwitz, nicht anders hätte handeln können, weil im Lager nur die niedrigste Klasse von Menschen aus dem jüdischen Ghetto gewesen sei, die nicht gewusst hätte, was sie mit ihrem Leben anfangen sollte.[62]

Schwalbová wählte für ihr Buch elf Frauen aus, die ihr sehr nahestanden und die sie sehr gut kannte, denn sie wollte nur die wirklichen Geschehnisse beschreiben. Es sind Frauen verschiedener Nationalitäten und unterschiedlicher sozialer Schichten. Das

Leben und Sterben dieser elf Frauen soll eine Antwort auf die Ansicht des englischen Verteidigers von Kramer sein.

Ein Schicksal im Buch ist das von Schwester Angela. Dieses Buch zu lesen, hat mich als Autorin an meine Grenzen gebracht, denn es zeigt an diesen elf Beispielen die nicht fassbare Brutalität und Menschenverachtung auf, die in Auschwitz-Birkenau geherrscht hat.

Wie der Verfasser des Buches „Verzehrendes Feuer", Gotzon Velez de Mendizabal, schreibt, könnte man leicht glauben, dass bei den Beschreibungen über eine uns so ferne und unbekannte Welt viel erfunden und übertrieben wird. Doch stimmen die Berichte der vielen direkten Zeuginnen und Zeugen weitgehend überein, wenngleich einige kalt und distanziert wirken.[63]

Die Hoffnung, dieser Hölle doch noch zu entrinnen, ist in Schwester Angelas erster Karte aus Birkenau zu spüren, in der es heißt: „Das Cillerl wird, wenn es nicht zu euch fährt, wohl zu Malchen [Schwester Amalia] fahren, oder wie ist es gemeint, dass sie nicht nach dort [Mötz] kommt?"

Schwager Josef hat Gesuche um Freilassung seiner Schwägerin eingereicht, da seine Frau Amalia schwer an Multipler Sklerose erkrankt ist und er sie zur Hilfe im Haushalt und bei den Kindern benötigt.

Im Septemberbrief schreibt Schwester Angela in der dritten Person, dass sich ihr Arbeitsfeld in Birkenau noch vergrößert hat und sie voll Sorge und Kummer wegen ihrer Umgebung ist, sich aber trotzdem „halten" wird. Dabei wird ihr das „Bergmutterl" vom Locherboden helfen. Sie spürt ebenfalls, dass die kleine Therese, die sie sehr verehrt, ihr „Hand in Hand" zur Seite steht.

Ende September 1942, Margita Schwalbová ist wieder gesund, spürt Schwester Angela eine große innere Unruhe. Sie sammelt sich in ihrer freien Zeit beim Gebet und weiß plötzlich, was zu tun ansteht. Sie nimmt einen offiziellen Bogen Schreibpapier und beginnt mit zittrigen Händen an ihre Oberin zu schreiben. Die ersten Zeilen werden zwar von der Zensur herausgeschnitten, doch dann steht:

„Wegen Gela, liebes Muttchen, bitte nichts unternehmen, das hat keinen Zweck. Sie kommt schon, wenn sie Zeit hat, zu euch, sie ist doch so anhänglich. So auch Cillerl, kann nicht aus ihrem Betrieb, lasst ihr nur Zeit, bis Onkel es erlaubt, er wird sonst vielleicht griesgrämig – ist auch nicht mehr der Jüngste. Schon zwei Jahre ist sie bei ihm."[64]

Die letzten Zeilen ihres Briefes verschwimmen vor ihren Augen, doch ihre Angst, die Schwestern in Mötz könnten durch sie Schwierigkeiten bekommen, ist stärker als ihre Sehnsucht nach Freiheit. Sie muss selbst ein wenig über ihre Erfindung „Onkel" für Hitler lächeln, der hoffentlich durch die Zensur schlüpft. Nach diesem Schreiben wird Schwester Angela wieder ruhiger und sie dankt ihren geistigen Helfern, dass sie ihrer inneren Stimme vertrauen kann. Im Oktoberbrief bezeichnet sich Schwester Angela als „im Denken Erwachsene".

Eines Morgens bringen SS-Aufseher eine blutüberströmte junge Frau ins Krankenrevier. Mit schreckensweiten Augen blickt sie Dr. Schwalbová und Schwester Angela an. Frau Schwalbová läuft um Verbandszeug und will das Blut, das auf Grund einer Schussverletzung aus ihrem Bauch rinnt, zum Stillstand bringen. Ein SS-Arzt kommt vorbei und verbietet Dr. Schwalbová, der Schwerverletzten einen Verband anzulegen. Er schreit:

„Sie ist eine Aufwieglerin, sie soll als abschreckendes Beispiel verbluten."

Schwester Angela und Dr. Schwalbová legen die junge Frau in ein Bett aus Gummi. Schwester Angela gibt ihr zu trinken und kühlt ihr die heiße Stirn mit einem Lappen. Sie hält der Frau die Hand und spricht leise tröstende Worte. Der Arzt schaut jede halbe Stunde nach, ob sich die Pflegerinnen an seinen Befehl halten. Ganz langsam kommt der erlösende Tod. Schwester Angela segnet die Frau und drückt ihr die Augen zu. Später erfährt sie, dass die junge Frau aus der Slowakei kam und ihre Kameradinnen zur Arbeitsverweigerung angestiftet hat, indem sie sagte:

„Arbeitet doch nicht für die Nazis! Helft ihnen nicht! Wir werden ohnehin hier sterben, da ist es gleich besser, wenn sie uns erschießen."[65]

Im Oktober 1942 erkrankt Schwester Angela an Flecktyphus. Sie kämpft tage- und nächtelang mit dem Fieber. Da sie einen schweren Herzfehler hat, bangt Dr. Margita Schwalbová um ihr Leben. Bei ihren Fieberphantasien versteht Dr. Schwalbová ab und zu ein Wort, wie „Bergmutterl", „Juden", „Zigeuner".

Endlich nach zwei Wochen ist ihr Blick am Morgen klar. Sie setzt sich auf und sagt zu Margita:

„Weißt du, ich habe im Traum eine Entdeckung gemacht, die mir die Nazis um viel Geld abkaufen wollten. Ich habe abgelehnt, denn ich habe eine Bedingung."

„Was hast du für eine Bedingung?", fragt Margita, während sie Maria über die sich wieder rötenden Augen streicht.

„Meine Entdeckung verrate ich ihnen, wenn sie alle Häftlinge in die Freiheit entlassen, alle – Deutsche, Polen, Russen, Juden, Zigeuner, wirklich alle."

Dann sinkt sie wieder auf ihr Lager zurück und das Fieber steigt noch einmal an.

Ende Oktober kommt eine Karte, mit zittriger Schrift geschrieben, zu den Schwestern nach Mötz, in der sich Schwester Angela entschuldigt, dass sie heute nicht in der Lage ist, mehr zu schreiben, da ihr nach den wenigen Worten schon wieder schwarz vor den Augen wird. Doch erfahren die Schwestern aus ihrer Karte, dass „Cillerl" schwer krank war und acht Tage zwischen vierzig und einundvierzig Grad Fieber hatte. Sie bittet für „Cillerl" um Gebet.

Schwester Angela erholt sich wirklich vom Flecktyphus und nimmt ihre verantwortungsvolle Tätigkeit wieder auf. Sie ist inzwischen Wirtschafterin im Krankenbau und führt die Diät- und Brotküche für circa 3000 Personen. Dies ermöglicht ihr, großzügig Essen an Rekonvaleszente und Frauen im Lager zu verteilen. Sie bekommt nämlich die Zutaten für die Essensrationen nach dem Stand des vorigen Tages. In der Nacht sterben jedoch sehr viele Frauen, die bei der Anzahl der Häftlinge noch registriert sind.

Im Lager spricht sich herum, dass es bei der Hintertür der Revierküche am Abend, wenn es dunkel ist, noch Essen gibt. Ebenfalls hält sie immer einige Kübel Wasser bereit, das Kostbarste, was es im Lager zu verteilen gibt. Nur Revierhäftlinge können sich Wasser in der Lagerküche holen. Da Schwester Angela Wirtschafterin ist, schöpft bei ihr niemand Verdacht, dass sie das Wasser an Unberechtigte weitergibt. In der Nacht nimmt sie immer wieder Frauen vom Lager in ihre Diätküche mit, damit sie sich waschen können.

Ein Rinnsal
in der Dunkelheit
löscht den Durst
den Endlichen
wer löscht
den unendlichen Durst?

Die Tage werden kürzer. Morgennebel liegt über Auschwitz-Birkenau. Der Todesvogel kreist das ganze Jahr über dem Lager, jedoch im Spätherbst kreischen tausende Vögel um ihre Beute. Niemand soll über den Winter einfach nur durchgefüttert werden. Für Häftlinge, die im Winter draußen keine Arbeit haben, lautet die Devise: „Ab in die Gaskammer".

Wer von der Kälte rote, rissige Hände oder halberfrorene Füße hat, wer nicht über einen breiten Graben springen kann oder beim Appellstehen die Fünferreihe nicht gerade genug einhalten kann, oder auf wen eine SS-Aufseherin aus einer Laune heraus mit dem Finger zeigt, kommt ins Gas.

Bis zum Frühjahr werden wieder genug Transporte nach Auschwitz kommen, um entweder die harte Arbeit im Freien zu verrichten oder um sofort vergast zu werden. Doch noch herrscht „Auslese".

Die Kommandos rücken zur Arbeit aus. Unzählige Frauen ziehen am Krankenblock vorbei. Maria und Margita halten sich an den Händen und blicken hinaus. Maria rinnen Tränen über die Wangen. Für sie ist dieser unmenschliche Ort immer schwerer zu ertragen. Ihr ist so schwer ums Herz. Später sagt Rosa Jochmann, mit der Schwester Angela in Ravensbrück war: „Dass Maria am Herzen sterben musste, kann ich, ohne Arzt zu sein, verstehen, denn sie trug von Tag zu Tag und von Jahr zu Jahr das Elend und Leid in dieser Welt in ihrem so wunderbaren Herzen."[66]

Inzwischen ist der Platz im Todesblock, in dem die Häftlinge auf ihren Tod warten, zu klein geworden, obwohl Tag und Nacht die Gasöfen auf vollen Touren brennen und der Geruch von verbranntem Menschenfleisch bis in die letzten Ritzen des Lagers zu riechen ist. Viele Frauen müssen hinter der Ambulanz des Krankenreviers auf ihren Tod warten. SS-Wachen mit ihren Hunden umringen sie. Die sogenannten Leichenkommandos, die Leichen aus dem Lager und dem Krankenrevier forttragen, haben auch zum Todesblock Zugang. Um nicht irrtümlich vergast zu werden, tragen sie eine weiße Armbinde mit einem roten Kreis in der Mitte. Schwester Angela und Margita Schwalbová verschaffen sich solche Binden. In ihrem Auftrag geht eine junge Kommunistin aus Deutschland mit diesen auf die eingekreisten Frauen zu. Im letzten Augenblick sieht sie eine Aufseherin und geht wieder zurück. Auch ihr zweiter Versuch scheitert. Jeden Augenblick können die Lastautos vorfahren, um die Gefangenen in den Todesblock zu bringen. Die Motoren der Autos sind schon zu hören, da gelingt es der Kommunistin, die Binden an einige Todgeweihte zu verteilen. Sie befestigen diese weißen Binden an ihrem Arm fest und kommen ohne Probleme aus der Umkreisung heraus. Tagelang müssen sie sich dann verstecken, damit sie niemand von den Mithäftlingen im Lager erkennt und verrät.

Die Lastautos bleiben stehen, SS-Männer werfen die Frauen wie ein Stück Holz auf die Lastwagen. „Zusammenrücken, auf jedem Auto müssen hundert Frauen Platz haben!“, tönt es durch die Menge. Von einem Auto hört man eine Stimme: „Manci, grüße meine Mutter!“ Eine Kinderstimme ruft eindringlich: „Lebt wohl!“ Gleich darauf ein markerschütternder Schrei. Die Kinderhand berührt vom davonfahrenden Lastwagen aus den elektrischen Zaun.

Ein junges Mädchen mit der Armbinde des Leichenkommandos läuft mit verängstigten Augen auf Margita Schwalbová zu. Acht Monate hat sie schwerste Männerarbeit verrichtet. Sie hustet, hat ein Stechen in der Brust, ob von der durchstandenen Angst oder einer beginnenden Lungenentzündung, ist noch nicht klar. Margita Schwalbová fragt:

„Wie heißt du denn?"

„Olga", kommt es leise zurück.

Margita Schwalbová bringt sie zu Schwester Angela. Diese versteckt Olga in einer winzigen Abstellkammer hinter der Diätküche. Am nächsten Morgen stellt sich heraus, dass Olga an Lungenentzündung erkrankt ist. Tagelang bringt ihr Schwester Angela heimlich eine Suppe, macht ihr Tee und kühlende Umschläge. Olga erholt sich und kann ins Krankenrevier aufgenommen werden. Bald darauf geht sie wieder ins Außenkommando zur Arbeit. Sie wirkt verängstigt und gedrückt. Eines Morgens sagt sie zu einem SS-Posten:

„Bitte, erschießen Sie mich."

Er bewegt sich nicht. Da dreht sie sich um und springt in einen naheliegenden Teich. Sie ertrinkt nicht. Am Abend bringt sie ein Wachposten aufs Krankenrevier. In der Zwischenzeit wurde verboten, jüdische Patientinnen dort aufzunehmen. Am nächsten Tag wird Olga in den Todesblock versetzt. Dr. Schwalbová gelingt es, den Rapportführer davon zu überzeugen, dass Olga bald wieder ganz gesund sein wird. Er verspricht, noch einige Tage zuzuwarten und sie nicht in die Gaskammer zu schicken. Zwei Tage später holen Lastautos wieder Frauen vom Todesblock zur Vergasung. Olga steigt freiwillig auf. Sie hat keine Kraft mehr zu leben.

Am Abend beginnt es leicht zu schneien. Tausende Frauen kommen halb erfroren von ihrer Arbeit zurück und legen sich auf ihre verlausten Pritschen. Am Morgen setzen sie sich mit ihren geschwollenen Beinen auf, kommen nur schwer in ihre zerfetzten Schuhe hinein, gehen wieder zur Arbeit, fallen um, sterben, andere Häftlinge kommen nach, ein Tag ist wie der andere und doch ist der Schrecken jeden Tag neu und unfassbar.

Bald darauf ist Weihnachten 1942. Schwester Angela ist innerlich unruhig, da sie seit 20. Oktober keine Post mehr aus Mötz erhalten hat. Sie ist um den Gesundheitszustand der Oberin besorgt. Auch macht sie sich Gedanken über ihre männlichen Verwandten, die an der Front sind. In einer Karte mit dem Poststempel „Auschwitz 17. 12. 1942" teilt sie den Schwestern ihre Ängste mit. Dann kommen endlich, knapp vor Weihnachten, gleich zwei ersehnte Briefe, die sie sofort beantwortet. Das dritte Weihnachten ist sie nun schon in Haft. Man spürt in ihrem Brief ihre Traurigkeit darüber. Über „Onkels" Ohrenleiden, wodurch er kein Gehör für Bittgesuche hat, ist sie enttäuscht, aber wenn es sich bessern würde, wäre es eine Freude für sie. Noch einmal stellt sie eine dringliche Frage, nämlich, ob der „Onkel von Bruck", der Gestapochef in Innsbruck, schon etwas zu ihrer Freilassung mitgeteilt hat. Ihr Heimweh zieht sich durch den ganzen Brief. Zum Schluss schreibt sie noch, dass sie immer an das „Bergmutterl am Locherboden" denkt, das ihr hier in dieser tristen Situation Kraft zum Weitermachen gibt.

Am Morgen des Heiligen Abends 1942 kocht Schwester Angela mit ihren Helferinnen einen großen Topf Weihnachtssuppe. Es gelingt ihr sogar, unbemerkt von der SS-Aufsicht, einen kleinen Weihnachtsbaum und ein paar Kerzen zu ergattern. Diesen stellt sie in ihrer Diätküche auf und lädt alle Mitarbeiterinnen, die im Krankenblock arbeiten, für den Abend ein. Wochenlang hat sie schon Kekse, Seife oder andere Kleinigkeiten abgezapft und verpackt sie nun in Zeitungspapier. Wo sie die Schnur zum Zubinden entwendet hat, ist den Helferinnen unerklärlich. Am frühen Abend wird die Weihnachtssuppe an alle Kranken im Revier ausgeschenkt. Ein riesiger Topf wird heimlich ins Lager, in dem auch Schwester Angela schläft, gebracht.

Eine wehmütige Stimmung zieht sich durch das gesamte Lager. Tausende denken an daheim, Erinnerungen aus frühester Kindheit werden wach. Als alle Kranken und auch die Frauen im Block versorgt sind, zündet Schwester Angela die Kerzen am Weihnachtsbaum an. In fast allen europäischen Sprachen ertönt „Stille Nacht, heilige Nacht", begleitet von Schluchzen und Tränen.

Schwester Angela sucht nach der Hand von Margita. Alle fassen sich an den Händen, blicken sich an und spüren nach langer Zeit, dass das Leben stärker ist als der Tod.

***

Liebfrauenkirche Münster in Westfalen, eine beeindruckende Kirche, eine ruhige, schläfrige Atmosphäre liegt über dem Kirchenplatz. Ein paar Schritte weiter erklärt eine Führerin einer Touristengruppe, dass hier vor dieser Haustüre ein bekannter Fortsetzungskrimi gedreht wird. Auf den Stufen des Hauseingangs sitzen einige Touristen nach einer anstrengenden Stadtbesichtigung. Die Haustüre öffnet sich von innen. Ein großer, junger Mann kommt heraus, erkennt mich sofort. Ein Händedruck und gleich darauf sitzen wir im Wohnzimmer von Pater Rainer Autsch, dem Großneffen von Schwester Angela. Der Kaffeetisch ist bereits mit einem frischen Erdbeerkuchen gedeckt. Pater Autsch sieht meinen fragenden Blick.

„Ja, mein Mitbruder hat ihn heute am Morgen gebacken, ich habe ihn dann mit Erdbeeren belegt."

Ich staune, denn scheinbar schreitet die Emanzipation auch bei jungen Mönchen voran. Nach dem ersten Schluck Kaffee stelle ich meine erste Frage.

„Wie lebt Schwester Angela im Familiengedächtnis weiter?"

Eine kurze Nachdenkpause, dann sagt Pater Rainer Autsch:

„Eigentlich wurde in unserer Familie nicht viel über Schwester Angela gesprochen, trotzdem war sie präsent. In unserer Wohnung hingen Fotos von ihr. Als wir Kinder größer waren, stellten wir die Frage: ‚Wer ist diese Frau? Warum ist sie so komisch angezogen?'. Darauf sagte unsere Mutter: ‚Es ist die Tante eures Papas, Schwester Angela. Sie wurde eingesperrt und ist im Konzentrationslager Auschwitz verstorben.' Die Frage, was ein Konzentrationslager ist, stellten wir damals noch nicht. Die Mutter holte dann einen dicken Ordner, in dem sie alle Zeitungsausschnitte und auch einige Fotos von Schwester Angela gesammelt hatte. Sie war auf den Fotos eine sehr schöne, modisch angezogene junge Frau, denn sie war ja Chefverkäuferin in einer Modefirma. Wir Kinder bohrten weiter und fragten noch einmal nach dem gestreiften Kittel und der Nummer drauf. Mama erzählte dann etwas umständlich von ihrer Verhaftung in Tirol und dem langen Eingesperrtsein."

„Hat Ihr Vater nicht über seine Tante gesprochen?"

„Eigentlich wenig, doch weiß ich, dass mein Großvater Wilhelm der Lieblingsbruder von Mariechen, wie wir sie nannten, war. Meine Familie hat sich in Koblenz niedergelassen, deshalb war der Kontakt zur übrigen Autschfamilie gering. Als mein Vater 2000 starb, war ich 18 Jahre alt. 2002 trat ich ins Noviziat der Pallottiner ein."

„Da würde sich Schwester Angela sehr darüber gefreut haben, denn sie hat sich ja so gewünscht, dass eine ihrer Nichten oder einer ihrer Neffen ins Kloster geht."

„Auch ich habe mich bei meiner Entscheidungsfindung zum Priesterberuf daran erinnert, dass meine Großtante im Kloster in Mötz war."

„Lebt noch jemand aus der Generation Ihres Vaters?"

„Am meisten erinnere ich mich an Tante Liesl und auch deren Bruder Werner lebt noch."

„Interessant, die beiden sind Kinder Gertrudes, der Schwester von Mariechen und ihrem Mann Anton Rabe. Ich glaube, sie wohnten in Elspe."

Pater Autsch muss über meine Kenntnisse seiner Verwandtschaft lächeln.

„Mir ist die Autsch-Verwandtschaft inzwischen sehr vertraut geworden, obwohl ich Sie erst heute aus Ihrer Familie persönlich kennengelernt habe."

Pater Autsch erzählt weiter: „Meine Mama hat am meisten Kontakt mit Franz Autsch, dem Cousin meines Vaters. Er lebt im Sauerland, seine Schwester Renate lebt auch noch."

„Laut Stammbaum ist Franz Autsch 1945 und seine Schwester Renate 1948 geboren."

„Ich rufe nun meine Mutter an, denn sie kann Ihnen vielleicht noch mehr sagen."

Die Mama freut sich hörbar über diesen Anruf. Pater Autsch hat sie bereits vorher über mein Treffen mit ihm informiert. Er schaltet nun das Telefon auf laut, sodass ich mithören kann.

„Mama, wer lebt noch von den Cousinen und Cousins unseres Vaters?"

Eine sympathische Stimme antwortet:

„Es leben noch Franz und Renate, die Kinder vom Franz, Tante Liesl, die Tochter von Gertrude, und ihr Bruder Werner, Magdalena und Gisela, die Kinder vom ältesten Bruder August. Die Frau von Helmut, dem Sohn von Amalia, lebt auch noch.

Lange Zeit hatten wir wenig Kontakt zu den anderen Verwandten."

„Warum nicht?"

„Wissen Sie, die Oma hielt alles unter Verschluss. Erst bei ihrem Begräbnis 1973 begann die Großfamilie wieder nähere Kontakte zu knüpfen."

Warum wohl hat Elisabeth, die Schwägerin von Schwester Angela, die Erinnerung an sie möglichst unter Verschluss gehalten? Diese Frage taucht in mir auf, doch bin ich noch nicht so weit, sie jetzt zu formulieren.

Dafür stelle ich die Frage an Frau Autsch, wie sie Schwester Angela charakterisieren würde. Spontan kommt die Antwort:

„Für mich ist sie eine gute, barmherzige und warmherzige Frau."

Dies bestätigt auch Pater Rainer Autsch, der in seinem Büro ein Bild von Schwester Angela hängen hat. Bevor er das Gespräch mit seiner Mutter beendet, vereinbare ich noch mit ihr, dass wir in Kontakt bleiben.

„Pater Autsch, wie sehen Sie aus heutiger Sicht Ihre Großtante?"

„Schwester Angela macht deutlich, dass es möglich ist, in widrigsten Umständen die Menschlichkeit zu bewahren. Vermutlich hat ihr dabei geholfen, dass sie in Gott verwurzelt war.

Ich arbeite jetzt in einer Gemeinde, in der die Kirche der kleinen heiligen Thérèse von Lisieux geweiht ist."

Wieder schließt sich ein Kreis. Die heilige Thérèse wirkt hinein in die Zeit.

Nach einem Foto mit Pater Rainer Autsch im beschaulichen Klostergarten, einem herzlichen Händedruck mit der Zusage, dass wir in Verbindung bleiben, verabschieden wir uns.

Am nächsten Tag telefoniere ich noch mit Franz Autsch, dem Neffen von Schwester Angela, der im Sauerland wohnt. Er sagt, dass er nicht viel über seine Tante weiß, da er erst 1945 geboren sei. Auch wäre nicht viel über Schwester Angela gesprochen worden, außer dass sie 1945 in Auschwitz verstarb. Außerdem wisse er nicht, warum sie verhaftet wurde. Trotzdem erzählt er mir, dass die Familie seines Vaters sehr arm war. Auf meine Frage, ob er 1990 zur Eröffnung des Seligsprechungsprozesses nach Wien gefahren ist, sagte er:

„Nein, ich hatte keine Zeit, ich hatte so viel Arbeit damals, ein großes Grundstück und dazu noch den Hausbau."

Trotzdem weiß er noch, dass seine Cousinen Mariele, Magdalena und Gisela in Wien waren. Auf die Frage, ob sich jemand von seinen Kindern für das Leben von Schwester Angela interessiert, sagt er noch:

„Ja, eine Tochter."

Ich verspreche ihm, mein Buch über Schwester Angela zu senden, wenn es gedruckt ist.

Ich bin nun doch etwas aufgewühlt, wie unterschiedlich Schwester Angela in diesen beiden Familien weiterlebt. Doch es ist für mich erstaunlich, dass doch noch sechs Nichten und Neffen von Schwester Angela leben, dazu noch zwei angeheiratete Frauen. Ob ich sie alle kennenlernen werde, wenn ich im Sauerland eine Lesung mache?

Ich telefoniere noch mit dem Publizisten Peter Bürger aus dem Sauerland. Er hat unter anderem 2016 einen Internetbeitrag über Schwester Angela veröffentlicht.[67]

Er erzählt mir, dass es rund um den Kreis Finnentrop drei christliche Märtyrer während der Zeit des NS-Terrors gibt.

„Dann ist es ja höchste Zeit, dass Schwester Angela endlich dazukommt", antworte ich ihm.

Er sagt mir, dass er erst kürzlich mit dem Bischof von Paderborn ein Gespräch über Schwester Angela hatte. Er glaubt, dass er nur halbherzig den Seligsprechungsprozess unterstützt.

„Das hat in Tirol der ehemalige Erzbischof von Salzburg, Alois Kothgasser, übernommen. Und übrigens ist Schwester Angela laut Kathpress seit 2018 offiziell verehrungswürdig", antworte ich.

Herr Bürger ist, wie ich, der Meinung, dass die Seligsprechung besonders für die Generation vor dreißig Jahren wichtig gewesen wäre. Auch sage ich zu ihm, dass durch die enge Sicht des Märtyrerbegriffes die Menschen damals um ein großes Stück Hoffnung betrogen wurden. Wir diskutieren noch über den Begriff „heiligmäßig" und sind beide der Meinung, dass es doch genügen müsste, wenn eine Frau oder ein Mann sich in besonderer Weise für das gute Leben einsetzt und so die christliche Botschaft weiterträgt. Am Ende beschließen wir, noch in Verbindung zu bleiben.

Als ich anschließend seinen Bericht betrachte, lacht mir zuerst eine äußerst attraktive Frau auf einem Motorrad entgegen. Sie sitzt auf dem Hintersitz und ist Mariechen. Die Chauffeurin ist sogar eine Frau. Der junge Mann in der Mitte freut sich sichtlich auf die bevorstehende Motorradpartie. Vieles, was Herr Bürger nachgeforscht hat, habe ich bereits in mein Buch aufgenommen. Neu ist mir, dass im Sauerland im Laufe der Jahrzehnte doch einiges über Schwester Angela veröffentlicht wurde.

Umstritten war das Buch von Paul Tigges, „Die Nonne von Auschwitz. Geschichte der Maria Autsch. Erinnerung an 12 dunkle Jahre" im Hans-Herbert Mönnig Verlag 1992. Er hat so wie ich immer wieder die fiktive Erzählweise verwendet. Dies kam bei den Schwestern in Mödling und beim Historiker Pater Dr. J. Levit, Trinitarier in Wien, nicht gut an. Die These von Pater Levit und Schwester Hermine Gitter, dass Schwester Angela allein wegen Verteidigung klösterlichen Eigentums inhaftiert wurde und ihre Äußerungen gegen Hitler niemals so stattgefunden haben, finde ich im Bericht von Peter Bürger wieder. Den letzten Absatz seines Berichtes möchte ich in meinem Buch aufnehmen: „Was nun kirchenamtlich aus diesem ganzen Weg wird, steht noch in den Sternen. Schön wäre es, wenn die jungen Frauen und Männer der alten Heimat Sauerland von Schwester Angela hören und man sich in den Gemeinden lebendig erinnert. Menschen wie diese Nonne von Auschwitz können uns helfen, Wege zu einem guten Leben zu finden und auch einen Schlüssel zur Zukunft der Kirche Südwestfalens, nach dem Ende der katholischen Landschaft."

Am 8. März 1990 reisen etliche SauerländerInnen aus dem Kreis Olpe zur Eröffnung des Seligsprechungsprozesses im Erzbischöflichen Palais in Wien an. Ebenfalls anwesend sind Dr. Margita Schwalbová und Cäcilia Bader-Menzler, zwei Zeitzeuginnen von Schwester Angela.

Frau Cäcilia Bader-Menzler, eine deutsche Krankenschwester, wird 1943 gezwungen, dem SS-Lazarett in Auschwitz ihre Dienste anzubieten. So kam es dazu, dass sie ein halbes Jahr in der Diätküche mit Schwester Angela arbeitete. Sie war auch die Erste, die nach Schwester Angelas Tod den Schwestern in Mötz die traurige Nachricht mitteilte. Am 17. September 1988 schreibt sie unter anderem folgende Zeilen an Schwester Hermine Gitter in Mödling: „Durch Schwester Angelas aufopfernde Hilfsbereitschaft wurde sie mir bald zum Vorbild. Sie half allen, wo sie nur konnte. Es war ein sehr schönes, harmonisches Zusammenarbeiten mit ihr. Nach einiger Zeit erfuhr ich, dass sie Ordensfrau war. Umso mehr hielten wir zusammen. Trotz des Sprechverbots unterhielten wir uns. Sie erzählte viel von ihrem Orden und den Mitschwestern. Wenn ich mich recht entsinne, hat sie über die Zustände im Lager wenig geredet. Sie hat nie geklagt, war stets hilfsbereit und gottergeben. Für mich war sie schon damals eine Heilige. Ihre Augen leuchteten, als wenn sie von einer besseren Welt wäre."[68]

Ebenfalls hat Frau Dr. Margita Schwalbová im Brief vom 11. 12. 1986 an Hermine Gitter die besonderen Fähigkeiten von Schwester Angela beschrieben. Am Ende des Briefes heißt es: „Liebste Frau Gitter, hoffentlich habe ich Ihnen und Ihren Mitschwestern mit meiner Erinnerung geholfen. Es ist ergreifend, dass Sie, obwohl Sie einer Generation angehören, die das KZ nie kannte, so viel Verständnis für die Opfer aufbringen, die diese schreckliche Zeit gefordert hat. So werden die Opfer unvergessen bleiben und vielleicht wird dadurch die Welt menschlicher gestaltet."[69]

Dreiunddreißig Jahre später versuche ich wieder, diese Zeit wachzuhalten.

Rund um die Eröffnung des Seligsprechungsprozesses 1990 war Schwester Hermine Gitter in ihren Nachforschungen unermüdlich. Herrn Multhaupt, einen deutschen Verleger, bittet sie um fünf Belegexemplare, wenn seine Broschüre über Schwester Angela herauskommt. Ebenfalls schreibt sie ihm, dass es neue Zeugenaussagen gibt und er den Ausgang des Seligsprechungsprozesses abwarten möge. Dann wird sie ihm die neuesten Berichte zukommen lassen.

Dr. Dr. Ella Lingens schreibt am 13. Jänner 1989, dass sie beinahe mit Schwester Angela in Auschwitz gearbeitet hätte. Sie wurde im Februar 1943 als Häftling in das Krankenrevier des Frauenlagers Birkenau aufgenommen. Da war Schwester Angela bereits im SS-Lazarett. Beinahe wäre auch Ella Lingens dorthin gekommen, da der Standortarzt Eduard Wirths auch sie für das SS-Lazarett vorgeschlagen hatte. Da im SS-Lazarett auch Frauen arbeiteten, die keine Häftlinge waren, fand man es unmöglich, dass ein Häftling einer freien Schwester Anweisungen hätte geben sollen, was Ella Lingens als Ärztin hätte tun müssen.

Ein reger Briefaustausch entstand zwischen Elisabeth Prégardier aus Oberhausen/Deutschland und den Schwestern in Mödling. Elisabeth Prégardier hatte sich zur Aufgabe gemacht, die politische Geschichte der christlichen Frauen Deutschlands während der NS-Zeit aufzuarbeiten. Dabei stieß sie auf die Broschüre der Trinitarierinnen über Schwester Angela: „In Liebe sucht dich unser Herz“. Sie bat um weitere Unterlagen für ein Buchprojekt von ihr. Ebenfalls nahm Frau Prégardier Kontakt mit Margita Schwalbová auf, denn es war ihr wichtig, dass möglichst viele Zeugnisse und Berichte von Frauen aus dem früheren Ostblock, die im KZ Ravensbrück waren, gesammelt und veröffentlicht werden. Sie schreibt unter anderem Folgendes:

„Die Nichtbeachtung der Zeugnisse der christlichen Frauen in Ravensbrück gilt auch für die große Zahl der polnischen Frauen, die zeitweise ein Drittel der Häftlinge ausmachten. Ich bin jetzt in Kontakt mit Gruppen der Lagergemeinschaft ehemaliger polnischer Häftlinge in Ravensbrück, deren Schriften bis heute nicht ins Deutsche übersetzt worden sind. Generell geht es mir um die Zeugnisse von Frauen aller politischen Richtungen und Weltanschauungen, die in den Konzentrationslagern und Gefängnissen waren.“[70]

In Brief vom 7. November 1992 nimmt Frau Prégardier zur aktuellen Lage in Deutschland Stellung. Sie schreibt. „Viele Menschen in Deutschland sind sehr bestürzt über die Ausschreitungen gegenüber den Asylwerbern, die Schändung der Gedenkstätten und der jüdischen Friedhöfe. Was steckt in den jungen Menschen, dass sie sich solche Objekte für ihre Randale aussuchen? Was haben die Erwachsenen eigentlich weitergegeben an Erfahrungen aus der Geschichte?"[71]

Ende Januar 1993 kann Frau Prégardier Frau Dr. Schwalbová endlich berichten, dass ihr Buch „Erloschene Augen", das bereits 1949 auf Tschechisch erschienen war, nun auf Deutsch publiziert werden wird. Sie fügt noch hinzu: „Da Schwester Angela aus dem Erzbistum Paderborn stammt, ist es für die Kirche wichtig, das ganze Umfeld besser kennenzulernen, in dem Schwester Angela in Auschwitz gelebt hat. Darüber hinaus ist es wichtig, die Gesamtfrage Auschwitz in die Bildungsarbeit einzubeziehen, da nachgeborene Generationen zu diesem historischen Faktum neue Zugänge erhalten müssen. Auschwitz ist unfaßbar! Dennoch sollten wir versuchen, aus dem Blickpunkt der Überlebenden einen Standort zu den vielen Fragen zu bekommen, die sich den LeserInnen und BesucherInnen von Auschwitz stellen."[72]

Im Brief an Schwester Hermine gibt Elisabeth Prégardier zu bedenken: „Das Buch von Frau Dr. Schwalbová hat natürlich in sich seine Bedeutung als Zeugnis über Auschwitz. Doch als Kronzeugin für den Prozess wird Frau Dr. Schwalbová in eine besondere Nähe zu Schwester Angela gerückt. In dem Vorgespräch mit Dr. Stork hatten wir erwogen, den Erzbischof von Paderborn um ein Geleitwort zu der ins Auge gefassten Publikation ‚Erloschene Augen' zu bitten. Frau Dr. Schwalbová darf aber auf keinen Fall den Eindruck der Vereinnahmung bekommen."[73]

Von der Eröffnung des Seligsprechungsprozesses berichteten Zeitungen aus Österreich und dem Sauerland. So schreibt die „Presse“ am 10./11. März 1990 ein wenig merkwürdig unter Bildern von Angela Autsch: „Drei erkennungsdienstliche Fotographien des weiblichen Häftlings Nr. 512, im KZ Auschwitz im Frühjahr 1942 aufgenommen, zeigen ein lächelndes Gesicht, die Augen blicken gelassen in die Kamera.“

Die Olper Kreis-Zeitung vom 3. April 1992 berichtet: „Papst entscheidet über den Engel von Auschwitz [...] insgesamt 29 Zeugen wurden in der Zwischenzeit vernommen. Den Trinitarierschwestern im österreichischen Mödling und dem Historiker Pater Levit gelang es, Menschen zu finden, die sie im Kreis Olpe aus ihrer Kindheit und Jugend kannten, sowie Zeitzeugen, die mit ihr in den Konzentrationslagern zusammen waren. Alle waren beeindruckt, mit welcher Liebe die Zeugen über sie berichteten [...] Das Angebot, sich durch den Austritt aus dem Orden die Freiheit zu erkaufen, lehnte sie entschieden ab. [...] Als Engel von Auschwitz ging die Sauerländerin in die Geschichte ein [...] Die Entscheidung, ob der Engel von Auschwitz, wie die Mithäftlinge sie nannten, seliggesprochen wird, trifft Papst Johannes Paul II.“

Jetzt, 27 Jahre später, ist Papst Franziskus an der Reihe, Schwester Angela seligzusprechen.

Im Januar 1943 tobt an allen Fronten der Krieg. Von Russland hört man nur ein Wort und das heißt „Stalingrad“. Am 8. Januar 1943 lehnt General Friedrich Paulus trotz der aussichtslosen Lage die Aufforderung der sowjetischen Seite zur Kapitulation der in Stalingrad eingekesselten 6. Armee ab. Daraufhin beginnt die Rote Armee mit einer Großoffensive. Die deutsche Armee wird in einen Süd- und einen Nordkessel aufgespalten. Ende Januar kapituliert in Stalingrad die 6. Armee im Südkessel, drei Tage später im Nordkessel. Unzählige Tote, 90.000 Soldaten gehen in russische Gefangenschaft.

Es ist der Anfang vom Ende einer Schreckensherrschaft.

Ob solche Informationen bis nach Auschwitz dringen, oder gar bis ins Krankenrevier, in dem Schwester Angela Dienst macht? Vielleicht hört sie sogar aus der Gerüchteküche, dass es in Ostpolens Wäldern Todesfabriken, wie Belzec, Sobibor und Treblinka gibt, wo auf geringsten Flächen zwischen 1943 und 1944 rund 1,7 Millionen Menschen vergast werden. Es ist kaum vorstellbar, dass die Größe eines dieser Lager nur 300 mal 300 Meter beträgt. Vom Warschauer Ghetto kommen täglich 6000 Juden an, die sofort vergast werden. Oder hat sich gar ein Überlebender aus Sobibor nach Auschwitz verirrt und erzählt, dass einmal 3000 holländische Juden ankamen und nach der Begrüßungsrede eines deutschen Offiziers „Bravo" riefen, weil er sich für ihre lange, beschwerliche Reise entschuldigt hatte und sie dann bat, sich aus hygienischen Gründen zu duschen, und die Juden ahnungslos in die Gaskammern gingen und knapp danach tot waren?

Ein jüdischer Häftling, den die SS zur Teilnahme an diesem Massenmord zwang, konnte am Abend dieses Tages nicht fassen, was passiert war. Er dachte sich, „was es doch für eine schöne Nacht wäre, mit all den Sternen und so still. 3000 Menschen waren gestorben und nichts war passiert. Die Sterne standen immer noch an derselben Stelle."[74]

Vermutlich aber ist es für Schwester Angela erschreckend genug, was sich in ihrer nächsten Umgebung abspielt.

***

Anfang Januar 1943 setzt sich Schwester Angela in eine stille Ecke und schreibt an die Oberin und ihre Mitschwestern in Mötz. Immer noch wünscht sie allen ein frohes, gesundes und segensreiches neues Jahr und bedankt sich bereits im Voraus für die zwei Pakete, die in der Weihnachtspost von den Schwestern angekündigt wurden. Sie fragt wieder nach, ob der „Onkel" [Adolf Hitler] in Berlin sich wegen der Freilassung von „Gela" schon gemeldet hätte. Auch lässt sie das erste Mal durchklingen, dass das „Cillerl" wieder einmal krank war, da ihr Herz ein bisschen „klapperich" ist. Die Sorge um ihren Neffen Erich an der Front ist sehr groß. Auch wünscht sie sich, ihre kleinen Nichten und Neffen doch noch einmal sehen zu können.

In der Postkarte vom 23. Jänner 1943 informiert sie die Schwestern in Mötz, dass das zweite Weihnachtspaket nicht angekommen ist. Ebenfalls schreibt sie, dass, falls das Porto zu hoch sei, die Schwestern nichts mehr schicken sollen, da sie genug Brot zur Verfügung hat.

Eines Morgens kommt eine Rotkreuzschwester in die Diätküche. Schwester Angela begrüßt sie freundlich und sagt, dass sie Maria heißt. Die Frau antwortet: „Ich bin Frau Cäcilia Bader-Menzler." Ganz leise flüstert sie noch:

„Ich wurde gezwungen, hier meine Dienste anzubieten. Was ist das nur für ein widerwärtiger Geruch, der über diesem Lager liegt?"

Maria schaut sie mit traurigen Augen an und sagt leise:

„Es ist der Tod, der durch alle Ritzen dringt."

Ohne viel Worte sind beide gleich Verbündete.

Bis zum Sommer 1943 sind bereits vier Krematorien mit angeschlossenen Gaskammern in Auschwitz in Betrieb. Frau Bader-Menzler erfährt von einer französischen Jüdin, die durch glückliche Umstände den ersten französischen Transport von Frauen und Kindern 1942 nach Auschwitz überlebt hat, dass 400 Kinder bereits in Frankreich von ihren Müttern getrennt wurden und alleine nach Auschwitz transportiert und hier gleich vergast wurden. Mancher Mutter gelang es noch vor dem Aufladen auf Lastautos, die zum Zug fuhren, ihr Kind wegzuschicken, damit es untertauchen und bei einer französischen Familie überleben konnte. Als die 700 Frauen in Auschwitz ankamen, waren ihre Kinder bereits tot.

Ab 1943 werden Männer, Frauen und Kinder erst nach ihrer Ankunft in Auschwitz auseinandergerissen, was zu unbeschreiblichen Szenen der Kinder beim Aufladen auf Lastautos geführt hat, wie ein 21-jähriger SS-Mann nach dem Krieg bestätigt.

Frau Bader-Menzler kommt nach ihrem Gespräch mit der französischen Jüdin zu Schwester Angela in die Diätküche und erzählt ihr von den französischen Kindern. Sie fragt:

„Maria, haben Sie auch schon solch schreckliche Berichte gehört?“

„Ja, meistens in den Fieberträumen der Schwerstkranken. Wir können diesen Menschen nur im Kleinen beistehen.“

Maria, wie alle Schwester Angela nennen, kocht mit Cäcilia Bader-Menzler einige Monate für ca. 3000 Personen auf einem zweiflammigen Elektrokocher das Essen. Wenn Frau Bader-Menzler an ihrem freien Sonntag in die Kirche gehen kann, da sie keine Gefangene ist, sagt Schwester Angela zu ihr:

„Cäcilia, schließ mich und alle Gefangenen hier im Lager mit ins Gebet ein.“

„Ja, Maria, wir alle brauchen zum Durchhalten den Segen."

Aus der Gerüchteküche kommen auch skurrile Informationen an Cäcilia und Maria. Eine Baracke heißt nämlich „Kanada", in der zahlreiche Häftlinge, vor allem Ostjüdinnen, die Kleidung, Wertgegenstände, Schmuck, Geld, Lebensmittel und alles, was den Juden, ehe sie ins Gas kommen, abgenommen wird, sortieren müssen. Obwohl dies alles offiziell dem Deutschen Reich gehört und es verboten ist, etwas zu stehlen, sieht die Realität ganz anders aus. Die Mädchen können sich wenigstens satt essen, viele SS-Angehörige bereichern sich und „Kanada" wird zu einem Umschlagplatz für alles, was das Herz begehrt. Dort zu arbeiten, ist für die gefangenen Mädchen ein Privileg, denn sie können ihre Haare behalten und sich regelmäßig duschen. Obwohl es strengstens untersagt ist, sich mit Jüdinnen einzulassen, machen sich SS-Männer an die Mädchen heran. Es kommt auch zu Vergewaltigungen und manchmal auch zu einer Liebesgeschichte.

Weiters wird erzählt, dass es in Auschwitz sogar ein Schwimmbad gibt. Es ist ein Löschwasserbecken, über dem Feuerwehrleute ein Sprungbrett errichtet haben und in dem ausgewählte Häftlinge baden dürfen. Als Schwester Angela von Cäcilia Bader-Menzler erfährt, dass sogar ein Bordell gebaut wird, schüttelt sie nur den Kopf.

Heinrich Himmler, der für die sogenannte „Endlösung" der Judenfrage zuständig ist, besucht im Frühjahr 1942 Auschwitz. Er ist über die Komplexität dieser „Musteranlage" hocherfreut. Später werden Holocaustleugner genau auf diese menschlichen Annehmlichkeiten hinweisen und so versuchen, dieses ausgeklügelte System herunterzuspielen.

Nach den Berichten aus dem Lager konzentriert sich Schwester Angela wieder ganz auf ihre konkrete Arbeit in der Diätküche und im Krankenrevier. In ihren Briefen im Frühsommer 1943 erkundigt sie sich nach ihrer Familie und den Schwestern in Mötz. Ganz nebenbei fragt sie nach, ob Onkel Bernhard, dies ist der Pater, der sich für ihre Freilassung einsetzt, und ihr Schwager Josef wieder einmal an sie denken. Die Hoffnung auf Freilassung ist immer noch sehr groß. Inzwischen mussten zwei weitere Neffen von ihr einrücken. Sie ist um sie sehr besorgt und ist froh, dass ihr ältester Neffe Erich noch lebt. Dass das „Großmuttchen" in Valencia schwer erkrankt ist, macht ihr ebenfalls Sorgen. In ihren Briefen kommt auch immer wieder die Managerin durch. Sie bittet die Oberin für Mai und Juni um jeweils 50 Reichsmark, da sie das Geld Kranken zukommen lassen möchte. Auch sollten die Schwestern ihrer Schwester Elisabeth 100 Reichsmark schicken, weil deren Mann Toni schwer erkrankt ist. Für sich benötigt sie keine Pakete mehr. Sie wünscht sich, dass die Oberin Michaela Roth gesund bleibt, sowie ihr Papa und alle, alle in der Heimat.

Anfang Mai 1943 sagt Schwester Angela im Krankenrevier zu Dr. Margita Schwalbová:

„Margita, ich glaube, dass wir getrennt werden. Der Stationsarzt hat angedeutet, dass ich einer anderen Arbeit zugeteilt werde."

„Maria, das stimmt mich sehr traurig. Durch dein Dasein hast du es mir erleichtert, mit diesen schrecklichen Zuständen fertig zu werden. Hoffentlich bekommst du eine leichtere Arbeit zugeteilt. Du weißt ja, dass dein Herz schwach ist. Im vergangenen Winter warst du wieder sehr krank."

„Ja, alles wie Gott will", antwortet Maria.

Margita Schwalbová muss einmal tief durchatmen. Ihr, als Atheistin, ist diese Gottergebenheit manchmal fast ein bisschen zu viel. Doch sie weiß, dass Maria damit ernst ist und sie nur so all das Schwere ertragen kann. Sie sagt zu Maria:

„Bevor du von hier gehen musst, sage es mir bitte."

Schnell verdrückt sie ihre Tränen und geht zur nächsten Schwerkranken.

Ein paar Tage später wird Schwester Angela zum Vizelagerkommandanten zitiert. Als sie vor ihm steht, zittern ihr die Knie. „Wenigstens bin ich nicht nackt", denkt sie sich und ein Anflug eines Lächelns spielt um ihre Lippen. Der hohe Offizier ist etwas irritiert und fragt Schwester Angela:

„Warum lächeln Sie?"

Darauf die schlagfertige Antwort:

„Ich musste daran denken, dass ich bereits zweimal nackt vor höheren SS-Offizieren stehen musste."

Der Offizier zieht die Augenbrauen hoch, dann sagt er:

„Ich habe gehört, dass Sie eine arische Nonne sind. Sie werden ab morgen im SS-Lazarett arbeiten. Sie sind dort für die Diätküche verantwortlich."

Etwas spöttisch fügt er hinzu:

„Als Nonne kann ich von Ihnen Loyalität gegenüber allen Kranken erwarten. Dies verlangt doch Ihr höchster Chef, oder?"

Schwester Angela nickt und sagt leise:

„Meine eigentliche Aufgabe ist, Gefangene zu betreuen. Doch irgendwie passt dies ja zusammen."

Der Offizier wundert sich über diese eigenartigen Worte der Nonne und sagt noch:

„Ich verlange oberste Loyalität bei Ihrer neuen Aufgabe und absolute Verschwiegenheit, ansonsten …"

Weiter spricht er nicht, doch Schwester Angela weiß, was er damit meint, denn ununterbrochen steigt von den Krematorien Rauch auf.

Beim Rückweg ins Krankenrevier sieht Schwester Angela in der Ferne Güterzüge voller Menschen ankommen. Ein Schmerz zuckt durch und durch. „Gott im Himmel steh ihnen bei und lass die Qualen nicht zu lange dauern.“

Bei seinem Besuch im Frühjahr 1942 läßt sich Himmler von seinen Untergebenen den Großteil des Lagerkomplexes genau zeigen, die Arbeitseinsätze, die unzureichende Versorgung der Gefangenen mit Lebensmitteln, die katastrophalen hygienischen Bedingungen, die Gefangenenappelle und natürlich auch den Vernichtungsprozess. Alles ohne irgendeine Gefühlsregung. Alles verläuft größtenteils zu seiner Zufriedenheit. In Auschwitz wird der Massenmord nüchtern und systematisch geplant und industriell umgesetzt. In Auschwitz lassen sich Zwangsarbeit und Vernichtung perfekt vereinbaren, so die Erkenntnis von Himmler bei seiner Visitation.

Auschwitzforscher gehen davon aus, dass das Deutsche Reich durch den Verkauf von Zwangsarbeitern aus Auschwitz an Privatunternehmen ungefähr 30 Millionen Reichsmark Reingewinn hatte.

Auch wenn Schwester Angela dieses industrielle Ausmaß der Vernichtungsmaschinerie noch nicht bekannt ist, kommt sie tieftraurig ins Krankenrevier zurück. Dort trifft sie Margita Schwalbová und sagt:

„Margita, wir müssen Abschied nehmen. Ich werde ins Lazarett der SS überstellt. Dort bin ich ebenfalls für die Diätküche verantwortlich.“

„Maria, pass auf dich auf. Ich danke dir für all deine Liebe, die du mir und den Kranken geschenkt hast. Wenn es eine Gottheit gibt, sei sie mit dir. Durch dich bekomme ich Hoffnung, dass es Gott gibt.“

„Margita, durch deinen Einsatz für all die Menschen hier lebst du die christliche Nächstenliebe. Vielleicht sehen wir uns noch einmal. Wir lassen uns gegenseitig immer wieder durch Gefangene grüßen. Auch wird diese Schreckensherrschaft bald ein Ende haben."

Es schüttelt sie am ganzen Leib, als sie in die Diätküche zurückkommt.

„Maria, was ist los?", fragt sie Cäcilia Bader-Menzler.

„Ab morgen bin ich im Lazarett der SS. Ich muss dort wieder die Diätküche übernehmen und bei der Pflege der kranken SS-Männer behilflich sein."

„Was musst du?", fragt Cäcilia erstaunt.

„Auch wenn die SS-Männer sozusagen meine Feinde sind, muss ich alle, die krank sind, pflegen. Ich weiß nicht, warum sie gerade mich ausgewählt haben."

„Ich glaube, weil sie wissen, dass für dich alle Menschen gleich viel wert sind."

„Glaubst du dies wirklich, Cäcilia? Ich muss erst sehen, wie ich damit umgehen kann."

Schwester Angela geht noch einmal ins Krankenrevier. Wie beim ersten Mal vor vierzehn Monaten kommt ihr der Gestank von Eiter und Kot entgegen.

„Wie viele Menschen sind in der Zwischenzeit hier verstorben?" Sie wischt den Kranken und Sterbenden den Schweiß von der Stirn, flößt ihnen etwas Wasser ein, tröstet die Verzweifelten und spricht ein letztes Gebet für die Toten.

Heute sieht sie wieder einmal ganz besonders die Zustände in diesem Krankenrevier. Fast hätte sie sich daran gewöhnt. Weinend verlässt sie diesen Ort des Elends. Sie verabschiedet sich noch bei Cäcilia. Diese sagt:

„Soeben war ein SS-Offizier hier. Ich muss ab morgen deine Stelle hier übernehmen. Ich komme dich besuchen."

Beide umarmen einander. Dann packt Schwester Angela ihre Habseligkeiten zusammen, nimmt ihre Schwesternschürze vom Haken und geht in ihre Baracke zurück.

Schwester Angela betritt ihre letzte Arbeitsstelle, das SS-Lazarett in Auschwitz. Der Stationsarzt nimmt sie in Empfang. Es ist ihm nicht anzusehen, bei wie vielen Selektionen an der Rampe der Gaskammern er bereits über Leben und Tod entschieden hat. Zu Schwester Angela ist er freundlich und sagt:

„Ab jetzt werden Sie hier die Diätküche übernehmen und bei der Verteilung des Essens mithelfen. Sie wissen schon, dass Sie zu oberster Loyalität und Verschwiegenheit verpflichtet sind. Am Morgen, wenn Sie von Ihrer Baracke kommen, ist Duschen Pflicht. Heil Hitler!"

Schwester Angela nickt und murmelt: „Heil Hitler".

Sie geht in die Diätküche und ist von ihrer Ausstattung überrascht. Sie bindet sich ihre Schürze um, begrüßt die anwesenden Frauen und hilft ihnen bei der Zubereitung des Mittagessens. Als sie in die Vorratskammer kommt, ist sie erstaunt, wie reichhaltig Lebensmittel hier vorhanden sind. Bei der Verteilung des Essens betritt sie das erste Mal das Lazarett. In Reih und Glied stehen die Krankenpritschen nebeneinander. Auch hat jeder Kranke ein Ablagebrett. Die Decken sind sauber und sogar ein Kopfpolster samt Überzug steht jedem Kranken zur Verfügung. Zum Großteil jüngere Männer warten auf das Mittagessen.

„Ah, da haben wir ja eine Neue! Woher kommen Sie denn?", fragt sie ein Kranker.

„Ursprünglich komme ich aus Heinsberg im Sauerland. 1933 ging ich nach Tirol."

„Was, aus Heinsberg sind Sie? Da wohnten wir ja gar nicht weit auseinander, denn ich komme aus Mülheim-Möhne."

Der kranke SS-Mann reicht ihr die Hand und sagt:

„Heil Hitler, Landsmännin!"

Schwester Angela ist so verlegen, dass ihr ein „Grüß Gott" herausrutscht.

„Macht auch nichts, wir sind ja unter uns."

Schwester Angela stellt ihrem Landsmann den Eintopf hin und geht zum nächsten Kranken.

Diese Begegnung hängt ihr den ganzen Tag nach und sie muss sich eingestehen, dass ihr das Herz anfing zu klopfen, als er sie so freundlich angeredet hat. Wehmut und Heimweh sind in ihr hochgestiegen. Auch muss sie erst verarbeiten, dass diese Männer Nationalsozialisten sind und dem Regime dienen und auch, dass sie meist brutal mit den Gefangenen umgehen. Oder haben sie sogar etwas mit den rauchenden Schloten in der Ferne zu tun? Sie nimmt sich vor, von ihrem Landsmann Abstand zu halten.

Schwester Angela gewöhnt sich rasch an ihre neue Arbeit. In kürzester Zeit wird ihr die Leitung der Diätküche übertragen. Die kranken SS-Männer sind größtenteils freundlich zu ihr und loben sie für das gute Essen. Doch Schwester Angela bleibt hellhörig. Sie weiß, dass sie nun mitten im System lebt und auf der Hut sein muss. Eines Abends belauscht sie ein Gespräch zwischen einem SS-Aufseher des Lazaretts und einem Offizier. Der Aufseher sagt gerade:

„Ich habe den Zuständigen vom Weißen Haus heute sofort weggebracht."

„Das haben Sie gut gemacht", antwortet der Offizier. Weiters sagt er: „Es ist zu überlegen, wie wir grundsätzlich mit Fällen wie diesen umgehen, denn unsere schwierige Aufgabe hier muss weitergehen."

Bei Schwester Angela meldet sich ihr krankes Herz, als sie diese Worte hört.

Der Aufseher spricht weiter:

„Der Zuständige vom Weißen Haus hat vor allem durchgedreht, weil er nicht versteht, warum es auch bei den Kindern sein muss. Ich habe ihm gesagt, dass er darauf stolz sein kann, dass wir trotz allem anständig geblieben sind."

„Der Arzt soll ihn jetzt mit Medikamenten dämpfen. Wenn er sich nicht beruhigt, muss er an die Front zurück. Ich werde mit dem Arzt sprechen. Gehen Sie jetzt. Heil Hitler!"

„Danke, Herr Offizier, danke. Heil Hitler!"

Als der Aufseher hinter dem Vorhang herauskommt, kann sich Schwester Angela gerade noch hinter einem Kasten verstecken. Nun hat sie Gewissheit, dass die Gerüchte über die Gaskammern stimmen müssen. Sie ist zutiefst erschüttert und macht ihre Arbeit, halb weggetreten, fertig. Am Abend sucht sie sich in der Baracke, in der sie schläft, eine stille Ecke und meditiert den steilen Weg hinauf zum Locherboden, kniet sich in Gedanken vor das Bild der Gnadenmutter und flüstert: „Bitte hilf, dass dieser Schrecken bald ein Ende nimmt."

In ihrem Augustbrief kommt wieder einmal besonders ihre Begabung der Verschleierung zum Vorschein, wenn sie schreibt: „Wenn Dr. Lampert auf seinen Urlaub verzichtet, dann wird es auch Cillerl müssen. Sie war ja auch den ganzen Winter sehr krank und ist jetzt Gott sei Dank wieder ganz auf ihrem Posten. Es ist ja auch eine schöne Aufgabe, in einem Lazarett unseren kranken Soldaten zu helfen."

Sie entbietet dem „Mutterl" zu ihrem 50. Geburtstag ihre von Herzen kommenden Glück- und Segenswünsche und erkundigt sich nach ihren männlichen Familienangehörigen, die an der

Front sind. Sie ist auch um ihre schwerkranke Schwester Amalia besorgt.[75]

Im Septemberbrief erkundigt sich Schwester Angela nach den zwei Familien, die zu ihrer Verhaftung beigetragen haben.

Schwester Angela findet in einem Papierkorb im Lazarett einen Zeitungsausschnitt. Sie liest, dass die Rote Armee immer weiter nach Westen vorrückt und eine große Schlacht um Kiew in der Ukraine im Gang ist. Auch wenn die Kriegspropaganda immer noch den Endsieg beschwört, hört sie im Lazarett die SS-Männer über eine dringende Kapitulation sprechen.

Anfang Dezember 1943 schreibt Schwester Angela wieder einen Weihnachtsbrief nach Mötz. Mit Wehmut erwähnt sie, dass sie bereits das vierte Weihnachten nicht im Klösterle sein kann. Verschlüsselt erzählt sie, dass das „Cillerl" nach der schweren Krankheit nun doch wieder 60 Kilo wiegt. Sie schreibt, dass die Gela zwar nicht zum „Muttchen" kommen kann, sondern zu ihrem Bruder August ins Sauerland gehen wird. Sie hofft darauf, dass das kommende Jahr sie wieder alle vereinen wird. Zum Schluss bittet sie das „Mütterlein", ihre Oberin, der Gela kein Weihnachtspaket zu senden, denn sie habe von allem genug.

Schwester Angela steckt diesen Brief ins Kuvert und gibt ihn bei der Zensurstelle ab. Auf dem Rückweg begegnet sie ihrem Sauerländer Landsmann in Uniform und Stiefeln. Er ist erfreut, Schwester Angela zu sehen, und sagt:

„Maria, schreib noch einen Weihnachtsbrief. Ich habe ab 12. 12. für drei Wochen Heimaturlaub. Da kann ich dir den Brief für deine Familie mitnehmen und persönlich abgeben."

Schwester Angela errötet. Für den Bruchteil einer Sekunde ist sie im Zweifel, ob sie dem SS-Mann wirklich vertrauen kann. Sie blickt ihm direkt in seine Augen und sieht, dass er es ernst meint, und sagt:

„Ich danke dir sehr dafür, denn seit mehr als drei Jahren kann ich mit meiner Familie nicht mehr direkt in Kontakt treten. So ist dies ein wunderbares Weihnachtsgeschenk für mich."

„Am 12. 12. abends komme ich noch einmal vorbei und hole den Brief. Doch müssen wir gut aufpassen, dass es niemand sieht. Heil Hitler!"

Rasch streckt er seinen Arm aus und sagt noch einmal sehr betont „Heil Hitler", da er einen anderen SS-Aufseher auf sich zukommen sieht.

Schwester Angela antwortet ebenfalls mit „Heil Hitler". Um ihren Mund spielt ein leises Lächeln.

In den darauffolgenden Tagen ist im Lazarett der SS sehr viel los. Manche möchten unbedingt zu einem Genesungsurlaub über Weihnachten nach Hause fahren. Schwester Angela kocht jeden zweiten Tag mit ihren Helferinnen große Töpfe mit Hühnersuppe und schneidet das gekochte Hühnerfleisch hinein. Die kranken SS-Männer sind froh darüber. So mancher macht auch einen Witz und fragt, ob sie die Männer für die Weihnachtspotenz daheim „aufpäppeln" will. Da Schwester Angela mit drei Brüdern aufgewachsen ist, ist sie nicht um eine schlagfertige Antwort verlegen. Es gibt öfters wegen ihrer Unkompliziertheit im Krankenlager Gelächter. Der Zeichner Alexander Handl fertigt eigens als Weihnachtsgeschenk für sie folgende Zeichnung an:

Angela du Perle vom Lazarett
kochst doch so würzig, geschmakvoll, und fett
gibst den Patienten Vitamin drei -
denn „Arbeit macht frei."

Dieser Text entbehrt nicht eines gewissen Zynismus, denn der Satz „Arbeit macht frei" steht auch am Eingang des Konzentrationslagers in Auschwitz, wo die Verbindung von Arbeitslager und Vernichtungslager am perfektesten umgesetzt wurde.[76]
Die Schwestern in Mödling haben später die Textzeile „gibt den Patienten Vitamin drei" folgendermaßen ausgelegt:

Der Text weist mit den Worten „Vitamin drei", wie wir vermuten, auf den Dreieinigen Gott hin. In Einheit mit ihm macht der Dienst an den Menschen tatsächlich frei. Denn die äußere Gefangenschaft kann die Seele nicht erreichen.

Diese Zeichnung und noch einige Bilder von Alexander Handl nimmt Franz Budeus mit dem Weihnachtsbrief 1943 mit und bringt alles den Verwandten ins Sauerland.

Draußen fällt Schnee. Schwester Angela beginnt mit ihren Helferinnen das Weihnachtsfest im SS-Lazarett vorzubereiten. Ein höherer Offizier bringt persönlich einen Weihnachtsbaum und sagt zu Schwester Angela:

„Kochen Sie ein ordentliches Weihnachtsessen für unsere kranken Aufseher. Jeder soll auch ein kleines Paket erhalten. Dafür werden Ihnen Kleinigkeiten zur Verfügung gestellt."

Er fügt noch hinzu:

„Ich habe gehört, dass Sie die Leitung in der Diätküche sehr gut machen. Heil Hitler!"

Schwester Angela erwidert den Gruß und denkt sich wie immer, dass alles Heil von Gott kommt.

Am Heiligen Abend ist im SS-Lazarett eine eigene Stimmung, denn auch die hartgesottensten SS-Männer holt das Heimweh ein. Ebenfalls bedrängen so manchen Bilder von vollgepferchten Viehwaggons, die täglich in Auschwitz ankommen, und von tausenden Menschen, die sich täglich in Rauch auflösen. Weihnachten ist eben Weihnachten, auch in Auschwitz im fünften Kriegswinter.

Dieses Mal werden die Kerzen am Weihnachtsbaum direkt im Krankenlazarett entzündet. „Stille Nacht, Heilige Nacht" tönt es lautstark aus den Kehlen der SS-Männer. Schwester Angela und vielen diensthabenden Gefangenen läuft es kalt über den Rücken, denn das „Alles schläft, einsam wacht nur das traute, hochheilige Paar" hört sich an wie Hohn in der wirklichen Hölle von Auschwitz. Trotzdem kommen auch vielen SS-Männern bei diesem Lied die Tränen. Ein Offizier hält über die Tapferkeit der Soldaten an der Front eine Rede und beruhigt die Anwesenden, indem er sagt, dass auch hier in Auschwitz alle nur ihre Pflicht erfüllen. Sein Beschwören des Endsieges klingt nicht sehr überzeugend. Die Niederlage von Stalingrad und das Heranrücken der Roten Armee lassen seine Stimme brüchig werden.

Nach dem Verteilen des Weihnachtsessens zieht sich Schwester Angela mit ihren Helferinnen in die Küche zurück. Sie zündet die Kerzen an einem kleinen Weihnachtsbaum, den sie ergattert hat, an. Alle singen gemeinsam in ihren unterschiedlichen Sprachen, oft mit erstickten Stimmen, „Stille Nacht".

Zwischen Weihnachten und Neujahr will Schwester Angela unbedingt Margita Schwalbová im Krankenrevier besuchen. Am Silvesterabend stopft sie alles, was sie tragen kann, in eine große Tasche und versteckt sie hinter ihrem Schultertuch. Sie geht bei der Hintertür des SS-Lazaretts hinaus. Ein kalter Schneewind kommt ihr entgegen. Sie grüßt die SS-Aufseher, die ihr begegnen, freundlich und hofft, dass sich niemand nach ihrem Weg erkundigt. Nach einer Viertelstunde klopft sie bei der Hintertür des Arbeitsraums im Krankenrevier. Margita Schwalbová öffnet die Türe. Beide fallen sich in die Arme.

„Maria, was hast du bloß hierhergeschleppt. Du weißt doch, dass du auf dein krankes Herz aufpassen musst. Wie freue ich mich, dich zu sehen!“, sagt Margita.

„Ich habe Kekse, Tee, Zitronen, Zucker, Zigaretten und sonst noch einige gute Sachen mitgebracht. Bei uns gibt es alles im Überfluss. Margita, du gehst mir so ab. Wie geht es dir?“

„Bei uns ist immer dasselbe los. Täglich kommen Frauen, die im Freien arbeiten müssen, mit erfrorenen Händen und Zehen zu uns. Es ist menschenunwürdig, was wir zu sehen bekommen. Auch wird gemunkelt, dass vermehrt mit den Zügen ungarische Juden kommen. Was mit ihnen passiert, wird nur hinter vorgehaltener Hand geflüstert.“

„Der Krieg muss doch bald ein Ende haben, Margita. Dann werden auch wir hoffentlich befreit.“

„Maria, wir wünschen uns, dass im neuen Jahr endlich Friede wird.“

Ganz leise fügt sie noch hinzu: „und dass keine Züge mehr nach Auschwitz kommen.“

Erst im Nachhinein wird Dr. Margita Schwalbová, die Auschwitz überlebt hat, erfahren, dass im Jahr 1944 das Morden in Auschwitz seinen Höhepunkt erreicht. Allein bis Anfang Juli 1944 sind 440.000 ungarische Juden in Auschwitz eingetroffen, die fast alle gleich nach ihrer Ankunft vergast wurden.

Am 1. Januar 1944 schreibt Schwester Angela an ihr „liebteures, hochgeschätztes Muttchen, an ihre Lieben und alle“. Sie bedankt sich für all die Stunden, die ihr die Schwestern durch die vielen

Briefe, die sie geschrieben haben, schenkten. Immer noch sorgt sie sich um die Gesundheit der Oberin, die sie „liebes Mütterlein" nennt. Verschlüsselt schreibt sie, dass die „Gela" wieder sehr krank war. Sie erkundigt sich nach ihrem Bruder Franz und den Brüdern des Zisterzienserstiftes Stams Thomas und Fiedel. Auch bedauert sie, dass Innsbruck bombardiert wurde. Zum Schluss wünscht sie sich eine Ansichtskarte von Mötz und von Heinsberg.

Das Heimweh drückt auf ihr krankes Herz. Dies ist im Februarbrief zu spüren, wenn sie schreibt, dass sie immer an die Kinder ihrer älteren Schwester Elisabeth denken muss. Der jüngsten Nichte Melanie, die inzwischen 10 Jahre alt geworden ist, möchte sie ihre gelb-beigen Halbschuhe, die in Mötz sind, schenken. Auch haben ihr tüchtige SS-Ärzte Hoffnung auf Erholung im Frühjahr im Sauerland gemacht: „Ja, die liebe Sonne soll doch noch für Gela scheinen."

Wie schon öfters macht sie sich Sorgen um Dr. Lampert, den früheren Provikar der Apostolischen Administratur Innsbruck-Feldkirch, der wieder interniert wurde. Immer wieder betont sie bei ihren Grüßen, dass sie in Gedanken immer daheim ist.

In ihrem Brief vom 1. März hofft Schwester Angela erneut auf Entlassung, denn es wird ihr mitgeteilt, dass ihr Entlassungsgesuch bei „Onkel Berlo", dem für Auschwitz zuständigen Gestapochef in Berlin, eingelangt ist.

Am 11. März 1944 schreibt Käthe Viehaus, die evangelische Diakonisse, mit der Schwester Angela in Ravensbrück interniert war, einen Brief an die Oberin Michaela Roth nach Mötz. Aus diesem Brief geht hervor, dass sie seit ihrer Freilassung mit der Oberin in Briefkontakt steht. Die Oberin hat ihr nämlich geschrieben, dass sie von höchster Ebene eine Nachricht über Angelas baldige Freilassung erhalten hat. Darüber freut sich Käthe Viehaus sehr. Es ist berührend, welch bleibenden Eindruck Schwester Angela bei Käthe Viehaus hinterlassen hat, denn sie schreibt: „Sollten Sie Schwester Angela vor ihrer Freilassung noch einmal schreiben, bestellen Sie ihr doch bitte viele herzliche Grüße von Schwester Käthe aus Bethanien in Breslau, die oft und voller Sehnsucht an sie denkt."[77]

Schwester Angela bekommt im März noch einmal die Möglichkeit, einen unzensurierten Brief zu senden. Der SS-Rottenführer H. Wiedermann von der Zweiten Stabskompanie Auschwitz gibt ihr diese Möglichkeit. Als er nach der Essensverteilung im Lazarett Schwester Angela begegnet, sagt er:

„Ich kann Ihnen am 15. März einen Brief mitnehmen."

Schwester Angela ist überrascht und antwortet:

„Ja, bitte gerne."

Schnell machen sie einen Treffpunkt für die Übergabe aus. Der SS-Rottenführer sagt übertrieben laut „Heil Hitler!", denn sie könnten ja beobachtet werden, und eilt davon. Dieses Angebot zeigt deutlich, wie beliebt Schwester Angela bei höheren SS-Aufsehern ist.

In diesem Brief kann sie endlich schreiben, dass sie bereits seit einem Jahr bedrängt wird, sich den freien Schwestern anzuschließen. Als Bedingung dafür wird ihr gesagt, dass sie nicht mehr ins Kloster zurückgehen darf. Jetzt wird ihr auch angeboten, dass sie in einigen Wochen zur Erholung zu ihren Verwandten ins Sauerland gehen darf. Im Brief fragt sie weiters nach, ob ihre zwei Radierungen von der Muttergottes aus Absam und von der kleinen Thérèse, die sie einem Boten mitgegeben hat, angekommen sind. Ebenfalls erwähnt sie, dass es im Lazarett sogar ein Radio gibt. Weiters steht im Brief, dass sie nun bereits drei Jahre und sieben Monate inhaftiert ist und dass sich Schwester Rita, mit der sie in

Gnadenwald nicht gut ausgekommen ist, sicher darüber im Stillen freuen werde. Sie selbst bedauert sich nicht, denn sie fügt hinzu: „Warum sollte nicht auch ich inhaftiert sein?"

SS-Rottenführer H. Wiedermann legt diesem Brief für die Oberin eine Karte bei, in der er schreibt, dass es Angela gut geht, sie gut aussieht und in ungefähr acht Wochen freikommt. Auch erwähnt er, dass sie nicht mehr ins Kloster zurück darf. Er unterschreibt mit „Als unbekannt grüßt sie H. Wiedermann" und fügt noch hinzu, dass er erfahren möchte, ob die zwei Radierungen angekommen sind.

Im Aprilbrief erwähnt Schwester Angela, dass sie durch ihre Erlebnisse nicht mehr so naiv ist. Auch berichtet sie, dass man „Gela" nach ihrem Erholungsurlaub im Sauerland wieder „dort" [in Auschwitz] behalten möchte, sie es jedoch nicht will.

Im Mai werden laut ihrem Brief zwei Mithäftlinge entlassen, die dann die Schwestern in Mötz besuchen. Eine davon ist Maria Haslwanter aus Kufstein in Tirol, die in den Achtzigerjahren bei ihrer Befragung über Angela Autsch zu Schwester Hermine sagte, dass die Schwestern bei ihrem Besuch mit Angst reagierten und kaum die Türe aufgemacht haben. Vermutlich hatten sie damals Angst, dass sie bespitzelt würden.

Noch einmal wird Schwester Angela mit dem Grauen in Auschwitz konfrontiert. Sie hört ein Gespräch zwischen zwei kranken SS-Offizieren mit. Der eine sagt dabei zum anderen:

„Hast du auch schon mitbekommen, dass sie inzwischen noch mehr Leute fürs Sonderkommando brauchen?"

„Ja", sagt der andere, „scheinbar wurde die Zahl von 200 auf 900 erhöht. Es kommen jetzt ja viel mehr Züge an. Ich halte die Aufsicht dort sowieso nicht mehr lange aus."

„Ich auch nicht. Kürzlich musste ich zwei gefangenen Friseuren, die erst kürzlich angekommen sind, zeigen, wie man den Jüdinnen möglichst schnell die Haare abschneiden kann. Ein Friseur hat fast durchgedreht, als er auf eine Tote stieg, die dann einen glucksenden Laut von sich gab."

Schwester Angela ist schockiert, als sie dies hört.

Sie wird wohl nie erfahren haben, dass die Wirtschaftsverwaltung der SS bereits 1942 angeordnet hat, Menschenschnitthaare zu sammeln. Das Haar wurde zu Industriefilz verarbeitet und zu Garn versponnen. Aus abgeschnittenen Frauenhaaren wurden Haargarnfüßlinge für U-Boot-Besatzungen und Haarfilzstrümpfe für die Reichsbahn hergestellt.

Am Abend des 20. Juli 1944 steht allen im Lazarett für kurze Zeit der Atem still, als aus dem Radio eine Stimme schreit: „Auf unseren Führer Adolf Hitler wurde heute ein Attentat verübt." Die Nachrichten überschlagen sich, denn Claus Schenk Graf von Stauffenberg, der das Attentat verübt, glaubt anfänglich, dass Hitler tot sei. Er kann noch mit einem Privatflugzeug nach Berlin fliegen und das Unternehmen „Walküre" in Gang setzen. In diesen Staatsstreich sind mehr als zweihundert Menschen aus allen Gesellschaftsschichten eingeweiht. Doch Hitler lebt und der Staatsstreich scheitert.

Bei den Kranken, den Aufsehern und den gefangenen Mitarbeiterinnen im SS-Lazarett lösen diese Nachrichten unterschiedliche Gefühle aus. Manche können sich nicht mehr beherrschen und schreien:

„Die Attentäter gehören sofort hingerichtet!"

Man hört auch Sätze wie: „Er war lang, wie wir, für Hitler."

Andere blicken sich vielsagend an und schweigen.

In der Diätküche, wo Schwester Angela mit ihren Helferinnen das Abendessen vorbereitet, herrscht eine vorsichtig-frohe Stimmung, denn alle haben Hoffnung, dass der Krieg nun bald vorbei sein könnte. Als jedoch die Nachricht kommt, dass der Putsch gescheitert ist und einige Verschwörer noch in der Nacht hingerichtet wurden, macht sich Mutlosigkeit breit.

Die SS-Männer sind beim Abendessen noch so aufgewühlt, dass niemand mehr einen Nachtisch benötigt. Als endlich die Dunkelheit hereinbricht, bringt Schwester Angela mit einer Helferin das restliche Essen ins Krankenlazarett, in dem Cäcilia Bader-Menzler arbeitet. Es begegnet ihnen kein Aufseher, denn alle sitzen vor den Radiogeräten. Cäcilia öffnet die Hintertüre. Sie freut sich sehr, Schwester Angela endlich wiederzusehen, und bedankt sich für das Essen. Dann schließen sie sich gegenseitig in die Arme und Cäcilia flüstert: „Ich kann dir in den nächsten Tagen einen Brief mitnehmen." Schwester Angela dankt lächelnd.

In Auschwitz geht das Morden weiter. Eine Helferin von Schwester Angela wird Zeugin eines schrecklichen Vorfalls. Sie ist soeben auf dem Weg in ihre Schlafbaracke, als sie vom „Zigeunerlager" lautes Schreien von Kindern hört. Sie schleicht sich vorsichtig an den großen „Zigeunerblock" heran, der eigens umzäunt ist. Dann sieht sie, wie die Kinder gegen Lastwagen geschmissen werden und hört gleich darauf Pistolenschüsse. Weiters beobachtet sie, wie erwachsene Gefangene, bewaffnet mit Löffeln und Messern, sich zu wehren versuchen. Doch haben sie in diesem ungleichen Kampf keine Chance.

In dieser Nacht werden 2897 Roma und Sinti in den Gaskammern ermordet. Das „Zigeunerlager", in dem bis zu 23.000 Perso-

nen lebten, wird im Sommer 1944 in kürzester Zeit aufgelöst. Die meisten Insassen überleben nicht.[78]
Tränenüberströmt läuft die Helferin von Schwester Angela ins SS-Lazarett zurück und findet Schwester Angela noch in der Küche. Schluchzend erzählt sie ihr vom Vorgefallenen. Schwester Angela nimmt sie in die Arme und tröstet sie. Gemeinsam beten sie leise den Rosenkranz und gehen in ihre Schlafbaracke. Die Schreie aus dem „Zigeunerlager" sind inzwischen verstummt.

Obwohl Schwester Angela ihren Brief vom 17. September 1944 Cäcilia Bader-Menzler mitgeben kann, schreibt sie sehr vorsichtig. Die Oberin aus Mötz hat ihr Anfang September geschrieben, dass sie in Sorge um „Gela" ist, da deren Genesungsurlaub bisher ausgefallen ist. Schwester Angela schreibt zurück: „Diese Zeilen vom 6. September machen mich sehr traurig, ich ersehe daraus die Stimmung, in der mein Mütterlein war. Ja, ich weiß und kenne mein Mütterlein zu gut. Aber ich möchte bitten – nicht ein Seufzer für mich, es ist nicht notwendig, ich stehe in Gottes Hand, bin sein Kind, und er trägt somit auch die Sorge um mich. Oft schon stand mein Urlaub vor der Türe, aber dennoch – es sollte nicht sein."

Sie erkundigt sich nach Dr. Lampert, der inzwischen wieder inhaftiert wurde, und schreibt, dass ihr verehrter Onkel Bernhard (Trinitarierpater) geschrieben hat. Sie fragt nach dem Verbleib des inhaftierten Trinitarierpaters Franz, eines Mitarbeiters von Pater Bernhard, der sich in Wien kritisch über die Lager der Juden geäußert hat. Er wurde wegen Wehrkraftzersetzung angezeigt und am 23. November 1944 zu zwei Jahren Gefängnis verurteilt. Am 27. Februar 1945 wurde er von der Roten Armee befreit.

Ganz verschlüsselt geht sie auf den Bombenangriff auf Wien ein, indem sie schreibt: „Wien hatte vergangene Woche auch Besuch, wie halt wir."

Am Ende ihres Briefes schreibt sie: „Vereinigen wir uns in all unseren Gebeten, Opfern, Leiden und Freuden. Wenn wir auch nur ein Atom vor dem Allerhöchsten sind, so sehen wir doch, dass wir Ihm angenehm sind in Bezug auf unser Leiden.“[79]

Ende September 1944 wird Schwester Angela auf Block 6B verlegt. Dies ist ein Zubau zum SS-Krankenlazarett. Der Abschied von ihren Helferinnen fällt ihr schwer. Die kranken SS-Männer wollen sie auch nicht gehen lassen. Schwester Angela zeichnet nämlich aus, dass sie alle Kranken gleich behandelt und auch manchem SS-Offizier bei depressivem Verhalten ihr Ohr leiht. Doch auch im Block 6B findet sie nur kranke SS-Männer vor.

Am 1. Oktober 1944 schreibt Schwester Angela an die Schwestern in Mötz, dass „Gela“ ihrer Schwester Elisabeth zwei Päckchen schickt. In einem ist Schwester Angelas Rosenkranz enthalten. Das Päckchen ist leider nie angekommen und der Rosenkranz gelangt in die Hände von Melanie Quinkert, die ihn gebraucht, bis er auseinanderfällt. Dies bestätigt Maria Rosenberger in den 1980er-Jahren in einem Interview mit Paul Tigges. Überhaupt müssen Schwester Angela Todesahnungen einholen, denn im zweiten Päckchen sind zwei Bildchen für Onkel Bernhard zum Namenstag, zwei für Mütterlein und ein Uhrarmband enthalten.

Am 7. Oktober 1944 werden am späten Nachmittag einige verletzte SS-Männer ins erweiterte Krankenlazarett eingeliefert. Schwester Angela und ihre Helferinnen wundern sich sehr, als sie die blutüberströmten Männer sehen. Bald sickert durch, dass es einen Aufstand von Sonderkommando-Häftlingen gegeben habe. Die SS-Ärzte und die Kranken im Lazarett sind sehr aufgeregt, aber Genaueres ist nicht zu erfahren.

An diesem Tag gibt es den ersten Widerstand gegen die SS-Wachposten des Krematoriums IV. Die Sonderkommando-Häftlinge, die die Hauptarbeit in den Krematorien leisten müssen, haben nämlich erfahren, dass die Kapos im Krematorium IV aufgefordert wurden, 300 Mitglieder von Sonderkommandos bereitzustellen. Angeblich würden diese in den Gummifabriken außerhalb von Auschwitz-Birkenau zum Einsatz kommen. Dies ist jedoch nur eine Tarnung, denn bereits eine Woche früher wurde auf dieselbe Weise ein Trupp Sonderkommando-Häftlinge in die Falle gelockt und vergast.

Da der Transport von ungarischen Juden inzwischen gestoppt wurde und die 65.000 Häftlinge, die nach der Auflösung des Ghettos Lodz im August und September nach Auschwitz kamen, inzwischen vergast wurden, war für die Sonderkommando-Häftlinge zu wenig Arbeit vorhanden und sie mussten nach Ansicht der SS beseitigt werden.

Die Sonderkommando-Häftlinge sahen nun für ihr Überleben keine Chance mehr und wagten deshalb den Aufstand. Mit Spitzhacken und Steinen griffen sie die Wachposten an. Dann verursachten sie mit geschmuggeltem Sprengstoff schwere Beschädigungen am Krematorium IV. 250 Sonderkommando-Häftlinge können zwar in die nahen Wälder flüchten, werden aber aufgegriffen und mit weiteren 200 Personen, die verdächtigt werden, bei der Revolte mitgemacht zu haben, erschossen. Durch dieses Chaos im Krematorium IV muss die SS Krematorium V räumen. Von dort können einige zur Ermordung bestimmte Gefangene untertauchen. Drei SS-Wachposten kommen bei diesem Aufstand ums Leben und zahlreiche weitere müssen ärztlich versorgt werden.[80]

Am Allerheiligentag 1944 empfindet Schwester Angela ein starkes Heimweh. Da wegen ihres schlechten Gesundheitszustandes ihre Arbeit sehr erleichtert wird, hat sie mehr Zeit fürs Gebet und zum Schreiben. Sie schreibt, dass sich die Gela so sehr wünscht, zu Weihnachten „dort" zu sein, dann wäre das „Mötzer Häusl" nicht so einsam. Noch einmal macht sie sich Hoffnung auf eine baldige Heimkehr, da sich der Onkel, P. Bernhard, um einen Urlaub für sie bemüht. Auch erwähnt sie den 79. Geburtstag ihres Vaters am 29. Oktober.

Der letzte Brief von Schwester Angela aus Auschwitz-Birkenau vom 21. 12. 1944 soll zur Gänze Raum erhalten.

„Mein teures, liebes Mütterlein, meine gute, liebe Schwester und alle Bekannten an der Front und in der Heimat! Lasst Euch allen ein herzliches Grüß Gott, verbunden mit den besten Wünschen für ein gnadenreiches Weihnachts- und Neujahrsfest, entgegenrufen. Hoffe Euch gesundheitlich wohlauf, und meine innigsten Gedenken begleiten Euch. Mir geht es, wie immer, gut, Gott Dank. Pauline wird wohl auch zu Euch kommen an einem der Festtage. Für alle, alle, auch unsere Guten an der Front, herzliche Grüße. In Liebe und herzlicher Verbundenheit bin ich mit den innigsten Grüßen und Umarmung immer Eure Maria."[81]

Es ist der 23. Dezember 1944. Seit den frühen Morgenstunden schneit es. Auschwitz-Birkenau ist mit einer Schneedecke zugedeckt. Alle Not, alles Blut, all die Asche mit einem weißen Mantel bedeckt. Schwester Angela ist mit ihren Helferinnen dabei, kleine Pakete für die kranken SS-Männer vorzubereiten. Sie hat auch heimlich Dinge „abgezwackt", damit sie ihren Helferinnen ebenfalls ein Geschenk unter den kleinen Christbaum legen kann. Das fünfte Weihnachtsfest in Gefangenschaft!

Im SS-Lazarett herrscht eine gedrückte Stimmung. Auch wenn es nur die wenigsten aussprechen, so wissen doch alle, dass der Krieg verloren ist. Der Führer redet zwar noch vom Endsieg und brüllt ins Radio vom Durchhalten bis zum letzten Mann, doch niemand glaubt mehr daran. Am späten Nachmittag klart es auf. „Ein golden strahlender Mond begoss das Lager mit weißer Glut", sagt Margita Schwalbová später aus.

Es ist 18 Uhr 45. Die Häftlinge, die am Tag im SS-Lazarett gearbeitet haben, sind bereits zum Abmarsch in ihre Baracken aufgestellt. Schwester Angela ist auch dabei. Sie drückt Cäcilia Bader-Menzler die Hand und sagt:

„Bitte, denke an mich in der Heiligen Nacht."

Dies sind ihre letzten Worte.

Im nächsten Augenblick erschüttert eine starke Explosion das SS-Lazarett. Ein einziger Flieger hat zwei Bomben abgeworfen. Alle schreien wild durcheinander. Eine Frau wird durch einen Splitter verletzt und fällt um – Herzschlag!

Es ist Schwester Angela. Die Umstehenden beginnen zu weinen, einige fangen zu beten an. Eine Bahre wird gebracht. Eiligst wird Schwester Angela daraufgelegt und ins Krankenrevier getragen. Dr. Margita Schwalbová hat bereits die Tür geöffnet. Tote Augen starren sie an. Margita drückt ihrer Freundin die Augen zu und flüstert: „Danke, Maria, für all deine Liebe, die du mir und vielen anderen geschenkt hast."

Das SS-Lazarett wird durch diesen Bombenabwurf schwer beschädigt. Im Lazarett waren Waffen und Pläne versteckt. Zahlreiche SS-Männer sind tot.

Am nächsten Tag ist Heiliger Abend. Eine Helferin aus dem SS-Lazarett klopft an die Tür des Krankenreviers. Sie bringt Doktor Margita Schwalbová Angelas Halskette mit einem Kreuz und einem kleinen Kleeblatt als Anhänger, das Schwester Angela immer trug.

1947 beginnt Dr. Margita Schwalbová ihre Erinnerungen an das Arbeits- und Vernichtungslager Auschwitz-Birkenau aufzuschreiben. Unter anderem sagt sie über Schwester Angela, den sogenannten Engel von Auschwitz, Folgendes:

„Wie oft ich auch an Menschen zu zweifeln begann, du verstandest es immer, mir meinen Glauben wiederzugeben, du herrlich wahrer Mensch, Angela.“[82]

35 Tage später wird Auschwitz von der Roten Armee befreit.

Schwester Angela musste nicht mehr erleben, wie tausende ausgemergelte Häftlinge auf Todesmärsche geschickt wurden, Jüdinnen und Juden nicht mehr in ihren Dörfern Aufnahme fanden, unzählige Täter nach dem Krieg wieder ein bürgerliches Leben aufnehmen konnten.

In den Fünfzigerjahren gingen die Schwestern auf Wunsch der Trinitarierpater nach Mödling bei Wien. Jahrzehnte wurde nicht mehr öffentlich über das Unrecht, das Schwester Angela geschah, gesprochen. Wie überall mussten die Menschen nach dem Krieg wieder miteinander leben, unabhängig davon, ob sie Opfer, Täter, MitläuferInnen oder GegnerInnen waren.

Die Erinnerung an Schwester Angela ist wieder lebendig geworden. Das Vermächtnis einer außergewöhnlichen Frau bleibt.

Anmerkungen

1 „Verzehrendes Feuer. Angela Maria Autsch: Der Engel von Auschwitz“, Salterrae 1997, Seite 26, 27. Diese Ausdrucksform und Frömmigkeit kann man nur aus der damaligen Zeit heraus verstehen. Für heutige Christinnen und Christen sind viele Aussagen so nicht mehr nachvollziehbar, denn es lastete durch diese Forderungen ein zu großer Druck auf den Schultern eines Kindes. Auch wenn das Anliegen dahinter zu spüren ist, dass Werner erfassen möge, welch großes Glück es ist, mit Jesus verbunden zu bleiben. Ebenfalls führte das damalige Sündenverständnis zu Verbiegungen im Reifeprozess, durch Forderung eines blinden Gehorsams und in Erziehung zur Leibfeindlichkeit.

2 Wikipedia

3 „In Liebe sucht dich unser Herz“, Selbstverlag der Kongregation der unbeschuhten Trinitarierinnen, 1987, Seite 5.

4 „In Liebe sucht dich unser Herz“, Seite 7.

5 Die Aussagen der ZeitzeugInnen gehen hier auseinander.

6 „In Liebe sucht dich unser Herz“, Seite 8 und 9.

7 Im Buch „Schwester Angela Maria Autsch vom Heiligsten Herzen Jesu“ ist auf Seite 15 bei der Fußnote vermerkt, dass Schwester Rita 1955 aus dem Orden ausgetreten ist. Schwester Maria Agnes, mit weltlichem Namen Johanna Federspiel, verlässt das Kloster kurz vor der Verhaftung Maries im Dezember 1940. Doch von diesem Wunsch der beiden Frauen ist 1933 noch nichts zu verspüren.

8 Option: Am 23. Juni 1939 fällt die Entscheidung zur Umsiedlung der Südtirolerinnen und Südtiroler ins Deutsche Reich. Sie haben die Wahl, Option genannt, bis Ende 1939 entweder für die Auswanderung zu stimmen oder für den Verbleib bei Italien, was aber weiterhin den Verzicht auf die eigene Sprache und Kultur bedeutet. 83 Prozent der Bevölkerung haben sich für die Option entschieden.

9 Schriften der Dienerin Gottes Sr. Angela Maria Autsch vom Heiligsten Herzen Jesu, Seite 21

10 Nationalsozialismus und Faschismus in Tirol und Südtirol, Horst Schreiber/Alexandra Weiss, Studienverlag 2008.

11 Schwester Angela Maria Autsch vom Heiligsten Herzen Jesu, Seite 21.

12 Der Trinitarierorden in Wien hat einen Messbund gegründet. Jeder, der aufgenommen werden will und eine Mark bezahlt, ist dauerndes Mitglied im Leben und nach dem Tode, das heißt, dass bei jeder Messe des Ordens an ihn oder sie gedacht wird (aus „Schwester Angela Maria vom Heiligsten Herzen Jesu“, Seite 57)

13 Schwester Angela Maria vom Heiligsten Herzen Jesu, Brief Nr. 6.

14 Engelbert Dollfuß kommt am 25. Juli 1934 während des sogenannten „Juliputsches“ ums Leben. Er wird von den Nationalsozialisten ermordet und fortan im Ständestaat als „Heldenkanzler“ verehrt (aus: Horst Schreiber, Nationalsozialismus und Faschismus in Tirol und Südtirol, Studienverlag 2007).

15 Schwester Angela Maria von heiligsten Herzen Jesu, 9. Brief an Gertrud Rabe, Seite 65, und 10. Brief an Elisabeth Balzer, Seite 67.

16 Schwester Angela Maria vom Heiligsten Herzen Jesu, Brief Nr. 11 an Elisabeth Balzer. Wie Anna Kaltenberger aussagte, handelte es sich bei der am 24. 12. 1935 verstorbenen Schwester um Schwester Rosalie aus Frankreich, die im Klösterle wohnte und vermutlich in Innsbruck verstarb. Anna Federspiel, geboren 1923 in Kirchberg/Tirol, kam 1929 als Zögling zu den Schwestern und betreute als kleines Kind alleine eine alte, kranke, ausländische Schwester.

17 Schwester Angela Maria vom Heiligsten Herzen Jesu, Seite 69.

18 Ebd., Brief Nr. 12 an Franz Autsch, Seite 71.

19 Es ist ein altes Klösterlein, zum Teil schon im 15. Jh. abgebrannt, im 16. Jh. lebten hier Augustinerinnen. Im 17. Jh. lebte hier ein frommer Einsiedler, welcher angeblich seinen Tod auf Tag und Stunde vorausgesagt und fünf Wundmale hatte. Später kamen in dieses Kloster Stiftsdamen und zuletzt war das Kloster von geistlichen Herren und anderen Mietern bewohnt gewesen. Ab 1938, nachdem die drei Schwestern nach Mötz zurückgekehrt waren, ziehen dort Tertiarschwestern aus Hall ein. Siehe Dehio-Handbuch Tirol, bearbeitet von Gert Ammann, Wien 1980, Seite 72.
20 Schwester Angela Maria vom Heiligsten Herzen Jesu, Brief Nr. 14 an Gertrud Rabe, Seite 75.
21 Ebd., Ausschnitt aus „Ewiges Heimweh", Seite 78.
22 Anmerkung der Autorin: Dieser stellvertretende Opferglaube war bis zum Zweiten Vatikanischen Konzil 1972/73 üblich. Die Autorin hat diese Frömmigkeit selbst noch erlebt.
23 Schwester Angela Maria Autsch vom Heiligsten Herzen Jesu, Brief Nr. 17 an Familie Rabe, Weihnachten 1936; Brief Nr. 18 an Familie Balzer, 6. Jänner 1937, Seite 83, 84 und 86.
24 Schwester Angela Maria Autsch vom Heiligsten Herzen Jesu, Brief Nr. 17, Seite 83.
25 Schwester Angela Maria Autsch vom Heiligsten Herzen Jesu, Brief Nr. 18 an ihre Schwester Elisabeth, Seite 86.
26 Schwester Angela Maria Autsch vom Heiligsten Herzen Jesu, Brief Nr. 19 an ihre Schwester Gertrud, Seite 89.
27 1938 wird die Niederlassung in Gnadenwald aufgehoben und Schwester Rita und Schwester Agnes kehren nach Mötz zurück. Aus: „Verzehrendes Feuer", Seite 55.
28 Schwester Angela Maria Autsch vom Heiligsten Herzen Jesu, Brief Nr. 20.
29 Schwester Angela Maria vom Heiligsten Herzen Jesu; Brief Nr. 21 an Elisabeth Balzer, Seite 92/93.
30 Ebd.
31 Nationalsozialismus und Faschismus in Tirol und Südtirol, Horst Schreiber, Studienverlag 2008.
32 Aus: „Gewachsen im Schatten/Geschichte einer Befreiung" (Tyrolia-Verlag, 2013), nach einem Bericht von Dr. Hubert Gundolf/Stams.
33 Verzehrendes Feuer. Angela Maria Autsch: Der Engel von Auschwitz, Seite 68.
34 Verzehrendes Feuer, Seite 66.
35 Ebd.
36 Schwester Angela Maria vom Heiligsten Herzen Jesu, Seite 103.
37 Schwester Angela Maria vom Heiligsten Herzen Jesu, Seite 106.
38 Gedicht von Angela Autsch, zitiert aus: Verzehrendes Feuer, Seite XY.
39 Schwester Angela Maria vom Heiligsten Herzen Jesu, Seite 118.
40 Schwester Angela Maria vom Heiligsten Herzen Jesu, Brief Nr. 37, Seite 118.
41 Johann Zauner/Das große Unrecht aus Heimtücke: Das Gesetz als Waffe/Dörner Bernward, Paderborn 1998 / Sondergerichte im Dritten Reich/Hans Wülenweber, Frankfurt/M. 1990.
42 Johann Zauner/Das große Unrecht sowie Neueste Zeitung und Innsbrucker Nachrichten vom 29. März 1938.
43 Johann Zauner/Das große Unrecht/Aus: Deutsche Volkszeitung vom 2. April 1938.
44 Verzehrendes Feuer, Zeugnis von Antonia Bruha/Überlebende von Ravensbrück.
45 Schwester Angela Maria vom Heiligsten Herzen Jesu, Brief Nr. 38.
46 Verzehrendes Feuer, Brief Nr. 39, Seite 120.
47 Verzehrendes Feuer, Seite 103, Zeugnis einer Zigeunerin, Interview Paul Tigges 1990.
48 Verzehrendes Feuer, Seite 102. Obwohl Käthe Viehaus bereits freigelassen wurde, schreibt sie verschlüsselt, nennt das KZ „Pensionszeit", ihre Mithäftlinge „Mitschülerinnen" und nennt Schwester Angela in der dritten Person „Zillerl", „Gela", oder „Maria".

49 Erklärung zu Brief Nr. 41 vom Verfasser der Schriften Schwester Angela Maria Autsch von Ildefons Fux 1992: Die Schwestern verehrten Engelbert Dollfuß wie einen Heiligen. Auch die Schwester Oberin Michaela Roth schrieb ihm ihre Genesung vom Leberkrebs zu. Der österreichische Kanzler Engelbert Dollfuß war der erste prominente Politiker, der 1934 von den Nazis ermordet wurde.

50 Laut Angabe von Frau Elisabeth Werner/Mötz sollten die Häftlinge des KZ Ravensbrück Geld erbitten, sie bekamen auch den Überweisungsschein zu sehen und mussten unterschreiben. Das Geld bekamen sie sehr oft nicht. Frau Werner, selbst Häftling in Ravensbrück, musste diese Gelder buchen.

51 Schwester Angela Maria vom Heiligsten Herzen Jesu, Brief Nr. 44. Pater Nivard Neurauter, ein Mötzer, der ins Stift Stams eingetreten ist und am 21. Juli 1891 zum Priester geweiht wurde. Frau Anna Trenkwalder bestätigt am 30. 5. 1987, dass Schwester Angela ihrer Nachbarin bereits im Polizeigefängnis in Innsbruck verziehen hat. Die zwei Stunden frische Luft stehen für Schwester Angelas Gebetszeiten.

52 Unter „seinen Bekannten“ meint sie Parteimitglieder, die ihr Bruder August kennt. „Cillerls Chef“ ist der Gestapochef im Polizeigefängnis Innsbruck, Werner Walter Hilliges, geboren 1903 in Berlin/Charlottenburg, der am 27. März 1938 an die neugeschaffene Gestapodienststelle als Leiter der Referate Schutzhaft und Wirtschaftsdelikte beordert wurde. Im Mai 1940 wird er zum Chef der gesamten Dienststelle. Seine Maxime lautete: „Im nationalsozialistischen Staat ist es umgekehrt als in demokratischen Staaten, hier werden lieber neun Unschuldige eingesperrt, als dass ein Schuldiger laufen gelassen würde (Schwester Angela Maria vom Heiligsten Herzen Jesu, Erklärung zu Brief Nr. 47, Seite 130).

53 Rosa Jochmann, 19. Juli 1901 bis 28. Jänner 1994, war eine österreichische Widerstandskämpferin und sozialdemokratische Politikerin. Nach dem frühen Tod ihrer Mutter musste Jochmann als Fabriksarbeiterin für Vater und Geschwister sorgen. Politisch schloss sich Rosa Jochmann der Sozialdemokratischen Arbeiterpartei an, in der sie 1933 in den Bundesvorstand gewählt wurde. Nach dem Verbot der Partei im Ständestaat wurde Rosa verhaftet und zu einem Jahr Kerker verurteilt. Eine weitere Verhaftung folgte im März 1938. Unmittelbar vor Kriegsausbruch wurde sie 1939 ins KZ Ravensbrück deportiert, wo sie bald als sogenannte Blockälteste eingeteilt wurde. Sie blieb auch nach der Befreiung durch die russische Armee 1945 zur Betreuung der Kranken zurück und wurde nicht von der österreichischen Regierung heimgeholt. Ihre Wohnung in Wien fand sie nach der Rückkehr ausgebombt vor. Das Angebot, in eine arisierte, jüdische Villa in Döbling zu ziehen, aus der die Nazibesitzer geflüchtet waren, lehnte sie entschieden ab und lebte jahrelang in einfachsten Verhältnissen. Sie war bis 1967 Nationalratsabgeordnete der SPÖ. Aus: Eintrag über Rosa Lochmann, Wikipedia.

54 Schwester Angela Maria vom Heiligsten Herzen Jesu, Fußnote zu Brief Nr. 45 und Einführung zu Brief Nr. 50. Die Gschwandner Tante ist Schwester Immaculata, die inzwischen in Oberösterreich in der Pfarre Gschwandt lebt und ihren Ziehvater betreut. Onkel Alfons ist Pater Alfons, der ebenfalls aus Oberösterreich kommt.

55 Schwester Angela Maria Autsch vom Heiligsten Herzen Jesu, Brief Nr. 45. Anm.: „Onkel“ bedeutet „Hitler“; Frau Aloisia Moser, nach dem Mötzer Totenbuch am 2. Februar 1941 verstorben.

56 Verzehrendes Feuer von Gotzon Velez de Mendizabal, Seite 109.

57 Autobiographische Aufzeichnungen von Rudolf Höß, Kommandant in Auschwitz. Herausgegeben von Martin Broszat, München 1989. Der tatsächliche erste Transport von Ravensbrück nach Auschwitz wurde durch einen Luftangriff vernichtet.

58 Verzehrendes Feuer, Seite 128.

59 Schwester Angela Maria vom Heiligsten Herzen Jesu. Brief Nr. 58, Seite 144.

60 Aus: Briefe, aufbewahrt von den Schwestern in Mödling.
61 Verzehrendes Feuer, Seite 131.
62 Hinterseite Cover von „Elf Frauen. Leben in Wahrheit" von Margita Schwalbová.
63 Verzehrendes Feuer, Seite 131.
64 Schwester Angela Maria vom Heiligsten Herzen Jesu, Brief Nr. 65, Seite 152.
65 Verzehrendes Feuer, Seite 134.
66 Verzehrendes Feuer, Seite 159.
67 www.sauerlandmundart.de, „Daunlots" Nr. 78 des Christine-Koch-Mundartarchivs am Museum Eslohe, Peter Bürger, Sauerländische Botschafter des Lebens und Märtyrer 1933–1945.
68 Verzehrendes Feuer, Seite 153.
69 Brief von Margita Schwalbová, Bratislava, den 11. 12. 1986.
70 Brief Elisabeth Prégardier an Dr. Margita Schwalbová vom 5. 8. 1992.
71 Brief Elisabeth Prégardier an Dr. Margita Schwalbová vom 7.11. 1992.
72 Brief von Elisabeth Prégardier an Dr. Margita Schwalbová vom 25. 1. 1993.
73 Brief von Elisabeth Prégardier an Schwester Hermine Gitter vom 25. 1. 1993.
74 Laurence Rees, Geschichte eines Verbrechens, List, 2007.
75 Schwester Angela Maria vom Heiligsten Herzen Jesu, Brief Nr. 74, Seite 168.
76 Bild und Text aus: In Liebe sucht dich unser Herz, Selbstverlag der Trinitarierinnen, Mödling 1987.
77 Brief vom 11. März 1944, Sammlung Trinitarierinnen, Mödling bei Wien.
78 Laurence Rees, Auschwitz. Geschichte eines Verbrechens, List 2007.
79 Schwester Angela Maria vom Heiligsten Herzen Jesu, Brief Nr. 95, Seite 192.
80 Laurence Rees, Auschwitz. Geschichte eines Verbrechens, List 2007.
81 Schwester Angela Maria vom Heiligsten Herzen Jesu, Brief Nr. 100, Seite199/200.
82 Verzehrendes Feuer, Seite 159.

Die Drucklegung dieses Werkes wurde unterstützt durch die Abteilung Kultur im Amt der Tiroler Landesregierung und den Zukunftsfonds der Republik Österreich.

MIX
Papier aus verantwortungsvollen Quellen
FSC® C014138

Nachhaltige Produktion ist uns ein Anliegen; wir möchten die Belastung unserer Mitwelt so gering wie möglich halten. Über unsere Druckereien garantieren wir ein hohes Maß an Umweltverträglichkeit: Wir lassen ausschließlich auf FSC®-Papieren aus verantwortungsvollen Quellen drucken, verwenden Farben auf Pflanzenölbasis und Klebestoffe ohne Lösungsmittel. Wir produzieren in Österreich und im nahen europäischen Ausland, auf Produktionen in Fernost verzichten wir ganz.

Mitglied der Verlagsgruppe „engagement“

2019

Umschlaggestaltung: Tyrolia-Verlag, unter Verwendung eines Bildes von Karl Bodek (1905–1942) and Kurt Conrad Löw (1914–1980), One Spring, Lager Gurs, 1941 © Yad Vashem Art Museum, Jerusalem
Fotos im Bildteil: Archiv Peter Bürger
Layout und digitale Gestaltung: Tyrolia-Verlag
Druck und Bindung: FINIDR, Tschechien
ISBN 978-3-7022-3812-4
E-Mail: buchverlag@tyrolia.at
Internet: www.tyrolia-verlag.at